Alice

Alice

UNE FEMME AMOUREUSE

SUZANNE ROY

ADA
éditions

Éditeur : François Doucet

Révision linguistique : Isabelle Veillette

Correction d'épreuves : Nancy Coulombe

Conception de la couverture : Matthieu Fortin

Photo de la couverture : © Thinkstock

Mise en pages : Sébastien Michaud, Sylvie Valois

ISBN papier 978-2-89767-443-4

ISBN PDF numérique 978-2-89767-444-1

ISBN ePub 978-2-89767-445-8

Première impression : 2016

Dépôt légal : 2016

Bibliothèque et Archives nationales du Québec

Bibliothèque et Archives Canada

Éditions AdA Inc.

1385, boul. Lionel-Boulet

Varennes (Québec) J3X 1P7, Canada

Téléphone : 450 929-0296

Télécopieur : 450 929-0220

www.ada-inc.com

info@ada-inc.com

Diffusion

Canada :   Éditions AdA Inc.

France :   D.G. Diffusion

              Z.I. des Bogues

              31750 Escalquens — France

              Téléphone : 05.61.00.09.99

Suisse :   Transat — 23.42.77.40

Belgique :   D.G. Diffusion — 05.61.00.09.99

Imprimé au Canada

Crédit d'impôt livres   Gestion SODEC

Participation de la SODEC.

Nous reconnaissons l'aide financière du gouvernement du Canada par l'entremise du Fonds du livre du Canada (FLC) pour nos activités d'édition.

Gouvernement du Québec — Programme de crédit d'impôt pour l'édition de livres — Gestion SODEC.

Catalogage avant publication de Bibliothèque et Archives nationales du Québec et Bibliothèque et Archives Canada

Roy, Suzanne, 1975-

    Alice

    Sommaire : t. 1. Une femme amoureuse -- t. 2. Une femme sans histoire.

    ISBN 978-2-89767-443-4 (vol. 1)

    ISBN 978-2-89767-446-5 (vol. 2)

    I. Roy, Suzanne, 1975- . Femme amoureuse. II. Roy, Suzanne. Femme sans histoire. III. Titre.

PS8635.O911A61 2016   C843'.6   C2016-941158-3

PS9635.O911A61 2016

Remerciements

Aux premiers lecteurs de cette série : Monique, Lauza, Noëlla, Marie-Andrée et Jo Ann. J'espère que vous aimerez cette nouvelle version.

À Claire, qui me soutient à travers mes délires les plus fous. Et celui-ci, c'en était tout un !

Chapitre 1

❧

La disparition

Dès qu'elle entend la sonnerie de son téléphone cellulaire, Alice sort de la douche à toute vitesse, un drap de bain autour de son corps. Planté devant son ordinateur, Dave la suit du regard avec un air admiratif et grimace au second coup de téléphone qui résonne du fond de son sac à main.

— Mais qui ça peut être à 10 h? lâche-t-il. C'est dimanche!

Alice récupère le petit appareil et répond en maintenant la serviette bien en place autour de sa poitrine.

— Allô? Richard? Attends! Tu parles trop vite, je ne comprends rien à ce que tu me dis! Quoi?

Tout en gardant le téléphone collé à son oreille, elle cherche la télécommande et allume le téléviseur, zappe jusqu'à ce que l'image de son patron apparaisse à l'écran. Surprise, elle écrase sa main sur sa bouche par peur de laisser filer un éclat de voix.

— Merde! C'est ton *boss*! s'écrie Dave en bondissant de sa chaise.

Alice reste aussi pétrifiée que silencieuse, alors que son petit ami se lève pour venir la rejoindre. Encore sous le choc, elle bredouille, d'une voix très faible :

— Richard, je… je te rappelle plus tard, OK ?

Elle coupe la communication, se laisse tomber sur le sol et revérifie l'information, incertaine d'y croire : Jonathan Sanz a été retrouvé mort dans son appartement au petit matin. La police songe à un règlement de comptes.

— Un meurtre ? chuchote-t-elle. Mais qui aurait pu faire une chose pareille ?

Même si elle tente de garder son calme, elle ne peut s'empêcher de fixer l'information affichée sur l'écran du téléviseur, augmentant même le volume pour mieux entendre ce qu'ils disent :

« L'homme d'affaires multimillionnaire Jonathan Sanz a été retrouvé mort dans son appartement cette nuit. Des bruits suspects auraient alerté les voisins. En arrivant sur les lieux, la police a découvert le corps de l'homme inanimé. Monsieur Sanz était connu pour ses diverses entreprises liées aux médias, et dernièrement pour sa revue à succès *Notre monde, aujourd'hui*. Il allait bientôt fêter son quarantième anniversaire… »

— Ce n'est pas possible, insiste Alice. Je veux dire… il ne peut pas être mort.

Sous le choc, elle se gratte nerveusement le cou tout en faisant surgir des images de John dans le vide. Ça lui semble irréel qu'il ait disparu alors qu'hier encore, elle plaisantait avec lui par téléphone. Son patron, certes, mais surtout son ami.

— Qui aurait osé ? s'énerve-t-elle. Tout le monde aimait John !

— Pas tout le monde, apparemment. Et je te rappelle qu'il ne s'intéressait pas seulement au monde de l'édition. Il n'y a qu'à voir toutes les recherches bizarres que tu faisais pour lui.

Alice pivote pour mieux regarder Dave et un silence lourd passe entre eux. Son patron avait-il fait des recherches étranges, ces derniers temps? Aurait-il pu toucher à une information sensible? L'expression de Dave se durcit avant qu'il la questionne :

— Dis-moi qu'il ne t'a pas fait faire des trucs répréhensibles dernièrement.

— Non, enfin... je ne pense pas...

Devant l'incertitude de la jeune femme, il tranche :

— Il vaut mieux que nous nous en assurions...

Pendant que Dave retourne s'installer devant son ordinateur, Alice se lève et s'enferme dans la chambre pour mettre une tenue plus adéquate. Même si elle chasse les idées noires de son esprit, elle est toujours sous le choc de la mort de John. Il était un homme bon, jovial, impliqué dans sa communauté. Qui aurait osé tuer un homme d'une telle générosité?

Lorsqu'elle revient près de son petit ami, elle affiche un air perplexe en le voyant ouvrir Gina, son petit ordinateur portable dernier cri. Un cadeau de John, d'ailleurs.

— Qu'est-ce que tu fais?

— Je vérifie que tu n'as laissé aucune trace de tes dernières recherches sur ton ordi.

Devant l'expression livide d'Alice, il reprend :

— John a été assassiné. Si les policiers fouinent dans son ordinateur, il faut espérer qu'ils ne remonteront pas jusqu'à toi. Tu lui as bien montré comment effacer ses traces, quand même? Et vous passez toujours par l'un des serveurs sécurisés que je vous ai refilés?

— Bien... oui, bredouille-t-elle.

— Alors, ça devrait aller, mais juste au cas : je préfère qu'ils ne trouvent rien ici.

Elle hoche la tête avant de récupérer une chaise pour s'installer à ses côtés.

— Parle-moi de tes dernières recherches, exige-t-il pendant qu'il branche des tas de fils à son petit ordinateur.

— C'est flou, avoue-t-elle. Et tu connais John : il s'arrange toujours pour me donner le minimum requis.

— Le dernier truc qu'il t'a fait faire, c'était quoi ? insiste-t-il.

— Un truc sans intérêt. Il voulait que je sorte les transactions bancaires d'un certain… Faucon. Non, c'était plutôt… Falcon. Michaël Falcon.

Dave sursaute et détache son regard de l'écran pour le reposer sur Alice.

— Attends, tu parles de Michaël Falcon… l'écrivain ?

En guise de réponse, elle hausse simplement les épaules. Que savait-elle de l'homme sur lequel elle avait effectué ce genre de recherches ? Rien du tout. John lui avait seulement remis un nom, une note concernant l'institution bancaire et un numéro de compte qu'il aurait très bien pu dégoter dans les poubelles…

— Pourquoi il t'a demandé ça ? lui demande-t-il encore.

— Qui sait pourquoi John cherche ce qu'il cherche ? renchérit-elle.

Même si la question de Dave est pertinente, il connaît l'entente d'Alice avec John : elle fouinait pour lui sans jamais tenter d'en savoir davantage. Non seulement son patron la payait fort bien pour ces petits extra, mais elle adorait se faufiler dans différents serveurs pour y récolter des informations secrètes. Généralement, ses recherches ciblaient des déplacements et des transferts de propriété, mais il était rare qu'elle ait à sortir des transactions bancaires. C'est pourquoi ce décès inopiné n'avait rien de rassurant. Et si John l'avait accidentellement entraînée dans ses petites magouilles dont elle ne savait rien ?

Lorsque l'écran de Gina s'allume, Dave accorde toute son attention à l'ordinateur et active, via sa propre machine, un logiciel qui en prend la charge à distance. En quelques clics, il répertorie les dernières actions effectuées par sa petite amie. Devant son geste, Alice plisse les yeux.

— Hé ! Tu ne m'as jamais montré comment faire ça !

— Il faut bien que je garde une longueur d'avance sur toi, raille-t-il.

Au bout de quelques clics, il parvient à faire apparaître un courriel crypté de John sur l'écran de Gina.

— C'est la recherche qu'il t'a demandée ? s'enquiert-il.

Elle fronce les sourcils, étonnée de retrouver le texte en entier.

— Mais… je l'avais effacée !

— Tu l'as fait, c'est vrai, confirme-t-il, mais comme c'est tout récent, j'ai pu le récupérer.

Pivotant sa chaise vers la gauche, il se remet à pianoter sur son clavier et démarre une nouvelle recherche. Quelques secondes plus tard, il marmonne, perplexe :

— Pourquoi John voulait-il des informations sur Michaël Falcon ?

— Je n'en sais rien. Qui c'est, ce type ?

— Un écrivain. Il écrit des histoires très sanglantes. De vampires, surtout.

Alice grimace avec dédain.

— Une chose est sûre, ça n'a rien à voir avec la revue.

Devant son ton condescendant, Dave lui lance un regard sombre.

— Ses livres sont très bons. Je les ai tous lus.

Elle scrute son petit ami avec un air étonné. En couple avec Dave depuis près de trois ans, Alice ne l'a que très rarement vu lire devant elle, sauf des bandes dessinées. Lorsqu'un petit bip se fait entendre, il reporte son attention sur l'écran et lâche :

— Wow ! Pour un écrivain, il a un compte bien garni !

Devant sa découverte, la même qu'elle a dégotée il y a quelques jours, il vérifie du côté d'Alice, qui n'est nullement surprise devant le chiffre indiqué. Se peut-il qu'il s'agisse d'une information sensible ? Combien est censé gagner un écrivain de cet ordre ?

— Qu'est-ce qu'il y a ? le questionne Alice.

— Je ne sais pas, mais je n'aime pas ça, dit-il simplement. Ce type écrit des histoires… vraiment sanglantes.

— Et alors ?

Il lance un regard sombre vers sa petite amie.

— On voit que tu n'as pas lu ses histoires. Il décapite un vampire avec assez de détails pour te donner la nausée.

Pianotant de nouveau sur son ordinateur, il fait apparaître un tas de photos de couvertures de romans.

— Et regarde un peu tous ces résultats : on n'a jamais vu de photos de lui nulle part. Ça pourrait être n'importe qui.

Alice se penche par-dessus l'épaule de Dave et constate qu'il a raison.

— Tu te rends compte ? Ce type est comme un fantôme, s'inquiète Dave. Et il a visiblement les moyens de faire ce qu'il veut. En plus, personne ne sait de quoi il a l'air.

— Quoi ? Tu penses que… qu'il pourrait être le coupable ?

— Pourquoi pas ?

Alice cligne des yeux, effrayée à l'idée d'être à l'origine de la mort de son ami.

— Mais pourquoi tu as fait cette recherche pour John ? s'emporte à nouveau Dave. Si la police remonte jusqu'à toi, tu risques cinq ans de prison !

— Hé ! Je te rappelle que je suis très bien payée pour faire ce genre de recherches ! Et j'ai effacé toutes mes traces ! Si tu m'as bien appris comment le faire, je ne risque absolument rien !

Soutenant son regard sombre, il rétorque, agacé :

— Ouais, bien ça, c'est en théorie. Mais au cas où tu ne t'en souviendrais pas : ton patron est mort la nuit dernière.

Alice déglutit, anxieuse. Ses recherches auraient-elles pu causer l'assassinat de John ? Lorsque son regard se voile de larmes, Dave fait mine de la gronder d'une voix triste :

— Arrête. Nous avons plus urgent à faire.

Avant qu'elle puisse lui poser la question, il fait glisser sa chaise du côté de son ordinateur.

— Nous devons trouver Michaël Falcon. Surtout s'il compte remonter jusqu'à toi. Et je vais essayer de dénicher le dossier de la police. J'aimerais bien savoir où les mène l'enquête…

Ravalant ses larmes, Alice hoche la tête et s'installe devant sa propre machine.

— Je vais fouiner sur Falcon, annonce-t-elle, toi, occupe-toi de la police.

— Attends !

Il s'étire sur sa chaise pour revenir pianoter sur le petit ordinateur avant qu'elle puisse en prendre possession.

— Je branche Gina derrière mon dernier pare-feu. Je préfère que nous utilisions un nouveau serveur sécurisé pour effectuer ces recherches. On ne sait jamais. L'ancien pourrait être surveillé.

Elle opine en silence et scrute les manipulations de Dave avant de reprendre la direction de sa machine. Un silence passe, entrecoupé de cliquetis issus des différents claviers sur lesquels chacun effectue sa propre recherche. Au bout d'une trentaine de minutes, Dave recule brusquement dans sa chaise et peste :

— Merde !

— Quoi ?

— Ne regarde pas ! s'écrie-t-il en posant une main sur l'écran. Ils ont mis des photos du corps de John et... tu ne veux pas voir ça.

D'un clic de souris, il fait disparaître l'image avant de détourner la tête, visiblement troublé par ce qu'il vient d'apercevoir.

— Mais pourquoi tu as regardé ? le dispute-t-elle.

— Ils ont... son cœur a été... arraché, bredouille-t-il, le souffle court.

La gorge nouée, Alice pose une main sur son cou avant de chuchoter :

— Son cœur ? Mais... pourquoi ?

— Mais qu'est-ce que j'en sais ?

Un silence passe, puis le regard de Dave revient sur Alice, et il ajoute, d'autant plus inquiet de devoir le lui avouer :

— Dans les livres de Falcon, il y a deux ou trois passages où il raconte ce genre de trucs...

Effrayée qu'il ramène l'écrivain entre eux, Alice inspire longuement pour essayer de garder son calme.

— Mais pourquoi un type s'amuserait à arracher le cœur d'un homme ? questionne Alice, dépitée.

— John était peut-être un vampire, rétorque-t-il sans attendre.

Agacée par sa théorie, Alice siffle :

— Arrête, tu veux ? Les vampires, ça n'existe pas.

— Hé ! insiste Dave en pointant son écran, sur lequel il n'y a plus rien. Les faits sont là ! Qui sait ? Ce Falcon s'imaginait peut-être des trucs ? Il est peut-être devenu fou ?

Alice le scrute pendant qu'il continue de réfléchir à voix haute :

— Mais comment il a pu croire que John était un vampire ? Tout le monde sait qu'ils ne peuvent pas sortir au soleil. Et John vivait au grand jour, donc…

— Tu peux arrêter ton délire ? s'impatiente Alice.

Dave soupire avant de pivoter vers elle.

— Tu ne vois pas que j'essaie de comprendre ? gronde-t-il.

Retrouvant son calme, il poursuit :

— Et de ton côté ? Qu'est-ce que tu as ?

— Presque rien, admet-elle avec un air sombre. Si John ne m'avait pas donné le nom de l'institution bancaire de cet homme, je ne l'aurais jamais trouvé. Il n'a aucun site Web, aucune adresse de courrier électronique… Les seules informations que j'ai, ce sont les résumés de ses romans ou des informations sans intérêt transmises par ses diverses maisons d'édition.

Dave grimace avant d'insister :

— Et ses transactions ? Ça ressemble à quoi ?

— Il ne fait que de gros retraits. Assez peu souvent, d'ailleurs.

— Quoi ? Il ne paie jamais rien avec une carte ?

Elle revient vérifier sur son petit écran avant de secouer la tête.

— Aucune carte de crédit ne semble émise à son nom. Et on dirait qu'il voyage souvent. Son dernier retrait a été effectué au Nouveau-Mexique, mais quelques-uns ont été faits à Chicago.

Dave se penche vers elle pour vérifier l'information par-dessus son épaule.

— Au moins, il n'est pas à Montréal, dit-il, soulagé.

— Ça, nous n'en savons rien, le contredit Alice. Sa dernière transaction date de trois semaines. Et vu le montant qu'il a pris, je doute qu'il ait besoin d'y retourner avant un moment...

Retrouvant un air sombre, Dave demande :

— Tu as vérifié les vols en direction d'ici ?

— Pas de Falcon de ce côté-là, affirme-t-elle. Ni du côté des bus, d'ailleurs.

— Merde. C'était pourtant notre meilleure piste.

Il fixe le mur pendant qu'il réfléchit, puis lâche une autre théorie :

— Il est peut-être venu en voiture ? Ou il a une autre identité !

— Dave, arrête ! Si ça se trouve, nous avons tout faux ! Cette recherche n'a rien à voir avec la mort de John.

Dans un soupir épuisé, elle ajoute :

— Et je ne veux surtout pas que... cette recherche ait causé... la mort de John.

Sa voix se brise et elle renifle en essayant de retenir ses larmes. Avec une moue triste, Dave récupère sa main avant de l'attirer sur lui. Une fois qu'elle est assise sur ses cuisses, il l'enlace et la serre très fort.

— Arrête de te faire du mal, chuchote-t-il. Tu ne pouvais pas savoir...

Elle hoche la tête en silence et il s'empresse d'ajouter :

— Je sais que John était prudent, et je suis sûr qu'il ne t'aurait jamais mise en danger. Mais tu me connais : je suis toujours inquiet.

— Oui, souffle-t-elle.

— D'ailleurs, par précaution, il vaut mieux que tu restes ici quelques jours. Le temps que cette histoire se calme.

En guise de réponse, elle opine, la gorge nouée à l'idée qu'elle puisse être ciblée par un meurtrier. Tout ça à cause de chiffres dont elle se fiche ? Un silence passe, puis Dave relève la tête pour capter son regard.

— Vous n'aviez pas un serveur sécurisé pour vous transmettre des fichiers, John et toi ? Ce serait bien si nous pouvions… disons… y jeter un œil…

Le chagrin d'Alice s'estompe légèrement, puis elle embrasse bruyamment Dave sur la joue.

— Toi, tu es génial !

Elle retourne prestement sur sa chaise et se connecte à distance au serveur sécurisé de la revue. En quelques clics, elle récupère les derniers fichiers créés par son patron avant d'en pointer un.

— Celui-ci date d'hier soir, remarque-t-elle, anxieuse.

Le document prend un temps considérable avant de s'ouvrir, mais hormis quelques lignes dactylographiées en français, le reste du texte est indéchiffrable, car il s'agit d'une énorme image non sélectionnable sur laquelle se trouvent des symboles qu'elle n'a jamais vus. Alice plisse les yeux et tourne la tête vers Dave :

— Qu'est-ce que c'est que ça ?

— Aucune idée. Un langage codé, peut-être ?

Il pointe l'écran du bout de l'index :

— T'as vu ? Il y a un mot pour toi.

Touchée que son ami lui ait laissé un message avant sa mort, Alice sent son regard se brouiller de larmes et doit s'essuyer les yeux avant de pouvoir lire.

Chère Alice, si tu lis ce texte, c'est probablement parce que je suis mort. De toute évidence, les choses ne se sont pas passées comme je l'espérais pendant ma dernière enquête. Je te mentirais en te disant que ce n'était pas prévu. Il y a un moment que je me suis fait à l'idée de mourir. Ne sois pas triste pour moi. J'ai bien vécu. Beaucoup, passionnément, parfois même à la folie…

Ah Alice… il y a tellement de choses que j'aurais voulu te dire. Tellement de choses que je voudrais que tu saches. Et même si je ne peux rien te révéler, je peux t'assurer que je meurs pour une grande cause. Une cause qui t'aurait rendue fière de moi. Et même si j'emporte mon silence dans la tombe, j'ai un dernier service à te demander : peux-tu remettre le message suivant à Michaël Falcon ? Tu verras qu'il s'agit d'un homme difficile à cerner, mais ne t'inquiète pas : si tu ne le débusques pas, il viendra certainement à toi. C'est un ami très cher. Tu peux lui faire confiance. De son côté, il aura peut-être besoin de tes services pour poursuivre mon œuvre…

Adieu, ma belle Alice. Peu importe où je suis en ce moment, sois sûre que j'emporte ton souvenir. Tu es une femme d'exception. Ne l'oublie jamais.

Merci d'avoir illuminé mon quotidien, ces dernières années.

Affectueusement, John

Lorsqu'elle termine sa lecture, Alice déglutit, et sa salive a un goût de larmes. Mal à l'aise à l'idée de pleurer devant un écran d'ordinateur, elle détourne la tête pour tenter de contenir son chagrin.

— Il est fou! Il veut que tu rencontres Falcon! lâche Dave.

Alice ne répond pas. En ce moment, elle se fiche bien de cet écrivain! John vient de lui faire ses adieux par lettre, signe qu'il savait pertinemment qu'il pouvait mourir, ces derniers jours, et tout ce qu'elle arrive à faire, c'est essayer de se remémorer s'il n'avait pas fait quelque sous-entendu, la dernière fois qu'elle l'a vu...

— Pourquoi il ne m'a pas... Il aurait pu me dire qu'il faisait un truc dangereux! J'aurais certainement pu l'aider! bredouille-t-elle.

— Il voulait sûrement te protéger, comprend son petit ami. Et je ne te mentirai pas : cette histoire avec Falcon ne me rassure pas du tout. J'aimerais mieux que tu ne le contactes pas.

Alice reporte son attention sur les mots toujours inscrits à l'écran avant de pointer une phrase du doigt.

— Je peux lui faire confiance, tu vois? C'est écrit, là.

— Ouais, siffle-t-il. Va dire ça à John! Je te rappelle qu'on lui a arraché le cœur! Si ça se trouve, c'est peut-être l'assassin!

Sous la colère, il récupère son téléphone et peste :

— D'ailleurs, toute cette histoire ne me dit rien qui vaille. Il vaut mieux que nous appelions la police. Eux, ils retrouveront Falcon, et ils feront la lumière à son sujet. Là, au moins, nous aurons la paix.

Avec un visage sombre, elle lui arrache l'appareil des mains avant de s'écrier :

— Je t'interdis de faire ça ! John m'a tout appris ! Il m'a aidée à me faire un nom dans le milieu de l'édition et en moins de deux ans, je suis devenue son bras droit à la revue.

Sa voix se brise lorsqu'elle ajoute :

— Et c'était surtout… un ami, alors… je ne vais pas le décevoir, compris ?

— Alice, je ne veux pas que tu te mettes en danger ! proteste Dave.

Un silence passe, et même si elle hésite, elle finit par trancher :

— S'il m'arrive quelque chose, montre tout ça à la police. Pour le reste… nous attendons que Falcon se manifeste.

En un clic, elle déconnecte son ordinateur du serveur sécurisé de la revue pendant que les yeux de Dave s'écarquillent.

— Mais… est-ce que nous ne pourrions pas en discuter, avant ?

— Non. J'en ai assez que nous en parlions, grogne-t-elle. Mon patron vient de mourir ! Et si je veux boucler le prochain numéro dans les temps, je risque de devoir mettre les bouchées doubles à la revue, ces prochaines semaines…

Il fronce les sourcils en guise de désapprobation, mais il ne peut ouvrir la bouche qu'elle le rabroue déjà :

— Je ne suis pas en danger, compris ? Et si ces salauds essaient de s'en prendre à moi, tu auras ma bénédiction pour pouvoir les traquer jusqu'à ce qu'ils pourrissent en enfer !

Malgré l'inquiétude qui s'affiche sur les traits de Dave, il confirme par un petit hochement de tête discret, sachant pertinemment que dans cet état, Alice n'a pas l'intention de céder. Dans un soupir, il retourne à son ordinateur.

— Bien, alors... tu t'occupes de la revue et je poursuis mes recherches...

Sans lui répondre, Alice se redresse pour aller s'installer sur le canapé. Elle éteint la télévision et essaie de se concentrer sur sa tâche. Avec la mort de John, toutes les décisions de la revue lui incombent. Du moins, temporairement... Les employés allaient-ils demander une prolongation ? Et à qui fallait-il se référer en cas de problème ? Jonathan gérait presque tout à la revue !

— Qu'est-ce que je vais dire aux autres ? soupire-t-elle en laissant sa tête tomber contre l'assise.

— Ce que tu ressens, tout simplement. Tu ne peux rien faire d'autre.

Avec un air sombre, elle retient ses larmes. Ce qu'elle ressent ? Un mélange de chagrin et de rage. Et l'espoir fou que tout ceci ne soit qu'un mauvais rêve.

❦

Il est un peu plus de 8 h lorsqu'Alice franchit la porte du bureau de la revue *Notre monde, aujourd'hui*, mais elle aurait pu y être à 6 h tellement la nuit avait été courte. Un sentiment de tristesse règne dans les locaux de la revue. Les premiers arrivés discutent à voix basse et tout le monde se retourne sur son passage. La raison en est simple : en tant qu'assistante de John, il fallait qu'elle prenne les commandes jusqu'à ce que... jusqu'à ce que quoi ? Qu'elle sache ce qu'il adviendrait de la revue ? S'il savait qu'il risquait de mourir, John avait-il prévu ce qu'il adviendrait du *Monde*, aussi ?

Après de brèves salutations, elle s'enferme dans son bureau, anxieuse à l'idée de devoir affronter les autres. Elle profite de ce temps calme pour répéter le discours qu'elle a préparé alors que le sommeil la fuyait, cette nuit.

À son retour dans la grande salle, vers 9 h, tout le monde est là, et les murmures se calment dès son arrivée. La vingtaine d'employés présents l'observent se poster face à eux dans la salle :

— Comme vous tous, je suis sous le choc de la nouvelle, lâche-t-elle sans attendre. Certains le savent : John était mon mentor. Il m'a tout appris de ce métier. Je crois que sa mort est... l'une des plus grandes injustices qui soient. Je voudrais avoir des réponses à vous donner, mais je n'en ai aucune. Je n'en sais malheureusement pas plus que vous...

Sentant le chagrin l'envahir, elle baisse la tête quelques secondes. La vague d'air frais qui entre dans ses poumons l'aide à reprendre ses esprits. Dès que sa voix lui semble stable, elle remonte les yeux vers son équipe.

— Depuis le jour où John m'a accordé sa confiance, j'ai travaillé dans le seul but de ne pas le décevoir. J'ai toujours fait en sorte qu'il ne regrette jamais de m'avoir donné cette chance. Et même s'il n'est plus là aujourd'hui, je compte poursuivre son œuvre avec le même enthousiasme, car je sais à quel point il adorait cette revue.

Elle s'arrête pour faire une pause. Cette fois, elle sent ses yeux piquer, mais elle n'a aucune envie de se mettre à pleurer devant tout le monde. Elle parle donc plus rapidement, sentant que ses forces l'abandonnent :

— J'espère que vous m'aiderez tous à continuer de faire de cette revue quelque chose dont John serait fier.

Les gens hochent la tête en silence, ce qui la rassure partiellement. Sur un ton plus confiant, elle reprend, déterminée à en finir avec ce discours au plus vite :

— En ce qui me concerne, je n'ai pas l'intention de changer quoi que ce soit au prochain numéro. La liste des articles à produire a déjà été approuvée par John et j'entends bien respecter chacune de ses décisions sur le sujet. Vous le savez, nous avons des délais serrés avec l'imprimeur et nous ne pouvons pas nous permettre de prendre du retard. Et même si je me doute que vous n'avez pas le cœur à travailler aujourd'hui, je serais vraiment contente de recevoir vos ébauches avant la fin de la journée.

Une main se lève discrètement. Alice se sent comme une enseignante qui doit donner la parole aux autres.

— C'est toi qui vas remplacer John à la tête de la revue ? lui demande-t-on.

Des tas de murmures refont surface dans la pièce. Voilà exactement la question qu'elle redoutait et pour laquelle elle n'a aucune réponse.

— Est-ce que nous allons perdre nos emplois ? questionne-t-on encore.

— Attendez. S'il vous plaît, calmez-vous, les arrête-t-elle.

Elle attend que le silence revienne dans la salle avant de chercher des paroles rassurantes :

— Le fait est que… je ne sais absolument rien. Est-ce que John a prévu ce qu'il adviendrait de la revue quand il ne serait plus là ? Je l'ignore, mais je le souhaite sincèrement. Dans tous les cas, nous avons des engagements envers nos lecteurs et vous savez tous à quel point notre échéancier est serré. Est-ce que je peux compter sur vous pour maintenir le cap vers la publication du prochain numéro ?

Des « oui » fusent tout autour de la pièce et les gens retournent lentement à leur bureau. Alice en profite pour s'enfermer à nouveau dans le sien. Elle se félicite de ne pas avoir craqué et se motive en se disant que John aurait été fier d'elle. Pourtant, elle a bien envie de se laisser tomber sur le sol et de pleurer comme une enfant.

Devant l'ampleur du travail qui l'attend, le défi lui semble lourd à relever. Elle n'est d'ailleurs pas certaine d'être à la hauteur de la confiance que lui témoignait John. Lui qui était si rapide et si efficace qu'elle en bavait de jalousie. Sans John, comment y arrivera-t-elle ?

Devant le courage qui s'évapore, Alice secoue la tête et s'empresse de se mettre au travail. Elle commence une recherche exhaustive sur son ex-patron, récupère des photographies et quelques anecdotes amusantes sur sa personne. Les quelques phrases qu'elle rédige se transforment rapidement en un hommage, celui qu'elle aurait souhaité que John entende. Pourquoi fallait-il qu'il meure si vite ?

Sur l'interphone, la voix de la secrétaire la fait sursauter :

— Alice ? Il y a l'avocat de Jonathan sur la 2. Un certain monsieur Noley.

— Ah. Bien... je vais le prendre.

D'une main, elle récupère le combiné en vitesse.

— Alice Demers, comment puis-je vous aider ?

— Bonjour, Madame Demers, je suis Edgard Noley. Je suis l'avocat de monsieur Sanz. Je voudrais d'abord vous exprimer mes plus sincères condoléances...

— Merci, le coupe-t-elle très rapidement, souhaitant éviter que son chagrin l'emporte à nouveau. Que puis-je faire pour vous ?

— Eh bien… c'est un sujet un peu délicat à traiter par téléphone. Que diriez-vous de passer à mon bureau pour que nous discutions du testament de monsieur Sanz ?

Dans la tête et dans la bouche d'Alice, un désert s'installe.

— Parler du testament ? Pourquoi ?

— Bien… parce que vous y êtes citée.

Une hésitation se fait sentir dans la voix de l'homme, puis il finit par demander :

— Préférez-vous que je passe à votre bureau ? Vous savez, monsieur Sanz tenait à ce que tout soit en règle très rapidement… pour le bien de la revue…

Alice ne réagit pas. Elle n'a aucune envie d'entendre parler du testament de John. Tout se passe trop vite. Elle n'est pas prête à croire qu'il n'est plus là. Pas encore.

— Je me doute que vous n'avez pas encore réfléchi aux conséquences de son décès, reprend l'avocat, mais monsieur Sanz tenait à ce que son entreprise reste entre de bonnes mains.

— Qu'est-ce que ça veut dire ? s'emporte-t-elle. Il ne veut quand même pas… me laisser tout ça ?

— C'est effectivement la volonté de monsieur Sanz, Madame.

Un silence passe durant lequel Alice tente de saisir les mots qui viennent d'être prononcés. Cette revue allait lui appartenir ? Au lieu d'en être rassurée, l'angoisse la reprend. Comment allait-elle pouvoir gérer tout ça ? Même avec John à ses côtés, elle avait parfois du mal à tout boucler dans les temps!

— Préférez-vous que je passe à votre bureau? propose soudain l'avocat. Toute cette paperasse prend beaucoup de temps avant d'être officialisée, vous savez. Vous aurez donc le temps d'y réfléchir dans les prochaines semaines. Vers 14 h, cela vous irait-il? Je promets que cela ne prendra qu'une toute petite demi-heure.

— Bien… euh. Oui.

— Parfait. À tout à l'heure.

Quand elle repose le combiné du téléphone, Alice reste plongée dans ses pensées. Chaque fois qu'un élément lui rappelle la mort de John, c'est un nouveau choc. Elle a toujours l'impression qu'il va entrer dans son bureau en coup de vent et criant : «Attends d'entendre la dernière…» Voilà que tout ceci allait lui appartenir. John ne reviendrait plus. Et il laissait un véritable chaos dans sa vie…

La voix de la secrétaire la ramène de nouveau à la réalité :

— Monsieur Asselin sur la 3.

Alice saute sur le téléphone.

— Dave?

— Ouais. Écoute ce que j'ai découvert : le corps de John a disparu.

— Il a quoi?

Elle écrase sa bouche sous une main en constatant qu'elle vient de hurler dans son bureau.

— Il a disparu! répète Dave en essayant aussi de retenir son cri. D'après le rapport de la police, quand ils ont voulu faire l'autopsie… hop! le corps n'était plus à la morgue!

— Mais... comment c'est possible ? questionne-t-elle avec angoisse.

— Qu'est-ce que j'en sais, moi ? Des types sont probablement venus et ils ont emballé le corps !

Sous le choc, elle prend appui contre l'assise de son siège et souffle :

— C'est complètement fou !

— Et encore, tu ne sais pas tout ! Vingt-deux millions de dollars ont été versés sur le compte bancaire de Michaël Falcon ce matin.

Alice s'étouffe en répétant :

— Vingt-deux millions ? Mais qui a autant d'argent ?

Un frisson glacé parcourt le dos d'Alice avant qu'elle ait le courage de poser une question qui la terrifie :

— Attends ! Est-ce que tu es en train d'insinuer qu'on aurait pu payer Falcon... pour tuer John ?

— Une chose est sûre : ça fait beaucoup de coïncidences autour d'un même homme...

Elle expire bruyamment pour essayer de conserver son calme. Dire que ce Falcon allait la contacter. John lui avait demandé de lui faire confiance, mais... fallait-il le croire ?

— D'où ils venaient, ces millions ? se décide-t-elle à demander.

— Va savoir. D'un compte offshore numéroté. Même moi, je ne suis pas arrivé à le relier à une identité. Mais j'y arriverai, c'est juste une question de temps...

Le ton de Dave est maussade, mais ce n'est rien en comparaison du désarroi que ressent Alice. Comment est-il possible que quelqu'un ait pu vouloir la mort de son patron à ce point ? Vingt-deux millions de dollars, c'est une sacrée somme ! Est-ce le prix de Falcon pour tuer un ami ? Après

tout, la lettre de John est claire sur ce point : il lui faisait réellement confiance. Voilà que le doute s'insinue dans l'esprit
de la jeune femme…

— Tu devrais reconsidérer ta décision de ne rien dire à
la police, reprend Dave. Si Falcon découvre que tu as les
capacités de voir ce qui se passe sur son compte, tu es peut-
être plus en danger que tu ne le crois. Surtout après la somme
qu'il vient de recevoir.

Alice étouffe un grognement. Devait-elle rester loyale
envers John devant cette nouvelle information ? Et s'il est
coupable, Falcon ne mérite-t-il pas de payer pour ce qu'il a
fait ?

Une sonnerie indique que la secrétaire essaie d'entrer en
communication avec elle et les oblige à couper court à leur
discussion.

— Dave, il faut que j'y aille.

— OK. Je continuer d'essayer de trouver d'où vient
l'argent. Je te rappelle si j'ai du nouveau.

Elle prend un moment pour reprendre ses esprits et bascule la communication avec la secrétaire :

— Oui ?

— Deux policiers sont ici. Ils voudraient vous voir.

Dans un soupir, Alice grimace. Des policiers ? Et puis
quoi encore ? D'une main, elle essuie son visage pour essayer
d'en faire disparaître toute trace de contrariété, mais elle se
doute que son geste est vain. Décidément, cette journée ne
s'arrêtera jamais ! Discrètement, elle fait rouler sa chaise vers
la gauche pour voir les policiers en question à travers la baie
vitrée qui encadre son bureau.

— Bon… envoie-les, dit-elle enfin.

Dès qu'ils entrent dans la pièce, Alice se lève pour les
accueillir.

— Bonjour, Madame, je suis l'inspecteur Alvarez et voici mon collègue, l'inspecteur Picard. Nous aimerions discuter avec vous du décès de monsieur Sanz.

— Euh. Oui. Bien sûr.

Alice les invite à prendre place avant de revenir sur sa chaise. Elle ferme machinalement le couvercle de son ordinateur portable, plus pour en masquer le contenu que par politesse, puis elle attend. L'inspecteur Alvarez, un homme dans la cinquantaine, sort un calepin de sa poche avant de commencer :

— Pouvez-vous nous dire à quand remonte la dernière fois que vous avez vu monsieur Sanz ?

— C'était vendredi soir. Ici, au bureau.

Elle se garde bien de lui dire la raison pour laquelle elle est restée aussi tard avec John : pour fouiner dans les comptes bancaires de Michaël Falcon.

— Est-ce qu'il vous paraissait... plus nerveux que d'habitude ?

— Euh... non. Au contraire, il semblait très détendu. Jovial, même.

En réalité, il rigolait comme un fou, comme s'il jouait un vilain tour à son ami.

— Rien d'anormal dans son comportement ? la questionne-t-il encore.

Alice fait mine d'y réfléchir, mais elle ne peut s'empêcher de secouer la tête. John ne lui a jamais paru différent. Pas même soucieux. Pourtant, sa lettre d'adieu indique qu'il se doutait que la mort rôdait autour de lui. Elle avait certainement raté quelque chose...

L'interrogatoire se poursuit pendant un bon moment durant lequel l'inspecteur gribouille dans son calepin sans jamais relever les yeux vers elle. Son collègue, lui, ne cesse de secouer sa jambe en observant le bureau sans y témoigner de véritable intérêt. Malgré son envie de leur parler de Michaël Falcon, Alice se tait, incapable de trahir John. Même si sa demande la place dans une situation délicate, c'était la dernière volonté de son ami, et elle tient à la respecter.

Profitant d'un silence prolongé, elle avoue :

— Vous savez, j'ai un peu de mal à croire que… John soit mort…

— C'est normal, Madame, dit l'inspecteur avec une voix douce.

— Est-ce qu'il serait possible… enfin… de le voir ?

Même si elle n'en a pas la moindre envie, elle espère surtout vérifier si l'information de Dave est réelle. Il lui paraît improbable qu'on puisse voler le corps d'un homme mort.

— À ce que je sache, John n'avait pas de famille, poursuit-elle. Et si vous aviez fait une erreur d'identification ?

À sa requête, l'inspecteur referme nerveusement son carnet et Alice comprend, au regard que s'échangent les policiers, que Dave n'a pas menti.

— Le corps a déjà été identifié, Madame, commence l'inspecteur Alvarez, par votre collègue : un certain Richard Donovan.

— Oh, dit-elle en baissant piteusement la tête.

Cherchant un nouveau prétexte, elle relève les yeux vers l'homme, déterminée à en avoir le cœur net :

— Écoutez, John était… *est* un ami très cher. Et je voudrais juste… j'ai besoin de…

Comme sa voix tremble, elle se tait de nouveau, mais l'inspecteur hoche lentement la tête.

— Je sais à quel point il est important de voir un défunt. Ne serait-ce que pour pouvoir commencer son deuil…

— Oui, confirme Alice.

— Le problème, c'est que le corps de monsieur Sanz a...
disparu.

Même si elle connaît l'information, Alice est quand
même sous le choc de l'entendre à nouveau.

— Disparu? répète-t-elle en clignant des yeux. Mais...
qu'est-ce que ça veut dire?

— Nous croyons... enfin... qu'il est possible que le
meurtrier ait voulu récupérer le corps de votre ami pour éliminer un maximum de preuves. Nous pouvons vous certifier qu'une telle chose ne nous est jamais arrivée...

Un silence inconfortable passe avant qu'Alice reprenne :

— Mais... comment pourrons-nous organiser des
funérailles?

— Nous allons délivrer un certificat de décès. Ne vous
inquiétez pas.

L'inspecteur tente de se faire rassurant, mais il n'y parvient qu'à moitié. Afin de couper court au malaise qui s'en-
suit, il se lève de son siège pour prendre congé et son collègue
l'imite. Alice se sent obligée de faire la même chose, mais elle
met un temps considérable pour retrouver un certain équilibre sur ses jambes et leur tendre la main à tour de rôle. Ses
réflexions vont dans tous les sens. Il y a trop de choses dans
son esprit : la mort de John, ce message indéchiffrable et,
maintenant, la disparition de son corps. Quelque chose ne
tourne pas rond dans ce décès...

Lorsque les policiers quittent son bureau, Alice se laisse
retomber mollement sur sa chaise, les yeux perdus dans le
vide.

Trois constats ressortent de cette histoire. D'abord, que
John devait avoir un ennemi très puissant pour que ce

dernier investisse la somme de 22 millions de dollars dans sa mort. Ensuite, que la revue allait bientôt être sous sa responsabilité, ce qui alourdit considérablement l'air qu'elle respire depuis qu'elle s'en trouve consciente. Finalement, que Michaël Falcon a, de toute évidence, un lien particulier avec cette affaire, et le découvrir serait sa prochaine mission.

Chapitre 2

L'enquête

C'est un beau dimanche ensoleillé, même s'il fait un peu frais pour cette période de l'année. Des gens vêtus de noir sont rassemblés devant une tombe vide afin de rendre un hommage à Jonathan Sanz. Un homme exceptionnel. Un homme dont la mort violente reste sans réponse. Des pleurs résonnent dans le cimetière, même si certains sonnent faux. Malgré son chagrin, Alice reste à l'écart du groupe. Avec tout ce que John lui a légué, elle a la sensation qu'elle devrait jouer le rôle de la jeune femme éplorée, mais elle est en incapable. Voir autant de gens tristes devant une tombe vide lui fait l'effet d'une plaisanterie de mauvais goût.

Le discours du prêtre est interminable et Alice ne l'écoute qu'à demi. Elle observe discrètement ceux qui l'entourent. Michaël Falcon se trouve-t-il dans cette foule ? Selon les informations recueillies par Dave, l'enquête entourant le meurtre de Jonathan Sanz paraît piétiner. Aucun signe du cadavre et encore moins du meurtrier. Pas le moindre indice !

Une fois la tombe en terre, elle soupire et tourne le dos pour quitter cette scène ridicule. À quelques pas de l'allée centrale, un homme à l'accoutrement étrange l'aborde poliment :

— Madame Demers ? Pourrais-je m'entretenir avec vous quelques instants ?

Aussi intriguée qu'étonnée, Alice le jauge quelques instants. L'homme dans la trentaine est assurément imposant, et son long imperméable noir, beaucoup trop chaud pour ce temps ensoleillé, ne masque en rien sa carrure. Si son teint est légèrement basané, ses cheveux, longs et noirs, sont attachés derrière sa nuque, ce qui lui donne le look d'un type peu fréquentable.

— Vous êtes Michaël Falcon ? le questionne-t-elle sans préambule.

Sans sourire, l'homme secoue la tête.

— Non, Madame. Mon nom est Vern Acosta. Je suis l'assistant de monsieur Falcon.

— Oh. Et lui ? Où est-il ?

D'un coup d'œil furtif, elle cherche l'écrivain du regard, même si elle n'a aucune idée de ce dont il a l'air. La voix de Vern ramène aussitôt son attention vers lui.

— Monsieur est à l'hôtel. Il aimerait beaucoup vous rencontrer. J'ai pour mandat de vous y conduire.

Alice affiche un air perplexe devant cette requête incongrue. Cet individu au corps massif, dont les yeux reviennent constamment se river au sol, lui paraît bizarre. Pas seulement à cause de son accoutrement qui lui donne une allure de mafieux des années 90, mais (et surtout) à cause de sa façon d'agir. Pourquoi évite-t-il de la regarder dans les yeux ?

D'un signe de la main, il invite la jeune femme à se diriger vers l'aire de stationnement, mais elle recule d'un pas, effrayée à l'idée de suivre un parfait inconnu Dieu sait où. Surtout après ce qu'elle a découvert sur Falcon !

— S'il voulait me voir, il n'avait qu'à venir lui-même, rétorque-t-elle en tentant de garder un ton ferme. Dites-lui de prendre rendez-vous avec moi. À mon bureau.

Discrètement, Alice cherche un visage qu'elle connaît parmi les gens qui quittent le cimetière. Elle se sent étrangement anxieuse à l'idée de rester seule en compagnie d'un homme dont elle ne sait rien. Surtout qu'il n'a rien de très amical. Pourquoi n'a-t-elle pas accepté que Dave l'accompagne à cette stupide cérémonie ? Cet homme est peut-être le véritable meurtrier de John... ou celui qui a commandité sa mort pour 22 millions de dollars, pourquoi pas ?

Conscient de la peur qu'il provoque chez la jeune femme, Vern remonte des yeux suppliants vers Alice et reprend, déterminé à la convaincre :

— Madame, sachez que monsieur Falcon serait lui-même venu à votre rencontre, s'il le pouvait, mais il est atterré par le décès de monsieur Sanz et m'a envoyé vous quérir à sa place. Depuis ce jour tragique, nous n'avons eu de cesse de vouloir élucider ce meurtre. Croyez-moi, nous espérons que vous pourrez nous venir en aide dans cette lourde tâche.

Alice fronce les sourcils, étonnée par les expressions qu'utilise cet homme. Mais d'où il sort, celui-là ? Essaie-t-il de lui tendre un piège ? Serrant son sac à main contre son flan, elle songe à lui remettre la lettre que lui a laissée John, mais comme elle n'en connaît pas le contenu, elle craint les répercussions de son geste. Et si cela la mettait davantage en danger ?

— Madame, reprend l'assistant en posant un genou sur le sol, devant elle, avant de baisser piteusement la tête. Soyez assurée que mes intentions, autant que celle de mon maître, sont des plus nobles à votre endroit.

Alice fronce les sourcils devant le geste de subordination qu'il effectue pour lui prouver sa bonne foi. Et vient-il réellement d'appeler Michaël Falcon son « maître » ?

— Connaissiez-vous John ? le questionne-t-elle brusquement.

Surpris par ce soudain interrogatoire, Vern relève à nouveau les yeux vers Alice, puis hoche discrètement la tête.

— Oui, Madame. C'était un homme extraordinaire. Sachez que je lui dois tout.

— Tout ? répète-t-elle, sans masquer l'étonnement que provoque le choix de ce mot.

— Oui, Madame.

Au lieu de s'expliquer, il baisse à nouveau les yeux vers le sol et attend.

— Vraiment… je trouve que ce serait plus simple si… votre *maître* prenait rendez-vous à mon bureau, insiste-t-elle.

Aussitôt, le visage de Vern revient sur elle.

— Madame, accordez-lui 20 minutes, la supplie-t-il. Je sais que ma requête peut paraître… impromptue…

— Le mot est faible, renchérit-elle. Et qu'est-ce que c'est que ces manières ? Je n'aime pas qu'on tente de m'amadouer en… prenant ce genre de position…

Aussitôt, Vern se redresse prestement, cherchant visiblement à ne pas lui déplaire.

— Madame, mon maître tient absolument à vous rencontrer, insiste-t-il encore. Il est persuadé que vous pourrez nous aider à trouver celui qui a fait ça.

Alice pince les lèvres. Si seulement elle avait le moindre indice concernant cette affaire! Et dire que le seul suspect était précisément l'homme qui cherchait à la rencontrer!

— Sachant de quelle façon John a été tué et le genre de romans qu'écrit Falcon, vous comprendrez que je n'ai pas très envie de vous suivre, renchérit Alice en s'efforçant de garder ses yeux rivés dans ceux de l'assistant.

Le regard de Vern s'obscurcit, et Alice se fige lorsqu'elle y perçoit des larmes qu'il ne tente même pas de masquer.

— Monsieur ne vous veut aucun mal, Madame. J'en fais le serment. Vous verrez à quel point il est affecté par ce décès. C'est à peine s'il se nourrit depuis ce jour funeste…

Troublée par la sincérité qu'elle croit déceler dans le regard de cet étranger, Alice se résout à hocher la tête.

— D'accord, lâche-t-elle enfin, mais je prends ma voiture. Et je m'assurerai que l'on sache où je vais. C'est à prendre ou à laisser.

D'un geste aussi gracieux que rapide, Vern fait une subtile révérence vers l'avant.

— Bien sûr, Madame. Et je comprends que vous souhaitiez prendre vos précautions. Dites à votre contact que monsieur se trouve à l'hôtel Hilton du centre-ville, tout près d'ici.

Dans un soupir destiné à retrouver un brin de courage, Alice déclare :

— Bon, alors… allons-y. De toute façon, il faut que je lui parle…

À la suite de Vern, Alice s'engage sur le petit sentier qui les mène à l'aire de stationnement. L'homme attend qu'elle soit installée dans sa voiture pour regagner la sienne. Profitant de ce moment de solitude, elle s'empresse de passer un coup de fil à Dave pour lui annoncer ce qu'elle s'apprête à faire, mais un cri ne tarde pas à résonner dans le haut-parleur de son main-libre :

— As-tu complètement perdu la tête ?

— Quoi ? Je t'appelle !

— Et puis quoi encore ? Je suis informaticien, je n'ai rien d'un Superman !

Elle pince les lèvres à cette affirmation, juste de surcroît. Il n'avait même pas de voiture ! Si elle était en danger, qu'allait-il pouvoir faire ? Hors de ses jeux vidéo, Dave était loin d'être un homme d'action. Mais qui d'autre pouvait-elle contacter ?

— Qu'est-ce que tu veux que je fasse ? lâche-t-elle avec énervement. Il faut que je découvre la vérité ! Falcon est notre seule piste. C'est toi-même qui m'as dit que la police était sur le point de classer l'affaire !

— Oui, mais ce type est peut-être dangereux !

— Oh, mais arrête avec ça ! le gronde-t-elle. Il ne va quand même pas me tuer là-bas !

Déterminée à obtenir des réponses, elle chasse prestement ses craintes. Ce n'est surtout pas le moment de craquer. Lorsque le véhicule de Vern se prépare à quitter le cimetière, elle s'engage à sa suite.

— Écoute, il faut que j'y aille, mais rappelle-moi dans une vingtaine de minutes, tu veux ?

— Je saute dans un taxi et j'arrive !

Elle s'apprête à raccrocher quand il se met à hurler au bout du fil pour la retenir plus longtemps :

— Attends ! Comment je saurai si tu es en danger ?

— Je ne pourrai pas te répondre, quelle question !

Pour chasser la nervosité qu'il fait naître en elle, Alice souffle bruyamment, espérant que son ami se taise, mais ses prochains mots n'ont rien de plus rassurant :

— Sois prudente, tu veux ? J'arrive dès que je peux.

Avant qu'elle coupe court à la communication, il s'écrie :

— Hé ! Je t'aime !

Elle envoie un baiser bruyant à son interlocuteur avant de ranger son appareil dans le fond de son sac à main.

Une fois sa voiture garée à quelques mètres de celle de Vern, tout près de l'hôtel, Alice éteint le moteur et prends quelques instants pour retrouver contenance. Trop vite à son goût, Vern apparaît près de sa portière et attend patiemment qu'elle sorte de son véhicule avant de la guider vers le Hilton.

— Monsieur est du genre taciturne. Inutile de dire que ce décès n'arrange rien à son humeur.

Pendant que l'ascenseur s'élève, il poursuit :

— Surtout, ne vous formalisez pas de son état. Ni de sa rudesse ou de… son impolitesse. Il ne sort que très peu, vous savez. Et en dépit du deuil qu'il a du mal à gérer, je vous assure que c'est un homme bon.

Anxieuse à la suite de ce préambule, Alice retient son souffle lorsqu'elle entre dans l'immense chambre d'hôtel où loge Michaël Falcon. Il fait sombre, car tous les rideaux sont tirés et seules quelques lumières d'appoint éclairent la pièce. La pénombre est d'autant plus inquiétante qu'elle ne voit pas le principal intéressé.

Dès que la porte se referme derrière elle, son angoisse remonte d'un cran, puis l'écrivain apparaît dans l'ombre en faisant lentement pivoter son fauteuil. Dans des gestes lourds, il se lève pour venir accueillir son invitée. À distance,

Alice jauge cet homme dont les mouvements semblent difficiles, comme s'il était âgé, mais le reste de son corps trahit son idée première : il est grand, musclé… très musclé. Une vraie armoire à glace ! Comme son assistant, il a les cheveux longs, noirs, tombant nonchalamment de chaque côté de sa tête, et son visage, aux traits carrés, semble d'autant plus découpé avec cet air triste.

Dans un geste poli, l'homme tend la main vers elle et Alice répond à son geste sans grande conviction, trop occupée à dévisager l'homme qui se trouve devant elle. Ainsi, c'est donc lui, Michaël Falcon ? L'homme qui n'a aucune identité numérique ? Une chose est sûre : il a une mine effroyable. Possible que Vern lui ait dit la vérité et que Falcon éprouve réellement du chagrin par rapport à la mort de Jonathan Sanz…

— J'ai beaucoup entendu parler de vous, dit-il dès que leurs mains s'éloignent.

— Malheureusement, je ne peux pas en dire autant.

— Je m'en doute, oui.

Alors qu'il retourne s'installer sur son fauteuil, il fait un geste de la main à l'attention de Vern pour qu'il ouvre les rideaux. Sur le point de reprendre sa place précédente, Falcon montre le siège libre, devant le bureau, pour inviter la jeune femme à le suivre. Pressée de démarrer la conversation, elle s'y laisse prestement tomber pendant que la lumière se diffuse dans la pièce.

— Pourquoi vouliez-vous me voir, Monsieur Falcon ? demande-t-elle en serrant nerveusement son sac contre elle.

Croisant les doigts devant lui, il prend appui sur le meuble avant répondre :

— Il faut que je sache ce qui est arrivé à Jonathan.

Retenant un éclat de voix, elle siffle :

— Croyez-moi, vous n'êtes pas le seul à le vouloir.

— Écoutez, Mademoiselle Demers…

— Alice.

— Alice, répète-t-il, non sans être surpris de la vitesse avec laquelle la jeune femme impose une certaine familiarité entre eux. À plusieurs reprises, dans ses lettres, Jonathan m'a laissé entendre que je pouvais vous faire confiance. Est-ce le cas ?

Elle fronce les sourcils, agacée.

— Ce serait plutôt à moi de vous poser la question ! riposte-t-elle. Dois-je vous rappeler que vous avez reçu 22 millions de dollars le lendemain du décès de John ?

Devant le regard surpris qu'il affiche, Alice perd contenance. Peut-être aurait-elle dû éviter de lui parler de cette transaction bancaire aussi vite, mais elle n'a pas réfléchi. Tant pis. Elle est là pour découvrir la vérité, pas pour lécher les bottes de cet écrivain !

— Voilà donc le genre de recherches que vous effectuiez pour Jonathan, lâche-t-il simplement. Je n'en suis guère étonné. Il a toujours été très emballé par tous ces bidules technologiques…

Alice attend, les yeux rivés sur Falcon, comme s'il pouvait bondir de sa chaise pour venir l'attaquer. Après tout, ne vient-elle pas de sous-entendre qu'elle le suspecte du meurtre de John ? Sans se soucier de ses dernières paroles, il lance :

— Il me semble pourtant avoir lu que vous étiez assistante éditoriale. Enfin… avant de devenir l'unique actionnaire de *Notre monde, aujourd'hui*.

— Nous avons tous des talents cachés, répond-elle simplement.

Un silence suit. Alice ajoute, en vérifiant attentivement la réaction de Falcon :

— Et si vous me disiez plutôt qui est George Durocher ?

Michaël Falcon fronce les sourcils, comme pour réfléchir à la question, puis se braque légèrement :

— Seriez-vous sur le point de m'accuser du meurtre de mon ami ?

— Je vous l'ai déjà dit : vous n'êtes pas le seul à chercher le coupable, et il se trouve que plusieurs indices nous mènent jusqu'à vous.

Derrière elle, la voix de Vern, choquée, se fait entendre :

— C'est ridicule !

D'un geste de la main, Michaël fait signe à son assistant de se taire avant de reporter son attention sur la jeune femme.

— Parlez-moi de ces indices, l'encourage-t-il à poursuivre.

Elle hésite, mais se doutant d'en avoir déjà trop dit, elle se décide à confier :

— Cet argent, déjà, et aussi… la façon dont on a tué John. D'après ce qu'on m'a dit, il y aurait des scènes similaires dans vos romans.

Sous le regard perçant de l'homme, Alice commence à se sentir moins courageuse. Dave avait raison : elle aurait dû attendre avant de venir se jeter dans la gueule du loup. Combien de personnes l'avaient vue monter à l'étage ? Presque aucune.

— Voilà une théorie intéressante, concède-t-il avec calme, mais vous avez tout faux : je n'ai pas tué Jonathan. Si j'avais pu, j'aurais donné ma vie pour qu'on préserve la sienne.

Malgré le soupir interminablement triste qui résonne entre eux, Alice persiste dans son interrogatoire :

— Et l'argent, alors ?

— Cet argent m'a été remis en tant qu'héritage. C'était la volonté de John.

Déterminée à lui prouver l'inverse, Alice ouvre son sac à main et en sort une feuille sur laquelle diverses informations sont notées.

— D'après mes recherches, le compte qui a versé un si joli montant sur le vôtre est attribué à un certain George Durocher domicilié en France…

Michaël affiche un air amusé et hausse un sourcil devant le cran de la jeune femme qui brandit les documents sous son nez. Est-elle courageuse ou stupide pour venir jusqu'ici afin de lui balancer des accusations de la sorte ? Voilà qui l'intrigue. Jusqu'à quel point son ami lui faisait-il confiance ?

— Vous n'avez pas froid aux yeux, admet-il.

— Et vous esquivez la question.

Avec un sourire las, il hoche la tête.

— George Durocher était l'un des multiples noms d'emprunt de Jonathan Sanz. Et il n'était pas le seul. Pour éviter de nous mettre l'un et l'autre en danger, nous avions convenu de nous transmettre nos possessions en passant par d'anciennes identités. Avoir su que j'étais surveillé, j'aurais transféré cet argent sur un autre compte.

Plissant les yeux, elle relève à nouveau le menton vers lui.

— Vous croyez que je vais croire ça ?

— Écoutez, s'impatiente-t-il en reposant les yeux sur elle, si vous êtes tellement persuadée de ma culpabilité, que faites-vous ici ? Et pourquoi n'avez-vous rien dit à la police ?

Avec une note de défi, elle lâche :

— Qui vous dit que je n'en ai pas parlé ?

— Si c'était le cas, je présume qu'ils seraient venus frapper à ma porte.

Elle pince les lèvres avant de sursauter lorsque son téléphone résonne dans le fond de son sac à main. Devant le numéro affiché, elle bredouille :

— Pardon, il faut que je réponde…

Elle écrase l'appareil sur son oreille.

— Salut, Dave. Euh… tout va bien.

— Je suis en route, annonce-t-il. Je serai là dans une dizaine de minutes.

— Attends-moi en bas. Nous n'avons pas encore terminé.

Lorsqu'elle repose son téléphone sur ses genoux, Falcon la regarde avec un air intrigué.

— Pardon, dit-elle avec gêne, mais je préférais prendre des précautions avant de venir jusqu'ici.

— Je comprends, mais je peux vous assurer que vous ne risquez rien avec moi. Jamais je n'aurais pu faire de mal à Jonathan. Il était…

Sa voix tremble lorsqu'il ajoute :

— C'était un frère pour moi.

Malgré le chagrin qu'elle perçoit sur le visage de l'homme, Alice ne peut s'empêcher de reposer la question :

— Alors, pourquoi quelqu'un lui a-t-il arraché le cœur comme le font certains personnages de vos romans ?

Les lèvres de Michaël Falcon se pincent de contrariété, mais il n'a pas le temps de répondre que Vern intervient :

— C'était assurément un coup monté.

Alice pivote sur sa chaise pour river son regard sur l'homme, planté dans un coin de la pièce, qui poursuit :

— Quelqu'un cherche probablement à le faire sortir de sa cachette.

— Qui ?

— Monsieur Falcon, lâche-t-il, comme si la réponse était évidente.

Anxieuse, elle reporte son attention sur l'écrivain et la question fuse sans attendre :

— Qu'est-ce que ça veut dire ? Que John est mort à cause de vous ?

— La situation est bien plus complexe, répond Michaël calmement. Nous étions tous les deux ciblés. Seulement… Jonathan travaillait dans un secteur public, il était donc plus facile à atteindre.

D'ailleurs, Michaël se questionnait sans cesse à ce sujet depuis qu'il avait su que son ami était mort. Pourquoi avait-il décidé de prendre ce métier qui le mettait constamment à l'avant-scène ? Depuis le temps qu'ils se terraient dans l'ombre, l'un et l'autre, il aurait dû se douter qu'il mettait sa vie en jeu en entreprenant une carrière de cet ordre !

— Alors, vous savez qui a fait ça ? l'interroge de nouveau Alice, soudain très intriguée de découvrir le coupable.

Michaël Falcon reprend un air sombre qui ne présage rien de bon.

— Pas vraiment. Nous avons trop d'ennemis pour savoir qui pourrait être à l'origine d'un acte de cet ordre.

Il hésite avant d'ajouter :

— Ceci dit, je ne doute pas que les coupables soient tout près, quelque part dans l'ombre, à espérer que je cherche vengeance.

Alice le fixe en silence lorsqu'il replonge un regard noir sur elle.

— Une chose est sûre : ils vont me trouver.

Prenant appui sur le bureau entre eux, Michaël se penche vers Alice, qui recule prestement sur son siège.

— Le problème, c'est que... pour débusquer les coupables, je vais probablement avoir besoin de vous, annonce-t-il.

Cette fois, la jeune femme se raidit, déjà prête à tout pour venger la mort de son ami.

— De quoi avez-vous besoin ?

L'homme hésite, puis hausse les épaules avant d'annoncer, incertain :

— John m'écrivait souvent. Il me parlait de son travail à la revue, de ses amis, de certains de ses projets... et de vous aussi.

Lentement, il récupère une pile d'enveloppes qu'il glisse vers Alice. Sans attendre, elle en ouvre une au hasard et fronce les sourcils en y retrouvant le même genre d'écriture retrouvée sur la lettre dans le serveur sécurisé de la revue.

— J'ai cru comprendre que John et vous étiez amis, reprend-il. Vous aurait-il jamais... confié un secret ?

Détachant difficilement ses yeux du papier noirci de caractères étranges, elle le questionne à son tour :

— Quel genre de secret ?

— Si vous saviez de quoi je parle, vous ne poseriez même pas la question, dit-il en affichant un sourire contrit.

Il se gratte le menton où se trouve une barbe de quelques jours, puis réfléchit à voix haute :

— J'avais espéré… que John m'ait laissé un indice ou… un message. Vous n'auriez rien trouvé qui ressemble à ceci au bureau ?

Une lueur passe dans le regard de la jeune femme et Michaël la capte.

— Oui ? insiste-t-il.

— Il a… laissé une lettre, avoue-t-elle. Enfin, je crois… parce que c'est un truc avec des symboles de ce genre…

Elle lui montre un document au hasard, mais Michaël garde les yeux rivés sur la jeune femme, et la question franchit ses lèvres :

— Ce document, vous l'avez avec vous ?

— Pas sur papier, mais…

Elle glisse sa main dans son sac et en sort son petit ordinateur avec un large sourire.

— Il est sur un serveur auquel je peux me connecter à distance.

Surpris par la taille de la machine qu'elle sort, Michaël écarquille les yeux.

— Qu'est-ce que c'est que ce… bidule ?

— C'est Gina. Un mini-ordinateur super puissant, annonce-t-elle fièrement.

Son sourire se fige lorsqu'elle ajoute :

— C'est un cadeau de John.

Un silence lourd passe pendant qu'elle dépose la machine sur ses cuisses. Michaël attend que l'écran s'allume avant de demander :

— Qui d'autre peut avoir accès à ce document ?

— Uniquement John et moi. Nous l'avions mis en place pour... certaines recherches qu'il me faisait faire.

— Quel genre de recherches ? s'enquiert-il.

— Évidemment, il ne me disait pas tout. Pour ma sécurité.

Falcon hoche la tête, déterminé à entendre la suite.

— Il s'intéressait surtout à des transferts de propriété, ou aux identités numériques. Parfois, un type avait deux noms, ce genre de choses... mais il arrivait que je doive fouiner dans des comptes bancaires. Comme pour vous.

Le visage de l'écrivain se rembrunit. Il n'ose avouer qu'il ne comprend rien à la plupart des termes qui sortent de la bouche de cette femme. Des identités numériques ? Cela existe-t-il seulement ?

Alors qu'elle pianote sur son petit ordinateur, le téléphone résonne dans la pièce et Alice répond en coup de vent :

— Dave, pas maintenant, je te rappelle.

Elle raccroche brusquement, fait apparaître la lettre à l'écran avant de glisser son ordinateur vers l'écrivain. Plissant les yeux, il se met à lire quand elle demande :

— Ce truc... c'est en quelle langue ?

— C'est du balte, répond-il vaguement.

— Et qu'est-ce que ça dit ?

Il fronce les sourcils, agacé par sa requête.

— C'est une correspondance privée.

— Peut-être, mais John l'a mise dans mon serveur.

Michaël respire bruyamment, contrarié par l'insistance de la jeune femme. Il regrette que son ami ait utilisé un tel moyen de communication pour lui livrer ses derniers mots, le forçant à passer par une tierce personne, ainsi que par le biais d'une machine! Une telle manière d'agir ne lui ressemble pas. Si ce texte n'avait pas été rédigé dans cette langue, jamais il n'y aurait cru.

Pendant qu'il décode le message de son ami tout en gribouillant quelques mots sur un bout de papier, Alice s'impatiente :

— Alors?

Retenant un rugissement, il reporte un regard sombre sur la jeune femme.

— Écoutez, c'est la dernière lettre que m'a écrite mon plus cher ami et j'essaie de comprendre les circonstances qui entourent son décès. Pourriez-vous me donner deux minutes?

Malgré la colère qui transparaît dans la voix de Michaël Falcon, Alice perçoit une réelle tristesse dans ses yeux noirs. De toute évidence, la mort de John atteignait cet homme bien plus qu'il n'en laissait paraître. Gênée de s'être ainsi immiscée, elle opine et détourne la tête.

Reportant son attention sur la lettre, Michaël soupire à quelques reprises, puis essuie son visage d'une main lourde. Dès qu'il détache son regard de l'écran, Alice reprend son interrogatoire :

— Alors? Vous savez qui c'est?

Il échange un regard silencieux avec Vern avant de revenir fixer la jeune femme.

— Je sais qui c'est, oui, mais ce n'est pas quelqu'un de facile à trouver.

D'une main, la jeune femme montre son petit ordinateur.

— Dites-moi son nom. Je ferai en sorte de le trouver.

Avec un sourire triste, il secoue la tête.

— Je doute que ce type d'individu soit localisable avec ce genre de bidule.

— C'est un ordinateur très puissant, rectifie-t-elle avec agacement. Et pour votre gouverne, je suis fort douée en recherches informatiques. C'est moi qui ai tout montré à John.

Devant le silence qui suit, elle ajoute :

— Si vous ne me croyez pas, mettez-moi à l'épreuve. Vous verrez ce que je vaux.

— Vous ne comprenez pas. J'ai deux noms, il est vrai, mais ils sont probablement faux, comme Georges Durocher ou Jonathan Sanz.

Alice cligne des yeux à plusieurs reprises et l'arrête dans ses propos.

— Attendez, est-ce que vous êtes en train de dire que... Jonathan... n'était pas son vrai nom ?

Michaël fait une moue qui en dit bien plus long qu'il le voudrait.

— Mais alors... comment s'appelait-il ? questionne Alice.

Devant le regard insistant qu'elle pose sur lui, il hésite, puis secoue la tête.

— Qu'importe ? Souvenez-vous simplement de Jonathan. Ces dernières années, il était cet homme-là. Et si cela peut vous réconforter d'une quelconque façon, sachez que dans les lettres qu'il m'envoyait, il paraissait heureux. Il tenait beaucoup à cette revue.

La gorge nouée, Alice chuchote :

— Oui.

Un silence passe, et Michaël consent enfin à dévoiler une partie de la lettre de son ami à la jeune femme. Poussant un bout de papier vers elle, il avoue :

— Pour tout vous dire, je doute que les informations que contient cette lettre nous mènent réellement à ceux qui ont fait ça. Si ça se trouve, ils sont probablement très loin, à l'heure qu'il est.

Étirant le cou pour vérifier les notes qu'il a prises, elle répète :

— Léopol Davenport et Robert Wilson ?

— Ce sont les seuls indices que nous laisse Jonathan. D'après ce que je comprends de son message, l'un d'eux est un indicateur et l'autre… probablement le meurtrier.

Le cœur d'Alice se serre, puis elle chasse son air sombre en apercevant certains chiffres, griffonnés dans le coin de la feuille :

— Hé ! Ce sont des coordonnées GPS, il me semble…

Michaël hausse un sourcil, étonné par la perspicacité dont fait preuve cette femme.

— Vous savez ce que c'est ?

— Bien sûr. Donnez-les-moi, je vais vous montrer ce qu'elles pointent.

Sans attendre son autorisation, elle ouvre une console sécurisée et se remet à pianoter sur son petit ordinateur. En moins de 45 secondes, un lieu apparaît et la jeune femme affiche un large sourire.

— En plus, c'est tout près d'ici !

— Vous êtes sûre de ce que vous avancez ? s'enquiert Michaël en tournant l'appareil vers lui pour vérifier ses dires.

— Ce n'est pas sorcier, de géolocaliser un lieu avec Internet, vous savez.

Elle remarque le regard surpris que l'écrivain échange avec son assistant.

— Quoi ? Vous ne l'avez jamais fait ? questionne-t-elle.

— Je...

Avançant d'un pas, Vern prend la parole :

— Nous avons un appareil GPS.

— Et il vous donne ça, votre appareil ? demande-t-elle en activant la vue 3D.

Sur l'écran, une zone industrielle apparaît, mais au lieu d'observer l'endroit, Alice affiche un sourire empreint de fierté, surtout en apercevant le visage surpris de Michaël Falcon.

— Ma parole, vous n'avez donc pas d'ordinateur ?

— Bien sûr que si, intervient Vern avec un petit ton choqué, mais je dois admettre que nous n'en connaissons pas... toutes les subtilités.

Avec une voix grave, Michaël soupire :

— Je crains qu'il nous faille suivre quelques cours pour... apprivoiser ces nouveaux gadgets technologiques.

Alors qu'il reporte son attention sur l'endroit affiché par l'ordinateur, Alice annonce :

— Vous savez, c'est moi qui ai tout appris à John.

Comme il ne réagit pas et que ses yeux restent rivés sur l'écran, elle ajoute :

— L'an dernier, je lui ai même organisé son voyage de chasse dans l'est des États-Unis.

Michaël relève la tête et pose sur elle un regard intrigué.

— Vraiment ? s'enquiert-il.

— Oui. John m'avait refilé certaines coordonnées et j'ai estimé le déplacement d'un troupeau de caribous en me basant sur le temps et les données qu'il m'avait fournies.

Soudain, le visage de l'écrivain s'égaie, puis il sourit franchement, laissant apercevoir une série de dents très blanches.

— Voilà donc quel était le petit secret de Jonathan : vous.

Alice déglutit nerveusement devant la façon dont il la scrute. En avait-elle trop dit ?

— Cette chasse a vraiment été mémorable, dit-il simplement.

Intriguée, elle demande :

— Oh, parce que… vous étiez là ?

La joie qui anime ses traits s'estompe brusquement lorsqu'il répond :

— Nous chassions souvent ensemble. Un peu moins, ces dernières années, je l'avoue, mais… cette activité a toujours été l'une de nos favorites.

Il soupire avant d'ajouter, d'une voix terne :

— Si seulement il m'avait contacté pour… j'aurais pu l'aider ou…

Vern s'avance et vient poser une main lourde sur l'épaule de l'écrivain.

— Il voulait certainement vous protéger, Monsieur.

Michaël remonte les yeux vers son assistant, puis se décide à hocher la tête. Au bout de quelques secondes, il reporte son attention sur l'écran.

— Pourriez-vous me donner l'adresse de ce lieu ?

— Vous croyez que le meurtrier s'y cache ?

En quelques clics, elle zoome dans l'écran pour vérifier l'immeuble affiché en détail, puis elle pointe une fenêtre qui semble brisée.

— Ça semble être un lieu abandonné.

— Laissez-moi juste l'adresse. Je m'occuperai du reste.

Très facilement, elle fait apparaître l'information à l'écran. Michaël la lit, puis hoche la tête.

— Vous savez, reprend-elle, ça me paraît bizarre comme endroit. Si vous voulez, je peux revérifier les données que

John a inscrites sur le document et faire une recherche croisée avec les noms que vous avez inscrits sur le bout de papier.

Avec un sourire qui paraît forcé, Michaël plonge son regard sur la jeune femme et secoue doucement la tête.

— Ça ira. Rentrez chez vous, Alice.

Choquée par la façon dont il tente de la mettre à l'écart de cette enquête, elle peste :

— Hé ! Je veux aider ! John était aussi mon ami !

Michaël retient son souffle et explique, en prenant un ton grave :

— Cela pourrait être dangereux, vous comprenez ? Les gens qui ont tué John n'auront aucun scrupule à vous éliminer aussi.

Malgré le frisson d'effroi qui la traverse, elle insiste :

— Je ne veux pas me battre contre eux, je veux juste... je ne sais pas, moi ! Aider ? Vous avez peut-être un lieu, mais ils étaient deux, à ce que je sache !

Il hésite, mais il sent que cette jeune femme est déterminée à poursuivre l'enquête. Le problème, c'est qu'il ne peut rien lui dire !

— Prenez ces noms et voyez déjà ce que vous pouvez faire avec votre bidule, lâche-t-il simplement. Nous verrons si ça donne quelque chose.

Agacée par la façon dont il la sous-estime, elle fronce les sourcils pendant qu'il gribouille les deux noms sur un petit rectangle de carton bleu. Au bas, il ajoute quelques chiffres : un numéro de téléphone.

— Voici le moyen de nous joindre si vous trouvez quelque chose. Utilisez-le à partir de votre téléphone portable et seulement lorsque vous êtes seule. Le jour, de préférence.

Alice récupère le carton avant de répéter :

— Le jour ?

— Oui. Ne me demandez pas de vous expliquer pourquoi, mais soyez prudente. Vous étiez proche de John, alors… rien ne dit qu'ils ne s'en prendront pas à vous.

— À moi ? répète-t-elle, anxieuse. Mais pourquoi ?

— Vous êtes douée pour trouver des informations sensibles. Possible que ça ait pu énerver certains individus.

Sans effacer le résultat de sa recherche en cours, elle referme l'écran de son ordinateur et range l'appareil dans son sac à main.

— Bien. Je… je devrais avoir certaines informations sur ces hommes d'ici quelques heures. Je vous téléphonerai sûrement demain, dans la journée.

— Voilà qui est efficace. Merci. J'attendrai votre appel.

Il se lève et dit :

— Vern, raccompagne Alice chez elle.

Se redressant à son tour, elle s'empresse de refuser :

— Inutile, j'ai ma voiture. Et je crois que Dave m'attend en bas.

Haussant un sourcil intrigué, Michaël questionne :

— Dave ?

— C'est mon petit ami, réplique-t-elle en le fixant droit dans les yeux. D'après ce que j'ai compris, il a lu tous vos livres. La prochaine fois que nous nous verrons, je vous demanderai peut-être une dédicace ?

Surpris, il affiche un sourire moins contrit, puis hoche la tête en guise de réponse. Décidément ! Quelle étonnante personne ! Mais où John l'avait-il dénichée, celle-là ?

Alors qu'elle se dirige vers la sortie, Alice se retourne lorsqu'elle atteint le seuil.

— Que ferez-vous quand vous aurez attrapé les coupables ?

— Je les ferai payer pour la mort de mon ami, annonce-t-il avec un calme qui fait frissonner la jeune femme.

Malgré la curiosité qui l'anime, Alice n'ose pas lui demander davantage de précisions. Quelque chose l'effraie dans l'intonation de l'écrivain. Possible qu'il vaille mieux ne rien savoir. Surtout s'il compte venger la mort de John d'une façon illégale.

Dans un hochement de tête, Alice lui fait signe qu'elle a compris, puis sort sans attendre. Dans le hall, elle tombe nez à nez avec Dave, qui fait les cent pas devant la porte.

— Mais qu'est-ce qui a pris autant de temps ? s'écrie-t-il dès qu'il la voit.

— Il fallait que je discute avec lui.

— De quoi ?

— Nous avons peut-être une piste.

Elle lui fait signe de le suivre vers l'aire de stationnement, refusant de parler davantage avant qu'ils soient dans la voiture. Fallait-il qu'elle confie à Dave les derniers mots prononcés par Michaël Falcon ? S'il a l'intention de tuer les coupables, compte-t-il la supprimer, elle aussi ?

Alors que la voiture file sur la route, Dave insiste :

— Alors ? Raconte !

— Je ne sais pas quoi te dire, avoue-t-elle, encore sous le choc de cette rencontre.

— C'est le coupable, tu crois ?

Elle déglutit avant de devoir admettre :

— J'en doute. Je crois qu'il souhaite retrouver l'assassin de John tout autant que moi.

— Et pour l'argent? Tu lui as parlé de la façon dont John avait été tué, au moins? Et des liens que nous avons trouvés avec ses histoires?

Agacée, elle le fait taire :

— Arrête de me questionner, tu veux?

Il gronde tout bas, mais il ne peut s'empêcher de reprendre :

— Mais de quoi il a l'air? Et de quoi vous avez parlé?

— De John et de… de certaines pistes. Il m'a demandé de faire une petite recherche pour lui.

— Un truc dangereux? Si c'est ça, peut-être que tu devrais me laisser faire…

— Non. John était mon ami, et si je peux aider Falcon à retrouver le ou les coupables, alors je compte m'y employer de mon mieux.

Même si une petite voix intérieure lui souffle de tout dire à Dave, Alice serre les dents et s'obstine à le maintenir à l'écart de cette histoire. Si elle court le moindre danger, autant éviter qu'il la suive dans la tombe.

Dépité par son silence, il soupire avec bruit.

— Alice, je n'aime pas ça.

— Moi non plus, avoue-t-elle en retenant une moue sombre, mais une chose est sûre : j'ai bien l'intention de connaître le fin mot de l'histoire.

Chapitre 3

Un sombre rêve

Après avoir raccompagné Dave chez lui, Alice retourne au centre-ville. Même si elle a bien envie d'aller se réfugier dans son appartement, il n'y a qu'un seul endroit où elle pourra en découvrir davantage sur cette histoire : au bureau. Quoi de mieux qu'un dimanche après-midi pour fouiner dans les affaires de son ancien patron en toute discrétion ? Et même si on l'y surprend, ce ne serait guère étonnant. Après tout, elle est désormais la seule actionnaire de *Notre monde, aujourd'hui*.

Alors qu'elle s'imagine être seule dans les locaux de la revue, elle tombe nez à nez avec Richard.

— Alice ? Qu'est-ce que tu fais là ? lui demande-t-il, surpris.

— J'ai… quelques petites choses à faire.

Une réponse qui reste vague. Pourtant, elle a suffisamment de travail à boucler au sein de la revue pour lui énumérer 10 excellentes raisons d'être là, même le week-end. Sauf qu'aujourd'hui, sa mission se résume à une seule chose : découvrir qui a tué Jonathan Sanz.

— Et toi ? rétorque-t-elle à son tour.

— Après l'enterrement, je n'avais pas envie de rentrer tout seul chez moi, avoue-t-il avec un air sombre. Et comme nous avons du boulot en retard, je me suis dit que j'allais en profiter pour bosser un peu. Il y a Jessie, la graphiste aussi.

Il pointe vers le couloir, mais Alice s'empresse de couper court à la discussion.

— C'est super, mais... il faut que j'y aille, annonce-t-elle.

Elle fait deux pas en direction de son bureau quand Richard l'arrête à nouveau.

— Justement, nous nous demandions si...

Stoppant ses pas, elle pivote vers lui pour attendre la fin de sa phrase.

— Oui ? insiste-t-elle.

— Bien... as-tu réfléchi au thème du prochain numéro ?

Surprise par la question, elle rétorque :

— Hum... non. Pourquoi ?

— Bah, si tu n'as rien de prévu, j'ai peut-être une idée...

Mentalement, Alice retrouve la date du jour. Fallait-il déjà prévoir le thème du prochain numéro ? C'était le genre de choses que John adorait faire ! Pourquoi n'avait-il pas songé à faire une liste pour les prochains mois ?

— Dis toujours, l'encourage-t-elle.

Retrouvant un large sourire, il se met à parler très vite :

— Je me disais que nous pourrions parler de l'évolution des figures mythiques dans les médias d'aujourd'hui ? C'est plutôt à la mode, les mythes, ces derniers temps.

Sceptique, elle demande :

— En quoi est-ce que ça suit la ligne éditoriale de la revue ?

— Nous mettons en perspective la transformation du mythe par le biais de la société. Par exemple, nous pourrions traiter de l'évolution de la figure du vampire ou du zombie dans les différentes époques.

Les histoires de vampires, voilà qui lui rappelle étrangement Michaël Falcon. C'est peut-être pour cette raison qu'elle hausse les épaules avec un air désabusé.

— Ça évolue, ces trucs-là ? Ce n'est pas juste des monstres avec des dents pointues ?

Se grattant derrière la nuque, Richard se met à rigoler.

— Nah ! Pas seulement ! Les vampires changent selon les auteurs. Et puis, il y a un sacré engouement pour les créatures de cet ordre, ces temps-ci, tu n'as pas remarqué ? Tous ces films, ces séries, et même les livres qui sortent. On n'entend parler que de ça. Tout ceci révèle forcément une face cachée de notre société. Je veux dire… pourquoi avons-nous un tel intérêt pour les créatures imaginaires ? Nous avons besoin de rêver, je n'en doute pas, mais est-ce que nous ne pourrions pas donner une vision plus intellectuelle de ces histoires ?

Loin d'être inspirée par le sujet, et surtout pressée de poursuivre sa recherche en cours, elle hausse simplement les épaules.

— Écoute, si tu crois que ça peut faire un bon numéro, lance l'appel autour de toi et vois si ça trouve preneur. Je suis prête à entendre tes propositions, disons… mardi matin ?

Étonné qu'Alice lui donne son aval si facilement, il sourit.

— Eh bien… merci ! Tu vas voir, je vais te préparer un sujet génial !

Ravi, Richard repart de son côté et Alice se réfugie dans le bureau de Jonathan en chassant toute cette histoire de son esprit. Une chose est sûre : il faut sérieusement qu'elle réfléchisse aux thèmes des futurs numéros de *Notre monde, aujourd'hui*.

Prenant place devant le bureau de son patron, elle dépose son sac à main sur le sol et allume l'ordinateur de Jonathan. Pendant qu'il se lance, Alice pivote son siège pour faire face à la baie vitrée, lui donnant un magnifique point de vue sur le centre-ville de Montréal. Dire que John adorait travailler tard, le soir, pour observer les lumières de la ville. Elle soupire en ressentant l'absence de son ami. Quand l'écran s'allume enfin, elle accorde toute son attention à la machine.

Comme c'est elle qui a installé l'ordinateur de Jonathan, Alice connaît le mot de passe administrateur et accède aisément à tous les fichiers de son ami, même ceux qu'il est parvenu à crypter grâce aux cours qu'elle lui a donnés. Malheureusement, même en passant deux heures à fouiner dans tous ses répertoires, elle ne trouve rien de plus. Toute sa correspondance électronique est liée au travail et même son historique de navigation semble avoir été effacé. Peut-être a-t-elle été une trop bonne professeure ? John a été prudent. Tellement qu'elle ne parvient pas à déceler le moindre indice lui permettant de retracer ses meurtriers…

Dans un soupir, elle sort le petit carton bleu que lui a remis Michaël Falcon et commence ses recherches sur les deux individus dont les noms lui ont été transmis. Le premier de la liste, Léopol Davenport, est plutôt facile à trouver parce que son nom est loin d'être commun. Sur trois individus portant ce nom, une petite intrusion sur le serveur

bancaire simplifie sa tâche et lui pointe un coupable poten-
tiel : celui qui a reçu un lourd versement au lendemain de la
mort de John. Serrant les dents, Alice note l'adresse de
l'homme sur un bout de papier, non sans espérer que l'écrivain ait réellement l'intention de lui faire payer la mort de
John. Pour lui faciliter la tâche, elle trouve même quelques
photographies de l'individu qu'elle regroupe avec
quelques informations disparates. Elle imprime le document, mais… prudence oblige, elle classe les fichiers numériques dans un dossier protégé par mot de passe sur son
serveur privé. Cette histoire commence sérieusement à la
mettre sur les nerfs.

Il se faire tard lorsqu'elle entame ses informations sur
Robert Wilson ; ce dernier est beaucoup plus difficile à
cerner. Trop d'individus portant ce nom habitent dans les
environs de Montréal. S'obstinant à le retrouver, Alice tente
d'effectuer une triangulation de données afin de voir lequel
aurait un lien avec un certain Léopol Davenport ou avec
Jonathan Sanz. Pendant que le logiciel effectue ses calculs,
elle récupère une barre vitaminée qu'elle se met à manger
tout en ouvrant son petit ordinateur, posé sur le coin du
meuble. Quand l'image apparaît sur l'écran de Gina, Alice
avale avec bruit. Avec sa recherche en cours, elle a presque
oublié ce bâtiment abandonné, pointé par les données géos-
patiales que John a laissées dans sa lettre.

Elle remet l'affichage en mode carte et vérifie le chemin
le plus simple pour s'y rendre. Possible que Falcon y soit déjà
passé, d'ailleurs. Avalant la dernière bouchée de sa barre
vitaminée, elle jette un œil rapide vers l'extérieur. Il commence à se faire tard et le soleil est sur le point de se coucher.

Tant pis. D'un clic, elle imprime le plan et range prestement son ordinateur dans son sac à main. Lorsqu'elle passe devant le bureau de Richard, il bondit rapidement de sa chaise même si elle ne s'arrête pas.

— Hé! J'ai une super idée pour le thème!

— Génial!

D'un geste de la main, elle le salue et quitte prestement le bureau. À l'aide de son GPS, elle roule en direction de ce bâtiment qui n'a probablement rien à voir avec l'enquête. Possible que Falcon lui ait refilé un mauvais numéro pour l'envoyer sur une fausse piste. Bien que le quartier soit relativement près de la revue, l'immeuble se trouve au cœur d'une zone industrielle visiblement peu fréquentée. La plupart des bâtiments ne sont pas éclairés et tombent en décrépitude. Lorsqu'elle se gare devant l'immeuble pointé par sa recherche, Alice regrette d'y être arrivée aussi tard. La nuit est tombée et le secteur n'a rien de rassurant, elle doit rassembler tout son courage pour sortir de sa voiture. Prudemment, elle ouvre la portière et tend l'oreille. Au loin, elle entend des voitures, mais dans cet endroit, personne ne pourra la voir. Lorsqu'elle remonte les yeux vers l'immeuble, elle espère voir une lumière quelconque, mais il n'y a rien. Il fait tellement noir qu'il lui paraît impossible qu'une personne puisse habiter dans ce vieux bâtiment délabré. À moins qu'il s'agisse d'un lieu de rendez-vous clandestin? Si seulement elle savait ce que fichait John en dehors de la revue, ce serait plus facile de comprendre ce qu'elle doit y chercher!

Un bruit sourd résonne et Alice n'a pas le temps de se retourner qu'elle sent une main agripper son bras.

— Ne bougez pas, entend-elle dans un souffle.

Elle tourne la tête, prête à frapper celui qui la retient de force lorsqu'elle reconnaît l'assistant de Michaël Falcon. Prestement, il se positionne devant elle, comme pour la protéger de tout son corps. Elle le sent prêt à attaquer. Sa tête pivote dans tous les sens. Pourquoi ? Fronçant les sourcils, elle se met à chercher la source du danger, mais il n'y a rien. L'endroit est toujours désert.

— Qu'est-ce que vous… demande-t-elle doucement.

— Chut.

D'un coup d'œil, elle constate que le regard de l'homme ne s'attarde pas au niveau du sol, mais plutôt dans les airs. Difficilement, elle parvient à discerner une ombre au deuxième étage de l'immeuble. Pendant un instant, Alice croit qu'il s'agit d'un homme prêt à sauter dans le vide, voulant en finir avec sa vie.

— Il est fou ! lâche-t-elle.

La main de Vern tente de la repousser vers la droite, mais même dans son déplacement, elle ne détourne pas les yeux de la masse sombre. Secouant la jeune femme pour capter son attention, Vern ordonne :

— Allez dans la voiture !

— Mais…

— Obéissez !

Son ton alarmant l'incite à se mettre à courir et à grimper à l'intérieur de son véhicule. Elle verrouille toutes les portières. Avant de démarrer, elle ne peut s'empêcher de jeter un dernier regard vers le haut. Elle retient son souffle lorsqu'elle voit l'ombre se jeter du deuxième étage. Étrangement, sa descente ne ressemble pas à une chute, mais plutôt à un vol plané. Il atterrit sans mal sur le sol, au pied de l'immeuble, à quelques mètres de sa voiture. Alice se fige en voyant l'homme se rapprocher de Vern et remarque que la chose face à lui est drôlement terrifiante. Le visage de l'homme est translucide et sa bouche semble démesurée.

D'une main, Vern fait un signe vers elle et son cri résonne dans la nuit :

— Allez-vous-en !

L'homme au visage effrayant tourne aussitôt la tête dans la direction de la jeune femme. Alice revient à elle en clignant des yeux lorsqu'elle voit Vern courir dans une direction opposée, comme pour s'éloigner de ce... monstre ? Anxieuse qu'il la laisse en plan, elle agrippe le volant et tente de démarrer cette fois, mais la chose au visage translucide saute sur l'avant de sa carrosserie si rapidement qu'elle lâche un petit cri d'étonnement. Le bruit de ce corps juché sur son capot la fait tressaillir. Elle étouffe un hurlement lorsqu'elle voit le visage de cet homme, d'une blancheur lunaire, et aux yeux à la teinte jaunâtre, similaire à ceux d'un chat qui brillent dans la nuit.

Par réflexe, Alice appuie sur l'accélérateur en espérant le faire tomber, mais même quand la voiture prend de la vitesse, l'homme ne bouge pas, et reste étonnamment stable sur le véhicule. Il continue de la regarder avec un sourire qui lui glace les os. Dans un état de panique, elle écrase la pédale et roule sans savoir où elle va, puisque le corps de l'homme lui bloque la vue. L'instant d'après, sa voiture heurte la façade de l'immeuble. Sous l'impact, la tête d'Alice est projetée vers l'avant et cogne brusquement le volant. Dès qu'elle reprend ses esprits, l'homme a disparu. La panique lui serre la gorge. Se peut-il qu'elle l'ait blessé ? Ou pire ! Elle s'avance pour regarder plus avant, mais elle ne voit toujours rien.

Un coup porté sur le toit de sa voiture lui fait échapper un hoquet de surprise. Elle vérifie autour d'elle, cherche Vern du regard, mais ne voit absolument rien. Mais où est-il donc passé ? Il n'a quand même pas osé l'abandonner lâchement ?

— Merde ! siffle-t-elle.

Elle se penche, glisse sa main sous son siège et récupère le balai à neige qu'elle n'a jamais sorti de sa voiture. Elle s'y agrippe, comme s'il s'agissait d'une arme de poing capable de la protéger de l'individu qui rôde autour d'elle.

Dans un silence qui lui paraît long et terrifiant, Alice reste là, immobile, prête à attaquer, même si sa tête et son avant-bras lui font affreusement mal. La collision a probablement été sévère…

Un autre bruit sourd, toujours au-dessus de sa tête, se fait entendre. Pourtant, rien n'apparaît dans son champ de vision. Elle observe rapidement autour d'elle, à la recherche d'une silhouette, mais l'endroit lui semble désert et terriblement effrayant, soudain. Comme rien ne bouge, Alice essaie de redémarrer sa voiture, salement amochée par l'impact. Elle lâche un soupir de soulagement en entendant le moteur gronder, mais lorsqu'elle passe en marche arrière, sa voiture ne bouge pas. Elle essaie encore et encore puis, à bout de nerfs, elle abandonne et écrase sa tête sur le volant.

— Eh merde ! Vern, où es-tu ?

Elle jette à nouveau un regard autour de sa voiture. Tout est désert. Voilà qu'Alice se met à prier pour que quelqu'un passe dans cette rue sombre, et vite, car elle n'est pas certaine d'avoir assez de courage pour sortir de son véhicule. Qui pourrait lui venir en aide ? Dave, bien sûr ! Dès que l'idée lui traverse l'esprit, elle se penche et récupère son sac à main pour y dégoter son téléphone cellulaire. Lui, il sauterait dans le premier taxi pour venir à sa rescousse ! Dès qu'elle s'empare de l'appareil, un bruit se fait de nouveau entendre. Cette fois, elle ne doute plus de sa provenance : on frappe sur le toit de sa voiture, et avec tellement de force que la voiture en tremble sous l'impact. Ce battage recommence à plusieurs reprises avant qu'une voix s'élève :

— Sors de ta cage, petit oiseau… autrement je vais devoir venir te chercher…

Même si la voix se veut douce, l'intonation n'a rien de rassurant. Par réflexe, la jeune femme réplique avec une voix qu'elle souhaite dissuasive :

— Laissez-moi tranquille !

— Mais c'est toi qui es venue à moi…

Cette phrase la surprend. Alice se demande soudain si l'homme juché au-dessus de son véhicule ne serait pas Robert Wilson.

— Qui êtes-vous ? questionne-t-elle en se redressant sur son siège.

Un autre coup résonne et son pare-brise vole en éclat. Par réflexe, Alice couvre son visage d'un bras pour se protéger des débris et tente d'étouffer un cri.

L'homme aux yeux jaunes descend du toit, glisse sur le capot de la voiture, l'agrippe par les cheveux et l'attire vers lui. Elle hurle de douleur. Et alors qu'il tente de la sortir de là, le volant la bloque à l'intérieur de son véhicule en écrasant son abdomen. Cette position lui coupe le souffle et elle réagit à peine lorsque le visage de l'homme frôle le sien.

— Où est-il ? demande-t-il.

— Qui ? souffle-t-elle avec difficulté.

— Vizaël.

Alice sent son corps défaillir. Elle essaie de se glisser vers la droite pour se défaire de l'emprise du volant et lorsqu'elle y parvient, respire avec plus de facilité, mais son crâne, emprisonné entre les mains de l'homme, lui fait un mal de chien. Impatient, il écrase sa tête contre le capot.

— Où est-il ? répète-t-il.

— Je… je ne sais pas de qui vous parlez…

Cette fois, il extrait le corps d'Alice de la voiture en la tirant par les cheveux, comme s'il s'agissait d'une simple poupée de chiffon. À bout de bras, elle se débat maladroitement et tente de lui asséner un coup de poing auquel il ne réagit même pas. Agacé par la façon dont elle se tortille, il gronde :

— Je ne te le redemanderai pas, petite fille. Dis-moi où est Vizaël !

La douleur est si intense dans la tête d'Alice qu'elle songe que ses cheveux vont bientôt céder. Des larmes coulent sur ses joues pendant qu'elle peine à se hisser sur la pointe des pieds pour tenter de garder une certaine prise quelque part.

— Réponds ! hurle-t-il.

Sans lui répondre, elle tente, encore une fois, de frapper son agresseur, mais ses coups ne le font pas réagir. Au contraire, il éclate de rire en voyant ses gestes vains :

— Quel idiot enverrait une humaine en éclaireuse ?

Elle continue de le frapper et ses tentatives font d'autant plus rire l'homme aux yeux jaunes. Lorsqu'il la relâche brusquement, le corps d'Alice s'étale sur la voiture dans un bruit sourd. Un gémissement de douleur sort de ses lèvres et l'air remonte enfin librement dans ses poumons. C'est bruyant, mais ça lui procure un bien fou. Reprenant doucement ses esprits, elle halète :

— Qui êtes-vous ? C'est vous qui… vous avez tué John ?

Un autre rire surgit de la gorge de l'homme, si démoniaque qu'il lui glace le sang. Il s'accroupit si rapidement devant elle qu'Alice sursaute lorsque son visage apparaît à proximité du sien. Elle recule dans un mouvement de crainte, mais ne le quitte plus du regard, encore étonnée par la blancheur effrayante de son visage. Qu'est-ce que c'est que cette chose ?

— John ? Tu veux dire… Nathaniel ? Oui, mon petit oiseau. Je l'ai tué. Je lui ai arraché le cœur de mes mains, parce qu'il ne méritait pas de vivre.

Entre eux, la main de l'homme se referme, comme pour prouver qu'il a vraiment commis ce geste. Puis, d'un trait, il saisit brusquement le crâne d'Alice et l'attire vers lui :

— Tu vas mourir aussi, petite, annonce-t-il d'une voix terrifiante. Peut-être que ce lâche de Vizaël sortira enfin de sa cachette pour venir te venger ? Voilà qui pourrait être intéressant…

— Ilan ! Lâche-la ! entend-elle au loin.

La voix n'est pas celle de Vern, mais elle s'en fiche. Elle tâte le fond de sa poche et profite du fait que son agresseur regarde autre part pour refermer les doigts autour de son trousseau de clés.

— Vizaël, enfin ! Encore un peu et ton amie m'aurait servi de repas…

— Elle n'a rien à voir avec moi.

Elle tourne la tête vers l'endroit d'où provient la voix et aperçoit la silhouette de Michaël Falcon. Elle voudrait bien lui faire un signe quelconque, mais elle se sent à nouveau soulevée de terre et son corps se retrouve contre celui de l'homme aux yeux jaunes. Dans un mouvement de panique, elle écrase ses clés entre ses doigts et lui fiche un coup de poing au visage. L'une des clés griffe la joue de l'homme. Pendant une fraction de seconde, Alice croit avoir fait un bon coup et sent l'espoir la gagner. L'instant d'après, elle est violemment projetée des mètres plus loin, sur le bitume.

Au moment où Alice essaie de se relever pour fuir, elle sent des bras la soulever. Elle cherche à se dérober lorsqu'une voix se fait douce à son oreille :

— C'est moi, Vern. Ne bougez pas.

— Vern ?

Le vertige la saisit lorsqu'elle veut regarder autour d'elle, mais une main l'empêche de remonter la tête.

— Restez calme, chuchote-t-il. Monsieur s'occupe de tout.

Elle se dégage mollement de son étreinte et essaie de voir ce qui se passe autour d'elle. Au loin, elle aperçoit Michaël Falcon et l'homme aux yeux jaunes dans un combat insolite. Tout se passe à une vitesse qu'elle ne saurait expliquer. Si vite qu'elle croit rêver. Lorsque les pas de Vern l'emmènent au loin, elle ne voit plus rien. Dans des gestes rapides, l'assistant glisse la jeune femme sur la banquette arrière d'une voiture qu'elle ne connaît pas, puis reporte son attention vers le combat qui se déroule à l'extérieur.

Se hissant lourdement sur un bras en prenant appui contre l'assise, Alice retrouve la scène qui lui semble complètement irréelle. Les coups assénés semblent d'une force inhumaine. Falcon évite l'homme aux yeux jaunes dans des sauts d'une hauteur impressionnante. Il tourne sur lui-même et semble attendre le bon moment. Lorsqu'il pressent la proximité de son ennemi, il récupère une arme dans le fond de sa botte et le frappe en plein cœur. L'homme aux yeux jaunes hurle sous la douleur et tombe sur le sol dans un fracas désagréable, ce qui donne l'impression à Alice que ses os viennent de se briser en mille morceaux. Michaël le regarde mourir pendant un temps considérable. Il semble lui dire quelque chose, mais à cette distance, Alice n'entend rien. Elle tremble de froid et de peur. Son corps est affreusement douloureux et dès qu'elle tente de bouger, le vertige la reprend de plein fouet. Fermant les yeux, elle se laisse retomber sur le siège.

Quelques minutes plus tard, les deux hommes s'échangent de brèves paroles :

— Comment va-t-elle?

— Elle est sous le choc.

— Est-elle toujours consciente?

— J'en ai peur, oui.

— Hum. Va t'occuper du nettoyage, je ferai ce qu'il faut ici.

Forçant la note pour ouvrir les yeux, Alice aperçoit Falcon qui se glisse à ses côtés. Il la scrute avec un regard réprobateur. Quelle inconsciente! Dire qu'elle était venue s'aventurer dans ce quartier minable sans escorte! Et pourtant, à la voir trembler, sa fureur s'estompe et il a du mal à ne pas se moquer d'elle.

— Alice, est-ce que ça va? demande-t-il sans grande crainte.

Elle fait un signe de la tête alors que sa bouche se plisse sous la douleur. Elle porte machinalement sa main sur son crâne, mais Falcon anticipe son geste et l'empêche de toucher à sa blessure avant de repousser quelques mèches blondes qui s'y sont collées.

— Restez calme. Je m'occupe de vous.

Alice sursaute lorsqu'il sort un couteau qui semble très ancien. Compte-t-il la tuer ? Se raidissant sur le siège, elle le voit s'entailler le bout du doigt à l'aide de sa lame comme si c'était un geste tout simple, puis sa voix résonne, railleuse :

— L'histoire des clés, c'était une excellente idée.

Quand il approche son doigt, sur lequel perlent quelques gouttes de sang, la jeune femme détourne la tête.

— Buvez, chuchote-t-il.

Comme elle persiste à garder son visage loin du sien, Michaël force les lèvres de la jeune femme à s'ouvrir et frotte son doigt contre sa langue. Un goût de métal salé envahit la gorge d'Alice, qui grimace avant que tout s'arrête. Ce type est dégoûtant ! Il ne veut peut-être pas la tuer, mais il cherche certainement à l'empoisonner !

Lorsqu'elle reporte un regard sombre vers lui, elle a la sensation que la tête ne lui tourne plus autant.

— Vous avez été très courageuse, ajoute-t-il.

Se remémorant le monstre qui vient de l'attaquer avec une force surhumaine, elle bredouille :

— Est-ce que… il est mort ?

Se remémorant la scène dans le détail, elle constate, à voix haute :

— Vous l'avez… tué.

Les yeux de Michaël Falcon s'attardent un instant dans les siens, puis il confirme dans un hochement de tête.

— Son visage était… il n'était pas… humain, bredouille-t-elle.

— C'était un vampire, annonce-t-il froidement.

Alice essaie de lâcher un rire nerveux, mais celui-ci s'estompe dans sa gorge. Son cerveau est incapable de croire que l'homme qui l'a attaquée puisse être un vampire. Et pourtant, une chose est sûre : il n'était pas humain.

— C'est lui qui a tué John, déclare Michaël.

En se remémorant la mort de son ami, Alice serre les dents et se laisse lourdement retomber sur le canapé. Se pouvait-il que son ami soit déjà vengé ? Au même moment, une lueur attire son attention et elle voit qu'un feu se propage à l'extérieur. Devant son regard effrayé, Michaël chuchote :

— Ne vous inquiétez pas. Vern fait simplement disparaître les traces du combat.

Quelque chose dans sa voix apaise Alice et elle cesse aussitôt de chercher à comprendre ce qui se passe à l'extérieur de la voiture. Elle se détend contre le siège et continue à fixer Michaël pendant qu'il vérifie l'état de ses blessures. Elle gémit quand il soulève sa main vers lui.

— Vous… saignez, constate-t-il d'une voix trouble.

Lorsqu'il remarque que le sang s'écoulant de la plaie est abondant, il hausse la voix :

— Vern !

Se faufilant sur le siège avant du véhicule, son assistant observe la scène quand Michaël lui montre le bras de la jeune femme.

— Tu vas devoir la soigner, annonce-t-il. Je ne me sens pas assez fort.

— Vous devriez boire. Il y a déjà trop longtemps que vous l'avez fait, d'ailleurs. Si peu de sang ne devrait jamais vous affecter à ce point. C'est le signe que vous êtes en manque.

Falcon regarde de nouveau la plaie ouverte et salive à cette idée quand Vern insiste :

— Madame Alice est presque inconsciente. Vous lui ferez oublier tout ça, n'est-ce pas ?

Michaël fixe son assistant, réfléchit à voix haute, l'esprit légèrement troublé à l'idée de s'abreuver sur elle :

— Qu'est-ce que Nathaniel dirait ?

— Allons, vous ne lui ferez aucun mal, et elle n'en aura pas le moindre souvenir !

Vern attire le bras d'Alice vers son maître.

— Buvez, je vous en prie !

Michaël se tourne à nouveau vers la jeune femme, visiblement sur le point de perdre connaissance. Il la secoue doucement pour reprendre son attention, capte son regard et sa voix se fait grave et douce :

— Alice, détendez-vous. Et fermez les yeux. Vous avez besoin de vous reposer.

La jeune femme obéit sur-le-champ. Dès qu'il sent son corps se détendre contre lui, Michaël pose sa bouche sur l'avant-bras de la jeune femme et suce le sang qui s'échappe de la plaie presque cicatrisée. Aux premières gorgées, il sent la boisson régénérer ses cellules et sa force lui revenir doucement. Il y a déjà trop de temps qu'il n'a pas bu du sang frais et ça lui fait toujours le même effet : la tête lui tourne comme s'il buvait des litres d'un très bon whiskey. Excité par le goût qui entre en lui, ses sens en redemandent. Sans réfléchir, il entaille à nouveau la plaie avec ses dents et avale la boisson qui envahit délicieusement sa bouche.

Alice ressent comme un pincement lorsque Michaël déchire sa peau et gémit de douleur. Elle ne dort pas vraiment, mais elle n'est pas tout à fait consciente non plus. Elle a l'impression d'être dans une sorte de flottement. C'est la morsure qui la ramène à la réalité. Elle ouvre les yeux, tourne la tête pour observer ce qui se passe, et aperçoit Michaël embrasser son bras. Quelle idée! Elle s'imagine bêtement qu'elle s'est fait mordre par une sorte de serpent et qu'il tente d'en extraire le venin. Engourdie, elle l'observe s'abreuver, incapable de réagir.

Au bout de quelques gorgées, Michaël sent son corps en mutation et sa peau se durcir sous ses vêtements. Lorsque la force se faufile dans tous ses muscles, il se sent envahi d'un pouvoir. Il lèche la plaie en s'assurant que celle-ci se referme bien avant de reposer le bras d'Alice sur elle. Leurs yeux se croisent et la jeune femme remarque que le regard de l'écrivain a changé. Une lueur jaunâtre s'y est infiltrée, étrangement similaire à celle du monstre qui l'a attaquée, il n'y a pas si longtemps. Effrayée, elle tente de reculer sur le siège, mais son corps endolori l'empêche de se mouvoir correctement. Michaël se penche de nouveau vers elle :

— Tout va bien…

— Je me suis fait mordre? demande-t-elle avec une petite voix.

Falcon affiche un sourire intrigué à sa question, mais n'y répond pas. Il s'empresse d'entailler une seconde fois le bout de son doigt et de faire couler quelques gouttes de son sang supplémentaire dans la bouche de la jeune femme.

— Avalez et fermez les yeux. Reposez-vous.

Guidée par la voix qui s'infiltre dans sa tête, Alice obéit, puis chute dans un profond sommeil. Dans un soupir, Michaël tourne la tête vers Vern.

— Tu crois que ça suffira ?

— Je présume que oui. Elle en a assez pour réparer les lésions majeures, mais il lui restera sûrement quelques contusions.

— Parfait. Rentrons maintenant.

— Que faisons-nous de sa voiture ? questionne son assistant.

— Nous nous en occuperons plus tard.

Vern disparaît et Michaël se penche au-dessus de la jeune femme.

— Alice, est-ce que vous m'entendez ?

La voix masculine lui parvient de très loin. Elle gémit en guise de réponse, mais ne reprend pas connaissance. Le sommeil s'accroche à chaque parcelle de son corps, la retenant dans un épais brouillard. Dans un geste ferme, Michaël la secoue.

— Alice, regardez-moi un instant.

— Je suis fatiguée, marmonne-t-elle.

— Juste un instant.

Elle fait un effort démesuré pour ouvrir les yeux et tourne lentement la tête vers l'écrivain. Il se penche plus avant et la scrute avec attention pour l'emprisonner dans son regard jaune. Même s'il parle doucement, les mots de Michaël résonnent dans son esprit :

— Vous avez eu un accident de voiture et vous vous êtes cogné la tête. Rien de ce que vous avez vu ce soir n'était réel. C'était une fausse piste. Cet homme, vous ne vous souviendrez jamais de lui, vous m'entendez ?

Elle hoche la tête en silence. Quand il sent que l'hypnose fait effet, Michaël chuchote :

— Endormez-vous maintenant.

Alice ferme les yeux et retombe instantanément dans un profond sommeil. Vern démarre le véhicule et Michaël vient s'installer sur le siège passager. Une fois sur la route, l'assistant demande :

— Où allons-nous, Monsieur ?

— Chez elle. Tu as son adresse ?

L'assistant fouille sans vergogne dans le sac à main de la jeune femme avant d'y prendre quelques feuilles pliées en deux. Michaël jette un œil au document et hausse un sourcil étonné en voyant le résultat de cette recherche relativement complète sur Léopòl Davenport. Comment est-elle parvenue à un tel résultat en si peu de temps ?

Alors qu'il n'a été que l'ombre de lui-même ces dernières années, Michaël émet un petit rire ravi.

— Une chose est sûre : elle a du cran, cette fille.

Au lieu de confirmer les paroles de son maître, Vern affiche un air sombre.

— Que dois-je faire d'elle ?

— Tu la raccompagnes et tu la mets dans son lit. Ensuite, retourne à l'hôtel. Je ne serai pas long.

Il brandit le document vers son assistant.

— Je dois m'occuper de Davenport.

Retenant un soupir déçu, Vern hoche la tête.

— Bien, Monsieur.

Au coin de la rue, Michaël fait signe à son assistant d'arrêter la voiture et sort prestement du véhicule. Vern pince les lèvres en le voyant s'éclipser dans la nuit. Dans le rétroviseur, il jette un œil à la jeune femme qui dort sur la banquette arrière. Il l'aurait volontiers laissée là pour pouvoir participer à l'autre combat…

Dès qu'Alice se réveille, elle gémit en se rendant compte de la lourdeur inhabituelle de son corps. Elle tente de se redresser, mais ses muscles courbaturés freinent considérablement ses gestes. S'asseoir lui prend quelques minutes. Une main sur le front, elle tente de se remémorer les évènements de la veille. Les images qui lui reviennent sont floues et liées à un accident dont elle ne comprend pas la cause. Comment a-t-elle pu heurter un immeuble de plein fouet sans raison ?

Elle observe ses bras et ses blessures, touche son visage, son cou et ses épaules ; les endroits qui lui semblent les plus endoloris. Elle remarque qu'elle est toujours vêtue. La question surgit sans tarder : si elle a eu un accident, comment est-elle revenue chez elle ?

En voyant l'heure indiquée sur l'écran, elle soupire. En plus d'avoir des courbatures, elle risque d'être en retard au bureau ! Elle tente de se jeter hors du lit, titube légèrement jusqu'à la douche et reste un long moment sous le jet d'eau chaude qui détend son corps et ses muscles. Lorsqu'elle sort de là, elle met un peignoir et se dirige vers la cuisine pour se faire du café.

— Vous avez bien dormi ? entend-elle.

La voix la fait sursauter. Elle se tourne et tombe nez à nez avec Michaël Falcon.

— Comment êtes-vous rentré ici ? demande-t-elle, sous le choc.

— J'ai les clés.

Alors qu'il balance un trousseau au bout de ses doigts, le visage d'Alice affiche un air consterné.

— Mais… c'est à moi !

— Vern vous les a empruntées hier soir. Il vous a raccompagnée, car vous vous êtes cogné la tête.

Elle essaie de se remémorer la scène, mais elle n'y arrive pas.

— Qu'est-ce qui s'est passé ?

— Vous avez eu un accident de voiture, et comme vous étiez bien ébranlée, mon assistant a jugé bon vous ramener.

Elle se gratte le haut de la tête avec précaution pour éviter d'éveiller la douleur. Plissant les yeux, Michaël l'observe avec attention et s'enquiert :

— Vous vous rappelez quelque chose ?

— Euh… en fait, pas vraiment. Je me souviens d'avoir percuté un mur et qu'il y avait beaucoup de verre cassé.

— C'est possible. Le pare-brise de votre voiture a éclaté. Vous avez eu de la chance. Il paraît que votre voiture était bien amochée.

Devant l'air inquiet de la jeune femme, il s'empresse d'ajouter :

— D'ailleurs, j'ai pris la liberté de faire remorquer votre véhicule pour faire une estimation des réparations.

Alice affiche un air sombre. Qu'allait-elle faire sans voiture ?

— En attendant qu'on vous contacte, je vous ai dégoté une voiture de location, annonce-t-il, comme s'il percevait les craintes qui l'animent.

Pour chasser son malaise, elle entreprend de faire du café quand Michaël insiste :

— Après ce que vous avez vécu, hier, vous devriez vous reposer…

— J'ai vraiment trop de choses à faire au bureau. Avec John en moins…

Elle laisse sa phrase en suspens et Michaël ne dit rien de plus. Que sait-il de son travail ? Rien du tout. Mais il se doute que son ami n'est pas facile à remplacer…

Quand le café commence à couler et que l'odeur se propage dans la maison, Alice pivote à nouveau vers lui.

— À propos : hier, j'ai fait quelques recherches avec les noms que vous avez trouvés dans la lettre de John.

Retrouvant certains souvenirs de la veille, elle chuchote :

— Tiens, ça me revient. Je crois que c'est pour ça que j'étais là-bas…

— Bien sûr. Sinon, pourquoi mon assistant vous aurait-il trouvée dans cet endroit abandonné ?

Posant une main sur sa tête, elle soupire :

— Mais comment j'ai pu me jeter contre la façade d'un immeuble ?

— Vern croit que vous avez essayé d'éviter un chat.

— Un animal ? marmonne-t-elle en tentant de retrouver une image quelconque dans un coin de sa mémoire.

— Vous avez sûrement eu une commotion, reprend Michaël. Peut-être que vous avez oublié certains moments, mais peu importe. Ce qui compte, c'est que vous soyez saine et sauve.

Michaël se lève et laisse deux trousseaux de clés sur la table.

— Je vais vous laisser. J'étais seulement venu m'assurer que vous alliez bien. La voiture de location est en face de l'immeuble. C'est une Mercedes noire.

— Une Mercedes ? répète-t-elle avec un air surpris. Le garage m'a prêté une Mercedes ?

Il rit.

— Disons que je me sens un peu responsable de votre situation puisque vous avez eu cet accident en faisant des recherches pour moi.

Elle regarde le trousseau déposé sur la table en essayant de trouver une réaction appropriée, puis bredouille :

— Bien… merci.

Alors qu'il marche vers la sortie, elle l'arrête :

— Hé! Attendez!

Dès qu'il se retourne vers elle, Alice reprend :

— Cet immeuble, est-ce qu'il vous a aidé dans votre enquête, au moins?

Michaël hésite avant de hocher la tête.

— Un peu, oui.

Même si elle songe à lui demander de quelle façon, Alice se contente de lui sourire, puis marche en direction de sa table basse pour récupérer son sac à main.

— Justement, il me semble que j'avais trouvé des informations en faisant des recherches sur le Net, hier.

Étrangement, si elle se souvient avoir fait des recherches, elle n'arrive plus à se souvenir desquelles il s'agit. Depuis son réveil, elle a la sensation que sa mémoire est empreinte de zones grisées, inaccessibles.

— Vous parlez probablement du document qui contenait différentes informations et des photographies sur l'un des deux individus, annonce Michaël.

Alice tourne la tête vers lui, étonnée qu'il sache de quoi elle parle, même si elle ne se souvient plus du tout de ce que le document contenait.

— Vous l'avez remis à mon assistant, hier soir, explique-t-il tout bonnement.

— Oh?

Encore un oubli de sa part? Voilà qui commence sérieusement à l'inquiéter.

— Je dois avouer que j'étais très impressionné par la qualité de votre recherche, poursuit-il. Je ne m'attendais pas à ce que vous arriviez à un tel résultat en si peu de temps.

— Merci, dit-elle, flattée par son compliment.

Un silence passe durant lequel Alice songe à lui demander ce qu'il compte faire lorsqu'il aura mis la main sur les coupables. Peut-être est-ce préférable qu'elle évite d'aborder ce sujet délicat ? Avec sa carrure et son accoutrement, Michaël Falcon ressemble à un guerrier sorti tout droit des années 90. Et pourtant, contrairement à hier après-midi, il paraissait de meilleure humeur, voire un peu plus jeune que dans son souvenir...

— J'oubliais, reprend-il, je crois que votre bidule électronique a subi un léger choc durant l'accident. Là aussi, je serais très heureux de le remplacer.

Franchement inquiète, cette fois, Alice ouvre prestement son sac à main et en sort son petit ordinateur portable dans un sale état. Avec un air peiné qui trouble l'écrivain, elle s'agenouille pour constater l'ampleur des dégâts, déposant doucement sa fidèle amie sur la table basse.

— Merde, grogne-t-elle. Pas Gina...

— Gina ? répète Michaël, troublé qu'on puisse nommer une machine.

Elle remonte la tête vers lui :

— Je ne l'avais que depuis trois mois, en plus ! C'est bête, ça.

Troublé par sa réaction, il réitère son offre :

— Si vous le désirez, sachez que je suis tout disposé à...

Agacée par son insistance, elle lève une main pour le faire taire.

— Laissez tomber. Je suis quand même capable de m'offrir un ordinateur !

Dans un soupir, elle se redresse et essaie de faire bonne figure.

— Écoutez, j'ai une grosse journée devant moi et… je crois avoir eu mon lot de mauvaises nouvelles, alors…

— Oh. Bien sûr, dit-il en prenant congé. Je vous laisse. Si vous avez besoin de quoi que ce soit…

D'un geste de la main, elle lui fait signe de partir. Dépité par le chagrin qu'il perçoit sur le visage de la jeune femme, Michaël se demande si son désarroi est causé par la destruction de ce petit ordinateur. Avoir su, il aurait peut-être songé à deux fois avant de le briser pour éliminer toutes traces de ses recherches…

Chapitre 4

Réminiscences

*P*endant les jours qui suivent, Alice se traîne au bureau. Même si ses blessures cicatrisent rapidement, elle a toujours la sensation d'avoir oublié un truc important. Pourtant, à la revue, il règne une ambiance de folie à la sortie du nouveau numéro de *Notre monde, aujourd'hui*, mais sans John, le travail n'a plus la même couleur. Elle a du mal à tout boucler dans les temps et devra certainement embaucher.

Entre deux réunions interminables, Richard se glisse dans son bureau.

— Dis, t'as jeté un œil sur la maquette que je t'ai laissée ?

Inquiète, elle le fixe et cligne les yeux à répétition.

— Tu m'as laissé une maquette ? Quand ça ?

— Bien… mardi. Elle est juste là.

Il pointe un énorme dossier posé sur le coin du meuble qu'Alice n'a jamais remarqué. Décidément, depuis son accident, elle se sentait complètement à côté de la plaque. Pendant qu'elle jette un œil au document, il ajoute :

— C'est que, demain, nous sommes déjà le 10 du mois alors…

— Le 10 ? Déjà ?

Elle récupère son calendrier pour se rendre compte que Richard a bel et bien raison. Le 10, c'est le jour où John annonçait le thème du prochain numéro. Thème auquel elle n'a pas eu le temps de réfléchir, d'ailleurs. Comment Jonathan a-t-il pu lui laisser les rênes de la revue ? Elle est décidément loin d'être à la hauteur !

Devant sa tête d'enterrement, Richard demande :

— Ça ne va pas ?

— Non, enfin… j'espère que ton dossier est solide parce que… je n'ai vraiment aucune idée pour un thème.

Elle tourne les pages pour faire un rapide survol des sujets mis en avant, puis relève les yeux vers son collègue.

— Écoute, Richard, donne-moi une petite demi-heure pour lire tout ça et je te reviens avec une réponse, ça te va ?

— OK… bien… si t'as des questions, tu m'appelles ?

Dès qu'elle se retrouve seule, Alice se plonge dans le dossier. Le sujet choisi par Richard est fouillé. Il y a même une section sur les arts et des tas d'images qui illustrent partiellement chaque concept qu'il propose. De toute évidence, il tient à ce thème, et il a vraiment fait un travail remarquable.

Dans l'encart sur les vampires, Alice tombe sur plusieurs représentations de ce mythe à travers les époques. Et pourtant, aujourd'hui, elle a le sentiment de les voir avec un regard neuf. L'une de ces images capte son attention et suscite un malaise chez elle. Incertaine, elle compose le numéro de poste de Richard et lui demande :

— L'image 22 dans ton dossier sur les vampires, tu peux me dire d'où elle sort ?

— Hum… attends. Celui avec les yeux jaunes ? demande-t-il.

— Oui, confirme-t-elle.

— Il me semble que c'est une image provenant de la couverture d'un livre de Michaël Falcon. C'est un écrivain qui...

— C'est bon, le coupe-t-elle. Je sais qui c'est, merci.

Elle raccroche et reporte son attention sur l'image en question. Quelque chose l'intrigue, mais elle n'arrive pas à savoir ce que c'est, et le fait que cette chose concerne Falcon l'agace d'autant plus. Tous ces hasards commencent sérieusement à l'inquiéter.

Au lieu de poursuivre sa lecture du dossier, Alice fixe le regard jaune en clignant lentement les yeux, espérant lever le voile sur ce qui la trouble dans cette image. Au bout de plusieurs secondes, un fragment de mémoire perdue lui revient brusquement. Elle revoit l'homme aux yeux jaunes et la pâleur de son visage. Elle ferme prestement les yeux pour tenter de retenir ce souvenir dans son esprit. Est-ce un cauchemar ? Une illusion issue d'une simple image imprimée ? Elle frissonne et se frotte les bras pour chasser la chair de poule qui tapisse sa peau. Dans un soupir, elle se lève pour venir se poster devant la baie vitrée. Il fallait qu'elle cesse de fouiller dans sa mémoire pour retrouver cette soirée perdue. Son travail exigeait bien davantage de sa personne.

Lorsqu'elle se décide enfin à revenir à sa lecture du dossier, elle sursaute lorsque la voix de la secrétaire résonne dans le haut-parleur du téléphone :

— Monsieur Falcon sur la 2.

Alice scrute l'appareil, puis se décide enfin à répondre.

— Alice Demers.

— Bonjour, Alice. J'apporte des nouvelles... concernant notre affaire...

— Oh?

Alice continue de scruter l'image du vampire aux yeux jaunes en attendant qu'il poursuive :

— Pour des raisons évidentes, je m'en tiendrai à l'essentiel, mais disons simplement que... tout est réglé.

Devant le silence qui suit, il ajoute :

— Jonathan est... vengé.

Alice retient son souffle pour assimiler cette information.

— Vous êtes toujours là ? questionne Michaël.

— Oui. C'est juste que... je ne m'attendais pas... à ce que ça se passe aussi vite.

Personne ne parle pendant près d'une minute, puis Alice avoue, la gorge nouée :

— On dirait que ça ne me console pas vraiment de le savoir.

— Je m'en doute, oui.

La voix de l'écrivain lui semble aussi triste que la sienne. Du bout des doigts, elle s'amuse à tapoter l'image du vampire aux yeux jaunes devant elle pendant qu'elle écoute la respiration de Falcon au bout du fil. Au lieu de couper court à la conversation, elle s'entend demander :

— Pourquoi ont-ils fait ça ? Je veux dire... quel était le mobile ?

— Disons simplement que... c'était un conflit personnel.

— Ça ne veut rien dire ! peste-t-elle. On ne tue pas les gens... par conflit personnel !

Falcon soupire lourdement avant de jeter :

— Il y a malheureusement des êtres qui considèrent que certaines personnes... ne méritent pas de vivre.

Au même moment, une voix surgit dans sa tête et répète les mêmes mots avec une voix qui glace le sang d'Alice : « Il ne méritait pas de vivre… » Brusquement, des tas d'images de cette nuit-là reviennent en mémoire de la jeune femme, mais aucune ne lui semble cohérente. L'homme de ce souvenir fragmenté avait des yeux jaunes, et il ressemblait drôlement à un vampire. Mais pourquoi est-ce qu'elle ne parvient pas à se remémorer l'ensemble de cette histoire ? Pourquoi est-ce que tout lui semble aussi flou ?

— Alice ? vérifie Michaël, inquiet du silence qui s'étire. Vous êtes toujours là ?

— Oui, je… pardon. J'essaie de… d'encaisser.

— Je comprends.

Comme pour lui faciliter la tâche, il attend quelques secondes supplémentaires avant de changer délibérément de sujet :

— Et votre voiture ? Vous avez des nouvelles ?

— Oh, euh… je devrais la récupérer en début de semaine prochaine.

— Bien. Très bien. Et… Gina ?

En se remémorant le petit ordinateur, Alice pince les lèvres et laisse filtrer un brin de tristesse dans sa voix :

— Elle n'a pas eu cette chance.

Au bout du fil, un rire léger se fait entendre.

— Nommer une machine… en voilà une idée originale !

— Pourquoi donc ? Gina était toujours avec moi. Et puis… c'était un cadeau de John.

Michaël capte tout le chagrin d'Alice dans le soupir qui suit. Peut-être aurait-il dû lui effacer davantage la mémoire au lieu de s'en prendre à cette machine…

Repoussant le sentiment de culpabilité qu'il ressent, il annonce :

— Bien, alors... ma petite enquête étant terminée, je voulais aussi vous annoncer que je quitterai bientôt la ville.

— Oh. Euh... d'accord, bredouille Alice.

— Mais j'insiste pour défrayer les réparations de votre voiture, et l'achat de votre nouvel ordinateur, ajoute-t-il. N'hésitez surtout pas à me téléphoner quand vous recevrez vos factures.

— Ce ne sera pas nécessaire, dit-elle très vite. Ne vous inquiétez pas.

— Au contraire ! Je me sens responsable de tous ces problèmes. Et comme vous avez déjà fouiné dans mon compte bancaire, vous savez pertinemment que j'ai les moyens de vous offrir ces quelques... dédommagements.

Même si la voix de l'écrivain se fait amicale, Alice pince les lèvres.

— Vous n'êtes pas le seul à qui John a laissé de l'argent, siffle-t-elle.

Devant la colère qu'il perçoit au bout du fil, Michaël cesse aussitôt d'insister :

— Alice, si je vous ai insultée par mon offre, je vous demande pardon. C'est seulement que... vous m'avez beaucoup aidé dans cette enquête, alors... j'aurais aimé faire un geste... vous comprenez ?

Confuse par les images qui lui viennent en tête, Alice ferme les yeux, quand l'écrivain persiste :

— Alice, je ne veux surtout qu'il subsiste le moindre malaise entre nous. Je sais que Jonathan vous aimait beaucoup.

— C'est gentil, mais… je vous assure que ça ira, souffle-t-elle en espérant être honnête.

— D'accord. Mais considérez que l'offre a été faite. Et si jamais vous aviez besoin de quelque chose, de quoi que ce soit, surtout, n'hésitez pas à me contacter.

— Je le ferai, promet-elle sans vraiment y croire.

Après quelques formules de politesse, Alice raccroche et songe que le départ de Michaël Falcon marque la fin de l'enquête liée à la mort de John. Et pourtant, elle a toujours cette fichue sensation de ne rien y comprendre. Aurait-elle dû exiger davantage d'explications de la part de Falcon ? Probablement pas.

Comme elle ne parvient plus à se concentrer sur le dossier de Richard, elle se remet à l'ordinateur et se connecte sur le serveur sécurisé qu'elle partageait avec John. C'est plus fort qu'elle, il faut qu'elle jette un dernier coup d'œil au fichier qu'elle a remis à Michaël Falcon. La lettre en balte ne lui dit rien, mais elle parvient néanmoins à lire quelques mots au milieu de tout ce charabia. Notamment un « Vizaël ». Elle ferme les yeux et répète ce mot à quelques reprises dans son esprit avant de retrouver de nouvelles images de cette nuit-là. Troublée, elle pose un regard effrayé sur l'image du vampire aux yeux jaunes et s'entend murmurer :

— Robert… Robert Wilson.

Le cri de la bête résonne dans sa tête : « Où est-il ? » et elle frémit juste à se remémorer cette voix.

— Merde, dit-elle avec un faux rire, je débloque complètement.

La gorge nouée, elle referme l'ordinateur et s'éclipse à la salle de bain. Pendant qu'elle se lave les mains, elle remarque la blessure qui orne son avant-bras. Elle l'observe un moment avant d'y glisser un doigt. Au même instant, d'autres images lui reviennent en mémoire : des yeux jaunes, encore, mais pas ceux qu'elle voit habituellement. Non, cette fois, il s'agit des yeux de Michaël Falcon. Divers souvenirs lui reviennent en rafale : sa tête qui s'écrase contre le capot de la voiture, ce visage livide qui se moque d'elle, puis l'écrivain qui suce le sang de son avant-bras.

Elle ferme les yeux et tente de retenir un peu plus longtemps les images dans son esprit. Même si elle voudrait bien se raisonner, il y a décidément trop de coïncidences qui surgissent depuis la mort de John, à commencer par les livres de Michaël qui parlent de vampires, et cette nuit étrange durant laquelle ses souvenirs se sont subitement évaporés. Tout ceci a forcément un sens…

Son regard s'attarde de nouveau sur sa blessure. Elle se souvient d'une étrange sensation de chaleur, de la bouche avide de Falcon sur sa peau, de la succion et du frottement de ses dents sur sa chair. Croisant son propre regard dans la glace, Alice frissonne devant le constat qui s'impose : soit elle perd la raison, soit Michaël Falcon est un vampire.

Dans tous les cas, elle n'est pas mécontente qu'il quitte la ville…

Le jeudi suivant, Richard et Alice vérifient les illustrations qui feront partie du prochain numéro de la revue.

Parce que c'est son idée, Richard demande :

— Tu crois que mon thème plaira aux autres ?

Elle rit à l'angoisse de son collaborateur et le rassure très vite :

— Ce sera un super numéro. Crois-moi, Richard, j'en ai vu suffisamment pour savoir que celui-ci sera un succès.

Elle sursaute lorsqu'elle aperçoit Michaël Falcon à la réception. Il l'observe avec attention et Alice se doute que sa réaction de surprise n'est pas passée inaperçue.

— Qu'est-ce qu'il y a ? demande Richard.

La réceptionniste la questionne du regard pour savoir ce qu'elle doit faire. Et même si Alice a une soudaine envie de s'enfuir, elle plaque un sourire forcé sur ses lèvres et fait un signe pour que l'écrivain puisse entrer. Lorsqu'il pousse la porte vitrée du local où elle se trouve, il la salue :

— Bonjour, Alice.

— Bonjour, Michaël. Je pensais que vous étiez reparti ?

— J'y ai songé, c'est vrai, mais comme j'avais un peu de temps libre, je me suis dit que je pourrais passer vous donner un coup de main à la revue.

Elle ne le quitte pas des yeux, mais ses doigts écrasent nerveusement le dossier de la chaise pour s'empêcher de trembler.

— Vous auriez dû me dire que vous passeriez, je… j'aurais essayé de me libérer, bredouille-t-elle.

Pendant un instant, elle se rend compte que son angoisse est probablement perceptible. Se tournant vers son collègue, qui les observe en silence depuis le début de la conversation, elle dit :

— Oh ! Richard, laisse-moi te présenter Michaël Falcon…

Son collègue bondit sur ses jambes et détaille l'homme avant de lui tendre la main.

— Monsieur Falcon, je suis Richard Donovan. Je suis ravi de faire votre connaissance. J'aime beaucoup ce que vous faites.

— Merci, dit-il sans quitter Alice du regard.

— Tu l'as contacté pour une entrevue ? demande aussitôt Richard.

— Hein, euh... non, pas vraiment.

— Une entrevue ? À quel sujet ? questionne aussitôt l'écrivain.

— Nous préparons un numéro sur les figures mythiques, explique Richard. Et comme vous écrivez sur les vampires...

Il cherche la maquette en question et la montre à l'écrivain, qui la détaille d'un bref coup d'œil.

Devant le froncement de sourcils de Michaël, Alice s'empresse d'intervenir :

— Tu n'es pas obligé d'accepter, évidemment...

Elle s'interrompt en se rendant compte qu'elle ne le vouvoie plus et reprend :

— Pardon, je voulais dire... que vous n'avez pas à faire ça...

Il envoie un petit sourire froid vers Richard.

— Disons qu'Alice et moi allons en discuter.

Il tourne à nouveau la tête vers la jeune femme avant d'ajouter :

— En privé ?

Anxieuse de cette requête, elle finit par hocher la tête et marche d'un pas lent en direction de son bureau, Falcon sur ses talons. Dès qu'il referme la porte derrière lui, elle attrape le téléphone sous le regard inquisiteur de son visiteur.

— Josée, pourrais-tu nous apporter du café ? Merci.

Elle raccroche vite et s'installe derrière son bureau.

— Vous savez, vous n'êtes pas obligé... pour l'entrevue...

Il se penche doucement vers elle et Alice remonte ses yeux vers les siens, mais plutôt que de soutenir son regard, elle le promène nerveusement autour de la pièce.

Intrigué par son comportement, Michaël détaille chacune des expressions de la jeune femme avec intérêt, se demandant ce qu'elle éprouve depuis qu'il est là. Pourquoi est-elle aussi craintive en sa compagnie ? Est-ce ainsi parce qu'elle sait qu'il a vengé la mort de Jonathan ? Le suspecte-t-elle d'être un tueur ? Voilà qui suffirait à lui expliquer la réaction étrange de la jeune femme en sa présence.

— Je ne pensais pas que ça vous ferait un tel choc de me revoir, avoue-t-il.

— Ce n'est rien, dit-elle très vite. Je suis seulement préoccupée.

Josée entre et dépose deux tasses de café sur son bureau. Aussitôt, Alice récupère la sienne et la porte à ses lèvres, surtout pour s'occuper les mains. Après avoir ingurgité de sa boisson, elle remonte la tête vers Michaël et remarque qu'il boit du café lui aussi. Les vampires peuvent-ils donc boire autre chose que du sang ?

Elle tourne machinalement la tête vers la fenêtre de son bureau pour observer le soleil s'infiltrer dans la pièce. Elle revérifie du côté de Falcon, surprise de le voir dans la lumière du jour.

— Qu'y a-t-il ? demande-t-il en remarquant l'air étonné de la jeune femme.

— Rien, dit-elle très vite. Le café vous plaît ?

— Ça va, affirme-t-il simplement.

Elle replonge les yeux dans son café pour masquer son trouble.

— Aimeriez-vous que je fasse cette entrevue, Alice ?

Elle observe l'écrivain avec un air suspicieux.

— Je doute que vous ayez besoin de ce genre de publicité. Je sais que vous êtes totalement absent du monde numérique, et il n'y a aucune photographie de votre personne sur le Net, alors… je ne vois pas pourquoi vous feriez ça.

Nonchalamment, il hausse les épaules.

— Nous ne ferons pas de photo et puis voilà.

Comme si la question était réglée, Michaël dépose doucement sa tasse sur le bureau et profite de son geste pour se pencher plus avant vers elle.

— Alice, qu'est-ce qu'il y a ? Pourquoi ne le dites-vous pas ?

Elle évite de croiser son regard, par peur qu'il puisse lire en elle ou qu'il tente d'effacer sa mémoire de nouveau.

— Auriez-vous peur de moi ? demande-t-il soudain.

Sur son siège, elle recule doucement, mais Michaël n'a pas besoin d'entendre la réponse d'Alice ; il voit clairement la peur dans ses yeux. Forçant un sourire à s'inscrire sur ses lèvres, il tente de paraître rassurant :

— C'est à cause de cette histoire ? Parce que je vous ai dit qu'elle était réglée ?

Comme elle reste là, à le fixer sans dire le moindre mot, il insiste :

— Vous croyez que j'ai tué ces deux hommes ? Est-ce la raison pour laquelle je vous effraie ?

Espérant esquiver la question, Alice dépose maladroitement sa tasse avant de répondre :

— Peu importe. Ça ne me regarde pas.

— Alice, si j'avais su que mes propos vous choqueraient, je ne vous aurais rien dit. Loin de moi l'idée de vouloir vous effrayer, croyez-moi.

Elle le dévisage un instant avant d'oser vérifier ses propos :

— Vraiment ?

— Oui, confirme-t-il.

Elle hésite, mais poursuit :

— Si je vous pose des questions, me direz-vous toute la vérité ?

— Si vous le souhaitez vraiment, oui.

Remarquant l'air contrit de la jeune femme, il se rétracte très vite :

— Je peux mentir aussi, sans aucun problème.

Elle secoue la tête en vitesse.

— Non. La vérité. S'il vous plaît.

— D'accord. Je vous écoute.

— Pourquoi êtes-vous ici, Michaël ?

— Pour vous voir. Je ne sais pas, j'ai senti que… quelque chose n'allait pas au téléphone.

Elle baisse piteusement la tête, honteuse de ne pas avoir pu masquer le trouble de sa voix à travers l'appareil.

— Alice, reprend-il d'une voix à peine audible, je ne sais pas ce à quoi vous pensez, mais je peux vous promettre que je n'ai aucunement l'intention de vous faire du mal.

Elle le dévisage à nouveau, cherchant une preuve qu'il lui dit bien la vérité.

— Ces hommes… est-ce que vous les avez tués ? l'interroge-t-elle soudain.

— Peut-être serait-il plus prudent de poser la question différemment. Par exemple, est-ce qu'ils sont morts ?

— Je sais qu'ils sont morts, dit-elle très vite. Ma question était… la bonne.

Michaël hésite. Il a envie de mentir, mais quelque chose dans le regard d'Alice lui dit qu'elle se doute de quelque chose. Comme il laisse sciemment perdurer le silence, elle insiste :

— Je ne vais pas m'enfuir, vous savez. Je veux juste… savoir.

Michaël évalue ses options avant de hocher lentement la tête.

— En effet, lâche-t-il calmement. Je les ai tués. Tous les deux.

La respiration d'Alice s'emballe, mais elle parvient cependant à garder son sang-froid, surtout qu'elle sent le regard scrutateur de Michaël braqué sur elle.

— Au moins, vous dites la vérité, souffle-t-elle.

— Qui vous dit que c'est la vérité ?

— Parce que… je vous ai vu en tuer un, avoue-t-elle dans un murmure.

Elle attend, persuadée qu'il va s'emporter ou tenter de nier, mais le silence persiste pendant un bon moment.

— Voilà pourquoi vous êtes si différente, dit-il enfin.

— Oui.

Étrangement, Alice remarque qu'il ne semble pas très embêté qu'elle ait retrouvé la mémoire.

— Et vous vous souvenez de quoi, exactement ?

— De pas mal de trucs, déclare-t-elle vaguement.

— Mais encore ? insiste-t-il, intrigué.

Elle soupire, troublée de devoir admettre :

— De tout. Enfin, je crois.

Michaël n'a presque aucune réaction. Déjà, il lui semble impossible qu'Alice puisse se rappeler la scène dans son entier. À choisir, il préférerait que ce soit la partie liée à l'accident, et non l'autre partie : celle où il lui entaille l'avant-bras pour lui prendre un peu de sang…

— Donc… vous vous souvenez de l'accident ? vérifie-t-il.

— Oui.

Elle peine à sourire, incertaine de devoir tout lui avouer. Espérant la rassurer, il insiste :

— Alice… je ne suis pas fâché.

— Alors, pourquoi m'avoir… fait oublier ?

Il la scrute à nouveau et elle détourne nerveusement les yeux avant de porter sa tasse à ses lèvres. Cette fois, il comprend qu'elle se rappelle bien plus qu'il l'aurait souhaité.

— Disons que c'est plus facile si vous ne vous souvenez de rien.

L'expression de la jeune femme se transforme et à la seconde où son café revient sur le bureau, elle plonge un regard sombre sur lui.

— Avez-vous vraiment envie de croire à ce que vous avez vu là-bas ? insiste-t-il.

Tout en réfléchissant à la question, elle se gratte nerveusement l'avant-bras.

— C'en était… vraiment un ? demande-t-elle avec une expression curieuse au fond du regard.

— Un quoi ? se moque-t-il.

Elle rit devant le piège qu'il lui tend, gênée de prononcer le mot de vive voix. C'est pourquoi elle chuchote :

— Un vampire.

Il hoche simplement la tête en guise de réponse. Devant sa confirmation, si discrète qu'Alice craint d'avoir rêvé, elle fait mine d'afficher un premier sourire.

— Comment êtes-vous parvenue à vous souvenir de tout ceci ? s'informe-t-il.

Elle ouvre le dossier maquette que lui a fourni Richard et en sort la couverture de l'un de ses romans. Pour éviter tout contact avec l'homme, elle jette simplement l'image devant lui. Au lieu d'y prêter attention, Michaël questionne Alice du regard, incertain de comprendre ce qu'elle tente de lui dire.

— Cette photo m'a rappelé… l'autre gars.

— Le vampire, précise-t-il.

— Oui. Les yeux surtout. Ils étaient jaunes aussi.

Michaël pince les lèvres, surpris de l'exactitude des souvenirs de la jeune femme. Il s'attendait à la voir plus hésitante, moins sûre d'elle…

Quand le silence revient, Alice prend le temps de mieux regarder Michaël Falcon, assis là, dans un rayon de soleil qui ne semble même pas le gêner. Elle se demande s'il est un vampire. De toute évidence, selon les caractéristiques évoquées par ses propres romans, il n'en est pas un. Mais il a bien bu son sang… Elle regarde la tasse de café qu'il n'a presque pas touchée et se dit qu'il fait peut-être semblant d'en boire pour écarter ses soupçons.

— Alice, dit-il soudain avec une voix plus grave, de quoi d'autre vous souvenez-vous ?

— De tout, répète-t-elle.

— Si c'est le cas, alors vous devriez avoir une autre question à me poser…

Elle soutient le regard amusé de Michaël pendant un bref instant, puis admet, dans un murmure :

— C'est que… c'est plutôt gênant comme question.

Comme le silence persiste dans la pièce, elle finit par remonter sa manche droite et lui tend son avant-bras dans un geste lent, sans jamais remonter ses yeux vers lui. La respiration de Michaël se bloque devant son geste et il se racle la gorge avant d'avouer :

— Hum. Je ne mentirai pas. J'espérais que cette partie ne refasse pas surface…

Elle hésite à tout lâcher lorsqu'on cogne à la porte. Richard n'attend pas qu'on l'y invite ; il ouvre la porte et y faufile la tête.

— Puis-je vous déranger deux minutes ? demande-t-il avec un large sourire. Je viens d'avoir une super idée pour la couverture !

— Richard ! lâche Alice, embêtée par son intrusion. Ce n'est vraiment pas le moment !

— Au contraire ! la corrige Michaël, ravi par cette pause inopinée. Alice me disait justement combien vous teniez à cette entrevue.

Surpris, Richard se met à trépigner dans le cadre de la porte.

— C'est vrai ! Vous pensez que… Vous pourriez accepter ?

— Je veux bien, confirme-t-il, mais à deux conditions. D'abord, je refuse qu'on publie la moindre photo ou description de ma personne.

— Bien sûr, accepte prestement Richard. Et la seconde ?

— Serait-il possible de jeter un œil à votre maquette avant de faire l'entrevue ? J'aimerais beaucoup pouvoir me préparer de façon adéquate…

— Aucun problème ! La maquette est juste là, dans l'autre salle. Vous préférez que je l'apporte ici ? Par contre, pour l'entrevue, il faudra me donner quelques heures, parce que… je n'ai pas encore réfléchi aux questions…

Devant l'excitation qui anime l'homme, Michael lève une main pour le faire taire.

— Je reviendrai demain pour l'entretien, cela vous irait-il ?

— Ce serait parfait, confirme Richard.

Alice sourit. Ainsi, Michaël n'a donc pas l'intention de repartir sur-le-champ ?

— Bien. J'irai consulter la maquette dans quelques minutes. Puis-je terminer ma conversation avec Alice, maintenant ?

— Oh, mais… oui… bien sûr !

Confus, il lance un regard suppliant du côté de sa patronne.

— Et… pour la couverture ?

— Nous verrons cela plus tard, déclare-t-elle en lui faisant signe de repartir.

Dès que la porte se referme sur Richard, Michaël pivote vers Alice.

— Alors ? Cette question ? insiste-t-il.

Elle lui lance un regard faussement noir, puis laisse échapper un petit rire devant l'expression amusée qu'il arbore. Étrangement, la peur qu'elle ressentait à l'arrivée de Michaël disparaît petit à petit. Pourtant, elle a les joues en feu lorsqu'elle se décide enfin à demander :

— Est-ce que… vous êtes… un vampire ?

— Qu'en pensez-vous ?

— Eh bien… je ne sais pas, avoue-t-elle. Vous êtes là, en plein jour, et vous buvez du café. Dave certifie qu'aucun vampire ne peut supporter les rayons du soleil. Même dans vos romans !

— C'est juste, confirme-t-il.

L'expression de la jeune femme se renfrogne, puis elle poursuit son interrogatoire :

— Donc… vous n'êtes pas un vampire. Mais vous n'êtes pas humain non plus, je me trompe ?

— On peut dire ça, en effet, opine-t-il.

Devant l'air intrigué qu'affiche Alice, il finit par avouer :

— Disons que je suis… un mélange des deux.

La bouche d'Alice s'ouvre sous l'effet de la surprise et elle paraît subitement impressionnée par ses paroles. Ne devrait-elle pas être effrayée, plutôt ? Décidément, les réactions de cette femme le consternaient.

— Vous êtes… un peu comme le héros de vos romans ? Celui qui chasse les vampires ?

Amusé par la question, il opine.

— En quelque sorte, oui.

Franchement soulagée, elle sourit, mais ses traits se figent lorsque Michaël se lève de son siège.

— Quoi ? Vous partez déjà ?

— J'ai promis à votre collègue de jeter un œil sur les maquettes du prochain numéro. Vous aurez ainsi un peu de temps pour vous remettre de vos émotions. J'en ai pour une quinzaine de minutes. Peut-être pourrions-nous continuer cette conversation un peu plus tard ? propose-t-il avec un calme à toute épreuve.

Rassurée par ses paroles, elle hoche la tête.

— Ce sera… avec joie !

Même s'il est surpris de l'enthousiasme de la jeune femme, Michaël confirme d'un hochement de tête et sort de son bureau. De son côté, Alice prend un petit moment pour retrouver ses esprits. Elle n'arrive pas à croire qu'elle vient de parler avec un chasseur de vampires ! Un type qui n'est vraisemblablement pas humain! Mais alors… qu'est-il? Et pourquoi est-elle subitement plus intriguée qu'effrayée par Michaël Falcon?

Chapitre 5

À propos des vampires

Lorsque Michaël se poste à nouveau devant la baie vitrée qui entoure le bureau d'Alice, une vingtaine de minutes plus tard, il s'attend à retrouver une jeune femme craintive. Pourtant, dès qu'elle l'aperçoit, elle lui fait signe d'entrer en raccrochant prestement son téléphone.

— Tout va bien? s'enquiert-il devant son air contrit.

— Oui, enfin... j'essaie de tout faire, mais il va falloir que j'embauche du personnel. Je ne sais vraiment pas comment John faisait pour...

Elle se tait avant de lui jeter un regard scrutateur.

— Qu'est-ce qu'il y a? demande-t-il, inquiet.

— Jonathan était-il comme vous?

Surpris par la question, le visage de Michaël s'assombrit.

— On lui a arraché le cœur, explique-t-elle rapidement, comme si ce fait justifiait sa théorie. Et je présume que vous êtes plus rapides que les humains, parce qu'autrement, je ne sais pas comment John arrivait à tout faire dans une seule journée!

Étonné du détachement avec lequel elle gère l'information qu'il lui a confiée, Michaël sourit.

— Nous avons effectivement certaines aptitudes, et la vitesse en fait partie.

Il s'approche du bureau de la jeune femme, puis récupère une maquette qu'il analyse prestement du regard. Du bout d'un doigt, il pointe une erreur de typographie, puis une seconde liée à la conjugaison avant d'annoncer :

— Le reste me paraît bien.

Alice le scrute, la bouche ouverte, avant de récupérer un crayon pour encercler les erreurs qu'il vient de lui montrer.

— Dire que ça me prend 20 à 30 minutes par maquette ! grommelle-t-elle.

Lorsqu'elle relève les yeux vers lui, la question fuse aussitôt :

— John était comme vous, alors ?

Il opine avant de lui rappeler :

— John était mon frère. Enfin... un demi-frère, pour être exact.

Michaël vérifie la réaction de la jeune femme, dont le regard se plisse. Est-ce une bonne chose de lui révéler ce genre de détails ? Ses révélations pouvaient-elles altérer les souvenirs qu'Alice avait de son ami ?

— Merde, soupire-t-elle. Et dire que je n'ai jamais rien remarqué d'étrange !

— Ce n'est guère étonnant. Nous arrivons assez bien à nous fondre dans la masse, la plupart du temps.

Au lieu de confirmer, Alice le jauge du regard avant d'afficher un air sceptique. Cette armoire à glace aux cheveux longs et toute vêtue de noir... se fondre dans la masse ? Devant la moue qui déforme ses traits, Michaël s'empresse d'ajouter :

— Il est vrai que Jonathan était plus doué que moi dans ce domaine…

Alice a un petit rire moqueur :

— En effet ! Il était bien plus au goût du jour que vous et… votre assistant.

À son tour, Michaël sourit, puis vérifie son accoutrement. Possible qu'il porte les mêmes habits depuis trop longtemps, mais comme il sort très peu en public, il n'en a cure. Cependant, il est étonné par le détachement dont fait preuve Alice. Certes, les lettres de son ami ne tarissaient pas d'éloges à son endroit, mais jamais il n'aurait cru qu'une humaine pouvait le regarder comme s'il était tout à fait normal…

Avec une moue triste, elle demande :

— Pourquoi il ne m'a rien dit ?

— Pour ne pas vous mettre en danger, évidemment.

— En danger ? répète-t-elle sans comprendre.

— Alice, les gens de mon espèce sont des cibles constantes. Les personnes autour de nous le sont tout autant. Jonathan et moi avions comme point d'honneur de ne plus impliquer d'humains dans notre lutte.

— Mais… John était mon ami ! s'emporte-t-elle. Et s'il s'était confié à moi… peut-être que j'aurais pu l'aider.

Le visage de Michaël se renfrogne. N'est-ce pas plutôt à lui que son ami aurait dû se confier ? Lui qui était censé l'aider dans cette tâche ?

Le téléphone résonne à nouveau et la voix de la secrétaire se fait entendre :

— Monsieur Asselin sur la 2.

Michaël se lève, prêt à quitter la pièce pour offrir un peu d'intimité à Alice quand elle lui fait signe de rester. D'une main, la jeune femme récupère le combiné, qu'elle colle à son oreille.

— Salut, Dave. Quoi de neuf ?

— J'ai presque fini ma journée. Et toi ? À quelle heure tu termines ? Tu viens chez moi ? Nous pourrions nous commander un truc…

Elle hésite en reportant son attention sur l'écrivain, posté là, devant elle. Partir retrouver Dave alors qu'elle a tellement de questions à poser à Michaël Falcon ?

— En fait… il se trouve que Falcon est en ville et que… il m'a demandé un petit coup de main sur une recherche.

Au bout du fil, Dave lâche un « hum » déçu, même s'il sait pertinemment que sa petite amie adore effectuer des recherches plus ou moins légales…

— Je ne suis pas sûr que tu devrais lui faire confiance, finit-il par avouer.

— Je sais ce que je fais, ne t'inquiète pas pour moi, tranche-t-elle un peu vite.

Après un moment de silence, elle se sent forcée d'ajouter :

— Écoute, c'est un truc confidentiel.

— Tu veux de l'aide ?

— Désolée, je ne peux pas, avoue-t-elle. Mais vois le bon côté des choses : je pourrai t'avoir un exemplaire dédicacé de son dernier roman !

Plutôt que d'être amadoué, son petit ami soupire d'autant plus bruyamment au bout du fil.

— Je n'aime pas ça. Tu ne connais rien de cet homme.

Alice laisse délibérément s'étirer le silence qui suit. Dave se contente de grogner, visiblement énervé de plaider une cause perdue.

— D'accord, cède-t-il. Mais tu as intérêt à être prudente !

— Mais oui. Ne le suis-je pas toujours ? plaisante-t-elle à demi.

En guise de réponse, Dave émet une sorte de bruit désagréable, contrarié par le ton léger de sa petite amie. Gêné d'être au cœur d'une dispute amoureuse, Michaël fait quelques pas pour quitter la pièce, mais Alice l'arrête rapidement pour qu'il reprenne sa place. De son côté, Dave cède :

— Bon, alors… je vais voir si Jeff est libre pour la soirée. Tu m'appelles dès que t'as un moment ?

— Ça roule ! Allez, bisous !

Lorsqu'elle raccroche, Michaël fronce les sourcils.

— Dois-je comprendre que vous venez de mentir à votre petit ami pour moi ?

— Vous auriez préféré que je lui dise la vérité ? le questionne-t-elle aussitôt.

— J'en doute. Il m'aurait sûrement fallu le tuer, rétorque-t-il avec un sourire en coin.

Devant l'air choqué d'Alice, il s'empresse d'ajouter :

— Ce n'est qu'une plaisanterie ! Pas de très bon goût, j'en conviens, mais je n'ai pas pu résister.

Comme elle paraît sceptique à ses propos, il se voit contraint d'insister :

— Alice, je n'ai aucun intérêt à faire du mal à des gens qui ne représentent aucune menace pour ma personne, surtout si ceux-ci étaient appréciés par John.

— Je ne veux pas que Dave soit en danger par ma faute, dit-elle néanmoins. Je peux vous promettre qu'il ne sait rien du tout à votre sujet.

Touché par ses mots, et par la sincérité qu'il pressent chez cette jeune femme, il hoche la tête en espérant clore la conversation.

— Quand Jonathan disait qu'on pouvait vous faire confiance, je ne pensais pas que c'était à ce point.

Se remémorant son défunt patron, elle ajoute :

— John était un homme extraordinaire. Il savait tirer le meilleur de ses amis, comme de ses employés…

— Il avait quand même quelques compétences particulières, lui rappelle Michaël.

— La vitesse ? devine-t-elle.

— Et la suggestion.

Devant l'air intrigué de la jeune femme, il pointe le côté de sa tête.

— Nous avons l'hypnose, lui rappelle-t-il. Et il suffit parfois de certifier à quelqu'un qu'il peut faire l'impossible pour qu'il y croie. La foi déplace les montagnes, c'est bien connu.

Alice le fixe avec un air contrit. John avait-il usé de son pouvoir sur sa personne ? Comment le savoir, puisqu'il pouvait lui effacer la mémoire ?

Dans un geste qui lui paraît démodé, Michaël se relève de son siège et se penche légèrement vers l'avant :

— De votre récente conversation, j'ai cru comprendre que vous aviez pris votre soirée pour… travailler ?

Immobile sur son siège, Alice le scrute sans répondre, ce qui force Michaël à poursuivre :

— Puis-je vous inviter à dîner ?

— Oh. Parce que vous mangez ? le taquine-t-elle.

— Bien sûr ! Et je suis même assez gourmet à mes heures.

Alice hésite. Doit-elle suivre cet homme en sachant ce qu'il est, même s'il vient de certifier qu'elle ne court aucun danger ? Percevant l'hésitation de la jeune femme, il ajoute :

— N'avez-vous donc plus de questions pour moi ?

— Alors là, des tas ! rigole-t-elle.

Avec un sourire plus franc, Alice chasse ses craintes, récupère son sac à main, puis se redresse à son tour.

— Et ça tombe bien, je meurs de faim ! annonce-t-elle.

☙

Michaël étant venu en taxi à son bureau, Alice conduit et l'emmène dans un restaurant tout près de là. Une fois qu'ils sont installés à table, elle annonce, un brin nostalgique :

— John aimait beaucoup cet endroit. Nous venions souvent ici pour travailler. Parfois, même, nous discutions de certaines recherches qu'il voulait que je fasse pour lui.

Michaël observe le restaurant, consterné. Jonathan aimait-il réellement ce genre d'endroit bondé et bruyant ? Se pouvait-il que son ami ait tant changé, ces dernières années ?

Pendant qu'elle fait mine de regarder le menu, Michaël commande une bonne bouteille de vin. Et s'il choisit parmi les plats les plus chers du restaurant, Alice se contente d'une soupe et du plat du jour.

Lorsque le serveur revient pour ouvrir la bouteille de vin, ils l'observent en silence, mais dès qu'il est servi, Michaël porte son verre à ses lèvres, puis affiche un sourire ravi avant de hocher la tête pour donner congé au serveur.

Dès qu'ils se retrouvent de nouveau seuls, Alice l'interroge :

— Est-ce que tous les vampires peuvent boire du vin ?

Michaël affiche un air satisfait. À dire vrai, il attendait cet interrogatoire. Il n'arrive pas à croire qu'Alice lui parle ainsi, de façon détachée, et surtout qu'elle agisse comme s'il était tout à fait normal.

— Non, finit-il par répondre. Les vampires ne peuvent boire que du sang.

Il récupère un bout de pain de la corbeille avant d'en prendre une bouchée, amusé de voir que chacun de ses gestes la consterne.

— Alors… vous êtes humain… enfin… non, puisque vous avez bu mon sang…

— Je vous l'ai dit : je suis un peu des deux.

Elle le scrute de nouveau, cherchant vraisemblablement une preuve tangible sur les traits de son visage, mais rien ne transparaît. À part son accoutrement démodé, Michaël Falcon semble absolument normal. A-t-elle rêvé cette scène ?

— D'accord, je veux savoir ! lâche-t-elle enfin. Comment est-ce possible d'être les deux ?

— Avec des parents qui ne sont pas de la même race, voilà tout, rétorque-t-il tout bonnement. Et c'était le cas pour notre ami commun, également.

Perplexe par rapport à cette information, elle poursuit :

— Mais… ils s'aimaient ? Vos parents ?

— Bien sûr que non, dit-il sèchement. Il s'agissait simplement d'une expérience. Ce… vampire a cru qu'il pourrait créer une race parfaite : capable de sortir en plein jour, de goûter les choses tout en conservant certains… instincts. Les sens, par exemple. Une meilleure vue, un goût plus développé…

Pour le prouver, il fait danser le vin au fond de sa coupe, puis porte le contenant à ses lèvres, maussade de parler ainsi de la création de son peuple.

— Donc… vous êtes… des super vampires ? en conclut Alice.

— Que non ! Loin de là ! la contredit-il aussitôt. Certes, nous pouvons vivre le jour, mais si nous sommes plus forts et plus rapides que les humains, les vampires sont beaucoup plus puissants dans ce domaine. Pour eux, nous ne sommes que des esclaves. Nous avons été créés uniquement pour les servir.

Alice l'observe pendant qu'il fait tournoyer sa coupe entre ses doigts et prend un moment avant d'oser demander :

— Et vous êtes… immortels aussi ?

— Intemporels plutôt. Nous pouvons tous mourir par le biais du cœur, mais si l'aspect physique des vampires se fige à leur transformation, notre corps, lui, cesse simplement de vieillir après quelques années. Enfin… si nous nous abreuvons de sang, évidemment.

En mentionnant le sujet du sang, Michaël s'attend à une série de questions supplémentaires, mais la curiosité d'Alice va dans un tout autre sens :

— Ça doit être étrange de voir les époques…

Il hausse les épaules, déçu du sujet qu'elle aborde.

— Certaines sont plus intéressantes que d'autres, dit-il vaguement.

Devant le regard intrigué de la jeune femme, il se voit contraint d'admettre :

— À dire vrai, celle-ci m'ennuie…

— Elle vous ennuie ? répète-t-elle, abasourdie. Mais John adorait cette époque ! Il disait qu'Internet était l'une des plus grandes inventions qui soient !

— Oui, enfin… Jonathan et moi avions des goûts… assez différents.

Il pointe la soupe qui est subitement apparue devant elle pour l'inciter à manger, non sans espérer pouvoir couper court à cette conversation. Affamée, Alice entreprend de dévorer son plat, puis relève des yeux tout aussi curieux vers lui :

— Vous êtes vieux ?

Michaël sourit, étrangement ravi de revenir au centre de l'attention de la jeune femme.

— Je vous laisse le soin de deviner, dit-il simplement.

D'un regard attentif, elle le jauge quelques secondes avant de lâcher :

— Humainement parlant, je dirais… dans la trentaine, mais pour ce qui est de votre coupe et de votre style vestimentaire, je crains qu'ils aient cessé d'évoluer dans les années 90.

Surpris de la réponse, Michaël émet un petit rire :

— En réalité, selon la quantité de sang que nous ingurgitons dans un temps donné, nous pouvons aisément faire croire que nous avons entre 25 et 50 ans.

Elle écarquille les yeux en apprenant cette information, mais elle lui paraît plausible. Après tout, Michaël lui semblait bien plus vieux lors de leur première rencontre, dans cette chambre d'hôtel. Est-ce le fait qu'il ait bu son sang qui le rend plus jeune ou simplement parce qu'il arbore un air moins taciturne ?

— Pour les vêtements, vous n'avez peut-être pas tort, consent-il à admettre. Je dois avouer que j'ai passé la majeure partie de mon temps chez moi, ces dernières années. Je ne voyais donc pas l'intérêt de refaire… ma garde-robe.

— Hum, eh bien… ce serait bien si vous changiez de style, ne serait-ce que pour vous fondre dans la masse…

— J'en parlerai avec Vern…

— Votre assistant ? Alors lui, c'est pire ! rigole-t-elle franchement. Sa coupe de cheveux date certainement du Moyen Âge !

Il rit avec cœur en se remémorant la tête de son assistant. Ne s'était-il pas fait couper les cheveux, il y a peu de temps ? Il n'arrive plus à s'en souvenir. Ces notions temporelles se confondaient dans son esprit, depuis quelques décennies. Il était peut-être temps qu'ils rafraîchissent leurs apparences…

Pendant qu'Alice retourne à son repas, Michaël l'observe avec amusement. Depuis combien de temps n'a-t-il pas mangé en public ? Et même en aussi bonne compagnie ? Certainement une éternité !

Lorsqu'elle reporte ses grands yeux verts sur lui, elle reprend, visiblement déterminée à lui soutirer un tas d'informations qu'il juge inutiles :

— Allez, dites-moi votre âge !

Michaël rit avec cœur. Un geste qu'il a la sensation de ne plus avoir fait depuis des siècles. Et pourtant, il scrute la réaction de la jeune femme lorsqu'il annonce :

— J'ai… un peu moins de 600 ans.

Sous le choc de sa révélation, Alice laisse tomber ses couverts sur la table dans un bruit sourd. Elle le dévisage avec un air ahuri :

— Vous êtes si vieux que ça ?

Devant l'expression envieuse qu'elle affiche devant lui, Michaël sourit tristement.

— En réalité, il n'y a rien de très palpitant à traverser les époques, confie-t-il.

— Mais… vous avez connu des guerres ! Et des évènements historiques incroyables ! le contredit-elle encore, visiblement intéressée par son âge plutôt que par sa nature.

— C'est vrai, confirme-t-il en baissant les yeux vers sa coupe de vin, mais je ne vous mentirai pas : je ne garde que des souvenirs plutôt tristes de ces périodes.

Un silence passe, puis les plats principaux arrivent et Falcon regarde le sien avec appétit. Il en hume l'odeur pendant qu'Alice l'observe. Ces quelques données supplémentaires sur Michaël Falcon lui révèlent soudain ses manies les plus étranges. Malgré son corps fort développé, il a des manières délicates. D'ailleurs, il coupe un petit morceau de sa viande et le glisse dans sa bouche pour le savourer en fermant les yeux. Au bout de deux ou trois bouchées, Michaël relève la tête et Alice s'empresse de porter son attention à son propre plat.

— D'autres questions ? demande-t-il.

Elle avale sa bouchée avec un petit sourire.

— Si vous saviez ! admet-elle. Mais est-ce que je ne vous ennuie pas avec mon interrogatoire ?

Michaël secoue prestement la tête. S'ennuyer ? Comment est-ce possible ? Pour la première fois depuis une éternité, il passe réellement une bonne soirée.

— Au contraire ! dit-il. Continuez, je vous en prie.

Dans un rire, elle se met à réfléchir, mais elle a tant de questions que la prochaine surgit sans attendre :

— Vous avez déjà été marié ?

Il boit un peu de vin avant de hocher la tête.

— Deux fois, oui.

— Oh, et… que sont-elles devenues ? demande Alice avec une légère appréhension.

Replongeant son regard dans le fond de son plat, il avoue tristement :

— Elles sont mortes. Comme beaucoup de gens qui m'ont connu d'ailleurs.

Pendant un moment, elle se sent bête de le questionner sur sa vie privée, surtout maintenant qu'elle sait que Michaël a traversé plusieurs époques. Préfère-t-il qu'elle se taise ? Qu'elle n'aborde pas ce genre de sujets délicats ?

À son tour, elle fixe son repas à peine entamé quand Michaël tente de la rassurer :

— Ça fait très longtemps maintenant.

Parce qu'il n'essaie pas d'éviter la question, elle reporte son attention vers lui avant de poursuivre :

— Est-ce que… vous vous souvenez toujours d'elles ?

Lentement, il ferme les yeux et plonge dans ses souvenirs. Lorsqu'il parvient à faire surgir le portrait de ses défuntes femmes, il hoche enfin la tête :

— Oui.

Un silence passe, puis Alice affiche un sourire timide avant d'avouer :

— Elles sont peut-être décédées, c'est vrai, mais elles continuent de vivre dans votre mémoire.

Michaël grimace.

— Pour ce que vaut mon avis : je doute que ce soit suffisant…

Pour éviter de le contrarier, Alice se tait. Possible qu'elle ait abordé un sujet délicat. À quoi a-t-elle pensé en posant des questions aussi personnelles ?

Pendant plusieurs minutes, ils mangent en silence, puis la curiosité étant trop forte, elle reprend, avec un air plus sombre :

— Pourquoi ont-ils tué John ? Je veux dire… qu'est-ce qu'il a fait pour mériter ça ?

Michaël termine sa bouchée et repousse son assiette pour indiquer qu'il en a terminé. Après un long soupir, il lâche :

— Ça, c'est un sujet très complexe. Jonathan et moi, comme tous les autres d'ailleurs, étions leurs esclaves. Nous avons été obéissants, assez pour pouvoir gagner leur confiance, puis nous avons décidé de filer de notre côté. À l'époque, nous croyions qu'il suffisait d'attendre le jour et de nous fondre dans la masse, mais ils se sont mis à nous traquer. Et si nous sommes restés ensemble pendant presque 200 ans, nous avons finalement jugé plus prudent de nous séparer.

Il porte sa coupe de vin à ses lèvres pendant qu'Alice ne peut s'empêcher de poursuivre son interrogatoire :

— Alors ils sont… intelligents ?

Michaël sourit à cette question.

— Plus que certains humains, ça, c'est sûr, dit-il dans un rire.

Se rendant compte que cette affirmation ne semble pas répondre à la question d'Alice, il ajoute :

— Hormis leur mode d'alimentation, ils ne sont pas si différents. Ils ont seulement une partie instinctive plus développée.

Peu encline à parler des vampires, Alice bifurque vers un sujet qui lui tient personnellement à cœur :

— Est-ce qu'on aurait pu sauver John ?

— Je ne sais pas, admet franchement Michaël. Depuis quelques années, il s'était mis en tête d'arrêter cette vendetta, mais je ne pensais pas qu'il serait allé jusqu'à essayer de rallier des idiots de la pire espèce dans sa petite armée !

— Une armée ? répète-t-elle, perplexe à l'idée que son ami puisse être à l'origine d'une guerre.

Conscient de parler plus que d'habitude, surtout en présence de cette femme dont il ne sait presque rien, Michaël coupe court à la discussion.

— Sachant comment les choses se sont terminées, inutile de dire que c'était une très mauvaise idée…

Devant l'expression médusée de la jeune femme, il ajoute, en espérant expliquer le geste de son ami :

— Quand on a un projet aussi ambitieux, il vaut mieux disparaître de la vie publique, mais John… il a pris des risques inconsidérés… Il n'aurait pas dû s'investir autant dans cette vie. Ni tisser des liens avec autant de personnes. Il craignait certainement qu'on s'en prenne aux gens autour de lui…

Se raidissant de l'autre côté de la table, Alice écarquille ses grands yeux verts.

— Attendez. Vous croyez que John est mort en espérant nous protéger ?

Michaël fronce les sourcils. Décidément, il parle beaucoup trop, ce soir. Est-ce le vin ou cette femme qui le rend aussi volubile ? Heureusement qu'il compte effacer la mémoire d'Alice avant de repartir… c'est peut-être la raison pour laquelle il se décide à poursuivre :

— C'est souvent ainsi que ça commence, avoue-t-il tristement. Les vampires s'en prennent aux gens auxquels nous tenons, pour nous briser plusieurs fois avant de nous tuer. Ce qui compte, c'est de faire un exemple pour tous les traîtres à venir. L'ennemi est toujours plus faible quand on frappe d'abord les gens qui lui sont chers.

Consternée par cette information, Alice reporte tristement son attention sur son plat. John s'était donc sacrifié pour la revue? Pour ses amis? Et pour elle, aussi?

— Croyez-moi, Alice, quand on a vu plusieurs fois ceux qu'on aime disparaître... on préfère mourir plutôt que de revivre ça.

Intriguée, elle replonge un regard luisant dans celui de Michaël.

— C'est ce qu'il disait dans sa lettre?

— Entre autres choses, oui, dit-il simplement.

Devant le chagrin qu'elle affiche et qu'il partage, il ne trouve que très peu de mots réconfortants, mais il ne peut s'empêcher de les prononcer :

— Il avait quand même plus de 500 ans. Ce n'est pas trop mal, pour une vie...

La voix enrouée de larmes, elle secoue tristement la tête.

— Pas pour John. C'était vraiment quelqu'un de génial. Même maintenant que je sais ce qu'il était...

Elle expire bruyamment avant de gronder :

— J'aurais voulu pouvoir l'aider.

— Moi aussi, chuchote Michaël à son tour.

Elle sourit tristement et sursaute légèrement lorsque le serveur revient pour récupérer les couverts.

— Vous avez bien mangé? Aimeriez-vous un café? Un dessert?

— C'était très bien, rétorque Michaël. Nous prendrons l'addition.

Le serveur paraît déçu, puis bredouille un « Bien, Monsieur » avant de s'éloigner en vitesse.

— Peut-être auriez-vous aimé un dessert? vérifie-t-il du côté d'Alice.

— Ça va, merci, refuse-t-elle simplement.

Elle hésite quelques secondes avant de reprendre son interrogatoire :

— Si vous pouvez manger de tout, pourquoi est-ce que vous devez boire du sang ?

Cette question, il l'attend depuis le début, et il est même surpris qu'Alice ne la pose que maintenant.

— Parce que tout ce côté... non humain que j'ai... il a aussi besoin de se nourrir. Pas autant que les vampires, c'est sûr, mais pour conserver une certaine force, il m'en faut. Surtout si je veux me battre contre eux. Je dois être au meilleur de ma forme.

— Et si vous ne buvez pas ? Est-ce que... vous mourrez ?

Avec un sourire sombre, Michaël secoue la tête.

— Non, mais je suis d'une faiblesse à faire peur.

— Et vous devez boire souvent ?

— Environ une fois par semaine. Enfin, ça, c'est quand j'ai besoin de sortir de chez moi. Autrement, je peux attendre 10 ou 12 jours.

Le serveur revient glisser l'addition sur la table et Michaël attend qu'il reparte avant de sortir quelques billets.

— Je pouvais payer, indique Alice.

— Je n'en doute pas, mais n'oubliez pas que je suis de la vieille école...

Alice étouffe un rire.

— Ah. Je vois. J'en déduis donc que vous n'êtes pas très familier avec le féminisme, le nargue-t-elle.

Arborant un sourire en coin, il rétorque :

— Ayant été formé pour être esclave, je peux vous affirmer que je préfère être soumis à une femme qu'à un homme. Quoique certaines soient bien plus cruelles que des hommes...

Même si Michaël lance ces mots sur un ton léger, Alice remarque son froncement de sourcils et ne peut s'empêcher de se questionner sur son vécu, si long et riche qu'elle se doute que le parcours n'a pas toujours dû être évident.

Pour chasser les images qui lui reviennent en mémoire, Michaël se lève, ce qui force Alice à en faire autant. Dehors, ils marchent en silence jusqu'à la voiture de la jeune femme, mais au lieu de sortir ses clés, la jeune femme s'arrête et pivote vers lui.

— Pardon, Michaël. Je ne voulais pas vous rappeler de mauvais souvenirs.

— Ce n'est rien, la rassure-t-il. Dans tous les cas, vous ne vous en souviendrez bientôt plus.

Anxieuse, elle le jauge avec un air incertain :

— Que dois-je en déduire ? Que vous comptez... me flashouiller ?

— Vous... quoi ?

— Me flashouiller, répète-t-elle. Comme dans ce film qui... enfin... peu importe.

Maussade, elle récupère son trousseau de clés avant de soupirer tristement.

— Autrement dit, tout ce que nous avons vécu ce soir... ce dîner et cette discussion... ça n'existera plus ?

Touché par la tristesse qu'il décèle dans la voix de la jeune femme, Michaël récupère ses clés, ce qui force Alice à relever les yeux vers lui.

— C'est plus prudent, dit-il simplement.

Elle attend, persuadée qu'il va lui effacer la mémoire sur-le-champ, et même s'il y songe pendant une bonne minute, il ne peut s'empêcher d'être surpris de la façon dont elle soutient son regard. Pour une humaine, elle est drôlement courageuse...

Au bout de son hésitation, il souffle :

— Je présume que ça peut attendre plus tard...

Pour justifier sa décision, il ajoute :

— Je dois admettre que cette soirée me plaît beaucoup.

— Moi aussi, confie-t-elle à son tour.

En entendant ces mots, Michaël se doit de retenir la joie qui s'infiltre en lui. Il se racle la gorge et serre le trousseau de clés de la jeune femme entre ses doigts.

— Je vous ramène. Ensuite, je prendrais un taxi pour rentrer à l'hôtel.

Même si elle a du mal à décoder l'expression qui déforme les traits de son visage, Alice sourit, charmée par cette galanterie dont elle n'a pas l'habitude. S'il l'avait voulu, Michaël aurait pu lui effacer la mémoire et disparaître de son existence sans laisser la moindre trace, mais il est là, lui ouvrant prestement la porte du côté passager. Dans un gloussement ravi, elle prend place avant de l'observer s'installer au volant de sa voiture.

Lorsque le véhicule roule en direction de son domicile, Alice profite du délai octroyé par Michaël pour poursuivre son interrogatoire :

— Encore une question, si vous me le permettez : pourquoi ce vampire a-t-il volé le corps de John ?

— Ce n'est pas lui. C'est moi qui l'ai fait.

Elle le dévisage avec étonnement. Michaël avait volontairement subtilisé le cadavre de son ami à la morgue ?

— C'était l'une de ses volontés, explique-t-il rapidement.

— Mais… vous en avez fait quoi ?

— J'ai brûlé sa dépouille, puis j'ai dispersé ses cendres dans la forêt. Tel qu'il le souhaitait.

Un silence passe, empreint de regrets, puis Alice se décide à couper court au malaise qui règne dans le petit habitacle.

— Je préfère ça que de le savoir… perdu.

Dans un hochement de tête, Michaël confirme. Lui aussi, il préfère savoir où se trouve son ami, même si la culpabilité qu'il ressent depuis cette mort subite lui pèse considérablement.

Devant son immeuble, Alice tente de refréner sa moue boudeuse et propose :

— Je vous invite à monter ? Vous pourrez téléphoner à un taxi après… que vous m'aurez fait votre truc.

— Mon… truc ? répète-t-il, incertain.

— Vous allez bien me flashouiller la mémoire, pas vrai ? Alors autant faire ça en haut.

Sur le point de descendre de son véhicule, Michaël parle rapidement :

— En fait, je… je songeais attendre de devoir rentrer à Chicago avant d'effacer votre mémoire.

Alice vérifie son regard, puis affiche un léger sourire. L'idée lui plaît-elle ? Pour justifier sa décision, prise sur un coup de tête, il ajoute :

— Souvenez-vous que je dois retourner à la revue, demain, pour répondre à l'entrevue de votre collègue…

— Oh… bah… vous auriez pu décider de lui flashouiller la tête, lui aussi, suggère-t-elle simplement.

Il rit, amusé par ce mot qu'elle répète constamment. Comme ni l'un ni l'autre ne bouge pendant plusieurs secondes, Michaël lui rend son trousseau de clés qu'elle récupère en silence. Lorsqu'elle descend de la voiture, Michaël l'imite, déçu que cette soirée se termine alors qu'il passe un moment très agréable avec Alice.

Alors qu'elle marche en direction de son immeuble, il parle vite, sachant que le temps lui est désormais compté :

— J'ai passé... une très bonne soirée.

Sur le point d'atteindre la porte de l'immeuble, elle pivote dans sa direction et arbore un air intrigué lorsqu'il lui adresse une petite révérence.

— Quoi ? Vous partez déjà ? demande-t-elle.

— Eh bien... oui, enfin...

Il a la sensation de bafouiller comme un idiot. C'est ridicule ! Mais que signifie cette question ? N'est-ce pas évident que cette soirée est terminée ?

— C'est que... j'ai encore tellement de questions ! dit-elle, comme si cet état de fait justifiait qu'il reste.

— Alice ! Sachant ce que je suis, vous ne pouvez pas sérieusement songer à m'inviter dans votre demeure, tente-t-il bêtement de la raisonner.

Alice fronce les sourcils et le scrute de bas en haut avant de hausser les épaules.

— Si vous vouliez me tuer, je présume que ma serrure ne serait pas votre plus gros problème, dit-elle encore.

Surpris, il dévisage la jeune femme avant d'opiner devant la justesse de son raisonnement. Il est vrai qu'il pouvait aisément entrer chez elle de son propre chef, mais ce fait justifie-t-il qu'elle l'invite ? Elle n'en a pourtant aucune obligation !

— Ne devriez-vous pas... me craindre ? la questionne-t-il franchement.

Au lieu de réfléchir à sa question, elle s'avance devant lui, si près qu'il capte aisément l'odeur de son parfum et qu'il doit lui-même s'empêcher de faire un pas vers l'arrière.

— John disait que je pouvais vous faire confiance. Avait-il tort ? l'interroge-t-elle à son tour.

— Eh bien… non. Je ne le pense pas, avoue-t-il.

— Alors tout est dit.

Sans attendre, elle entre dans son immeuble et tient même la porte en lui faisant signe de la suivre. Il cligne des yeux, étonné par cette invitation subite, avant d'y répondre rapidement.

Dès qu'elle pénètre dans son appartement, Alice allume toutes les pièces qu'elle traverse et dépose son sac sur le canapé avant de se diriger vers la cuisine. Elle agit comme s'il n'était pas là. Près de l'entrée, Michaël attend, presque figé.

— Venez ! l'invite-t-elle en lui faisant un signe de la main.

Elle fouille dans le fond de son armoire avant d'en sortir une bouteille contenant un liquide ambré.

— Scotch ? propose-t-elle en la lui montrant.

Ravi de son offre, il se décide enfin à avancer au cœur de l'appartement, puis il opine.

— Juste un peu.

Posant deux verres sur son petit comptoir, elle verse l'alcool ambré au fond de chacun d'eux avant de demander :

— Est-ce vraiment nécessaire de m'effacer la mémoire ? Si je promets de ne rien dire à personne ?

Michaël ne peut s'empêcher de froncer les sourcils.

— Alice, c'est pour vous que je le fais, certifie-t-il. Votre vie est belle, stimulante… Vous êtes fiancée et propriétaire d'une revue en vogue. C'est plus simple si vous oubliez qu'un autre monde existe...

Elle affiche une petite moue et boit une gorgée de son verre avant de le reposer sur le comptoir.

— Vous me le faites ? demande-t-elle.

— Quoi donc ?

— Me flashouiller ?

Il la scrute, étonné, lorsqu'elle s'empresse d'ajouter :

— Je ne veux pas oublier toute cette histoire, non, je veux juste... essayer. Pour voir ce que ça fait.

C'est plus fort que lui, il émet un petit rire charmé. Décidément, ce mot lui plaît beaucoup. Tout comme cette femme qui le surprend constamment...

— Que suis-je censé vous faire oublier ? s'enquiert-il en portant son verre à ses lèvres.

Elle hausse les épaules.

— Je ne sais pas. Vous vous en servez pour quoi, habituellement ? Pour effacer la mémoire des filles que vous croquez ?

Michaël grimace devant son allusion.

— Mais je ne croque personne ! D'ailleurs, je n'ai aucun croc !

Visiblement intriguée, elle le scrute avec d'autant plus d'intérêt.

— Mais alors... comment buvez-vous du sang ?

— Je perce simplement la peau avec une dague, et seulement si c'est absolument nécessaire, car Vern vole des sacs de sang à l'hôpital.

Avec une petite moue, elle avoue :

— Hum... voilà qui est plutôt décevant.

Michaël fronce les sourcils devant ses propos.

— Mais qu'est-ce que vous vous êtes imaginé? la questionne-t-il. Que je me cache dans une ruelle sombre pour attaquer les jeunes femmes qui s'y aventurent?

— Qu'est-ce que j'en sais? À ce que je sache, vous pouvez flashouiller la mémoire des gens, alors ça ne doit pas être si difficile d'ordonner à quelqu'un de vous tendre le bras.

Se remémorant l'instant où il s'est abreuvé à elle, Alice se penche vers lui et exige aussitôt :

— Faites-le-moi!

— Faire… quoi?

— Faites-moi votre truc et obligez-moi à vous donner mon bras ou… ce que vous voulez!

Il la scrute, interloqué, et Alice ne se rend compte qu'à cet instant précis des mots qui viennent de franchir ses lèvres. Se sentant brusquement rougir, elle s'empresse de préciser sa pensée :

— Je voulais dire… enfin… demandez-moi quelque chose de correct. Que je chante une chanson ou… ce genre de chose…

Michaël continue de dévisager la jeune femme, incertain d'avoir compris sa requête.

— Ça m'intrigue, explique-t-elle encore. Et si c'est comme l'hypnose, je suppose qu'on peut refuser de le faire…

— Voilà qui est absurde! certifie-t-il en reportant son verre à ses lèvres.

Avec un air empli de défi, Alice se penche vers lui et plonge son regard dans le sien, visiblement déterminée à le convaincre. Amusé, Michaël soupire, puis fait un signe de tête pour lui confirmer qu'il veut bien se prêter à ce jeu ridicule. Nullement effrayée, Alice trépigne d'impatience pendant qu'elle contourne le meuble pour se rapprocher de lui.

— Que vais-je vous faire faire ? lâche-t-il en faisant mine de réfléchir.

Lorsque son sourire s'amplifie, Alice plisse les yeux, légèrement inquiète.

— Ne vous inquiétez pas, tente-t-il de la rassurer. Si ma requête vous est trop intimidante, je pourrai vous la faire oublier par la suite…

Forçant la note pour paraître plus confiante, elle relève fièrement le menton :

— N'oubliez pas que je me suis souvenue de tout, la dernière fois.

Michaël affiche un sourire franc. Ce courage dont fait preuve la jeune femme lui plaît beaucoup, et il est toujours aussi étonné qu'elle ait pu réussir un tel exploit…

— Nous pourrons donc faire deux tests au lieu d'un seul, conclut-il. Un test de volonté et un test de mémoire.

Lorsqu'il fait un geste de la main pour qu'elle s'approche, Alice hésite, puis vient se planter devant lui malgré la nervosité qu'elle sent poindre dans son ventre. Quand elle croise les yeux de Michaël, elle rigole comme une enfant et prend un moment pour retrouver son calme. Lorsqu'elle confirme qu'elle est prête par un simple hochement de tête, les yeux de Michaël se brouillent d'une lueur jaune qu'observe Alice avec une sorte de fascination. Subitement, son sourire s'estompe et elle sent immédiatement l'emprise de l'homme sur sa volonté.

— Alice, dit-il très doucement, je veux que tu m'appelles « maître » et que tu embrasses ma main pour me prouver ta soumission.

Même si les mots de Michaël ont du sens dans son esprit, Alice sait qu'elle doit lutter contre cette demande ridicule, mais elle se sent si détendue qu'elle n'y arrive pas. Elle reste immobile, à tenter de se défaire de l'emprise de laquelle elle se sent prisonnière, mais dès que Michaël avance sa main vers elle, elle la récupère et se penche pour l'embrasser. Lentement. Avec une certaine dévotion, même.

Ravi que son pouvoir de suggestion fonctionne, Michaël sourit, puis se permet de caresser la magnifique chevelure blonde de la jeune femme du bout des doigts.

— Merci, Alice, vous êtes très obéissante…

— Merci, Maître.

Dès qu'elle se redresse et qu'il retrouve le regard de la jeune femme, il demande :

— Alors ?

Alice cligne des yeux à plusieurs reprises avant de retrouver ses esprits, puis prend quelques secondes avant de se remémorer ses gestes. Aussitôt, elle pose une main sur sa bouche et éclate de rire.

— Wow ! C'est incroyable !

Elle fixe Michaël avec admiration, encore sous le choc de ce qu'il vient de réaliser sur sa personne.

— C'est dément, ce truc ! dit-elle avec un large sourire. Vous imaginez un peu tout ce que vous pourriez faire ? Arrêter des guerres… ou influencer le président des États-Unis !

Il rit à l'idée de ces théories farfelues. Visiblement très emballée par ce qu'elle vient de vivre, la jeune femme s'avance un peu plus vers lui.

— Pourquoi vos yeux deviennent-ils jaunes ?

— Probablement parce que je fais appel à un sens lié à mon côté vampire, devine-t-il.

— Wow, répète-t-elle. Vous êtes vraiment fort !

Son sourire s'estompe pendant qu'elle réfléchit, puis une autre question surgit :

— Si vous êtes aussi fort, alors comment suis-je arrivée à me souvenir de l'autre soir ?

— Là, je ne sais pas, avoue Michaël. Peut-être est-ce à cause du fait que je n'étais pas au meilleur de ma forme. Il y avait des jours que je n'avais pas bu du sang.

— Mais… vous avez pourtant bu sur moi ! le contredit-elle.

Étonné de l'entendre parler de cette soirée de façon aussi détachée, il se voit contraint d'admettre :

— Disons que je n'ai pas bu autant que j'aurais dû. Surtout avec le manque que je ressentais. Probablement qu'avec un peu plus de sang, mon pouvoir de suggestion aurait été plus fort.

Opinant devant cette explication, Alice résume :

— Donc… vos pouvoirs sont liés à la quantité de sang qu'il y a dans votre corps ?

— Quelque chose comme ça, oui. Du moins, ça me paraît logique.

Elle hoche à nouveau la tête avant de poursuivre :

— Et la dernière fois que vous avez bu, c'était quand ?

Ahuri de sa question, il fronce les sourcils.

— Quoi ? se justifie-t-elle aussitôt. J'essaie seulement de savoir si j'aurais plus de chance de vous battre demain soir !

Michaël la jauge pendant quelques secondes avant de lâcher un autre rire. Décidément, cette jeune femme a un véritable don pour le surprendre !

Avant qu'il puisse répondre à sa demande, elle s'empresse de le narguer :

— Allez, Maître ! Ça pourrait être amusant !

Dans un autre rire, il se détache du comptoir.

— Il vaut mieux que je parte avant que je change d'avis et que je vous efface la mémoire sur-le-champ, plaisante-t-il à son tour.

En réalité, il n'a pas la moindre envie de faire disparaître cette soirée de la mémoire d'Alice. C'est bien la première fois qu'une humaine l'étonne ainsi !

Marchant à sa suite en direction de la sortie, elle l'interroge de nouveau :

— Demain, vous aurez moins de pouvoir ? Est-ce que j'ai une chance de pouvoir vous résister ?

Il pose un regard amusé sur elle avant de répondre :

— J'en doute.

— Mais alors… combien de temps cela prendrait-il pour que je puisse y arriver ?

Réfléchissant sérieusement à la question, il finit par lâcher :

— Sincèrement, je ne crois pas que ce soit possible.

— Allons donc ! Je me suis bien souvenue de l'autre soir !

Avec une moue perplexe, il hoche la tête.

— En effet. Et j'avoue qu'il s'agit d'un exploit tout à fait remarquable.

Fière, elle relève à nouveau les yeux vers lui.

— Alors ? Admettons que vous ne buvez pas de sang… après combien de jours puis-je espérer voir une différence ?

Incertain, il répond :

— Disons… une ou deux semaines ?

Les yeux d'Alice s'illuminent lorsqu'elle demande :

— Vous me laissez ma mémoire jusque-là ?

Il rit de bon cœur avant de reprendre ses pas en direction de la sortie.

— Allez, quoi! insiste-t-elle en le suivant. Nous pourrions faire un test chaque jour!

— Je vous souhaite une très bonne nuit, Alice.

— Hé! Attendez!

La main sur la poignée de la porte, Michaël pivote légèrement pour pouvoir observer la jeune femme.

— Nous nous voyons toujours demain? vérifie-t-elle, anxieuse à l'idée qu'il disparaisse subitement de sa vie.

— Bien sûr. Dois-je vous rappeler que j'ai un entretien avec votre collègue?

Elle hoche la tête, rassurée.

— Et puis… je ne vous ai pas encore… flashouillée, ajoute-t-il en étouffant un rire.

Dans un gloussement, elle opine et l'observe pendant qu'il quitte son appartement. Dès que Michaël referme la porte derrière lui, des tas de questions reviennent en force dans l'esprit d'Alice. Une chose est sûre : elle sait qu'elle aura beaucoup de mal à dormir, cette nuit!

Chapitre 6

Au goût du jour

Il est un peu plus de 14 h. Alice vérifie les maquettes du prochain numéro lorsque Michaël frappe discrètement à la porte vitrée qui délimite son bureau. Dès qu'elle aperçoit l'écrivain, elle lui fait signe d'entrer avant de reporter son attention sur son travail.

— Bonjour, Alice, vous avez passé une bonne journée ?

— Ça peut aller. Et vous ? Comment s'est passé votre entretien avec Richard ?

— Il paraissait ravi. Il m'a d'ailleurs fait dédicacer tous ses livres.

— Hum.

Déposant un sac sur le rebord de son bureau, il ajoute :

— À ce sujet, j'ai pris la liberté d'apporter quelques exemplaires de mes romans spécialement dédicacés à l'intention de votre petit ami. Dave, c'est bien ça ?

Cette fois, Alice relève des yeux surpris vers lui.

— Michaël, c'est trop gentil !

— Allons donc. Je vous ai bien accaparée, hier soir, et j'ai souvenir qu'il aime bien mes romans.

Elle sourit avant d'opiner du chef.

— C'est exact. Je suis sûre qu'il sera très content.

Il observe la maquette sur laquelle elle travaille et constate :

— Vous semblez bien occupée…

— C'est le cas. Je dois envoyer la révision finale avant 16 h.

Il jette un œil à la maquette avant de la lui redonner.

— Ici, mauvaise conjugaison. Et là, il manque une virgule.

Alice encercle les erreurs à l'aide de son crayon, puis dépose la maquette corrigée sur le côté de son bureau pendant que Michaël vérifie la suivante. Quand il la tend dans sa direction, il annonce :

— Ici, tout est bon.

— Merci.

Lorsque les yeux de la jeune femme croisent ceux de Michaël, elle demande enfin :

— Je présume que vous venez pour me flashouiller ?

Dans un soupir, il prend place sur le siège devant le bureau d'Alice. Cette question, il y a songé souvent depuis hier soir.

— Dans tous les cas, il me faudra le faire avant de repartir pour Chicago, avoue-t-il. Pour votre sécurité et… ma propre quiétude.

— Et vous repartez quand ?

Avec un air consterné, il hausse les épaules.

— J'ai vraiment passé une bonne soirée, hier, confie-t-il encore. Vous êtes libre de ne pas me croire, mais… il y avait un moment que cela m'était arrivé.

— Bah. Nous n'avons qu'à remettre ça ce soir, propose-t-elle aussitôt. J'ai encore des tas de questions en réserve pour vous ! Sur John, notamment.

— D'accord, accepte-t-il simplement.

Elle retrouve un air lumineux lorsqu'une idée lui traverse l'esprit :

— Et si je vous donnais des cours d'informatique ?

Michaël la fixe avec un air hautain, ce qui oblige la jeune femme à insister, stupéfaite de voir si peu d'intérêt de la part de l'écrivain :

— Il serait temps de vous y mettre ! Pour être un peu plus… actuel.

D'une main, elle lui montre son accoutrement avant d'ajouter :

— D'ailleurs, votre look est discutable, lui aussi.

Michaël sourit. Même s'il n'a aucune envie d'apprendre l'informatique ou de faire les boutiques, l'idée d'Alice lui plaît. Ou peut-être est-ce la possibilité de la côtoyer encore un peu ?

— Et combien de temps vous faut-il pour… faire tout ça ? s'enquiert-il.

— Je ne sais pas. Au moins le week-end. Il faut voir à quelle vitesse vous apprenez, déjà.

— J'apprends très vite, certifie-t-il.

— Alors peut-être que ça suffira.

Il la scrute, surpris par son offre, et il doit avouer qu'il a très envie d'accepter lorsqu'une ombre obscurcit son regard.

— Ne devriez-vous pas… passer du temps avec votre fiancé ?

— Ce ne serait pas le premier week-end que je passe à travailler.

Elle récupère le combiné du téléphone avant de jeter :

— Je vous montre ?

Dès qu'il acquiesce, elle contacte Dave pour lui annoncer qu'elle a trop de boulot à la revue, ce qui n'est rien d'inhabituel, surtout depuis la mort de John. Après quelques échanges, elle raccroche en arborant un large sourire.

— Et voilà : je suis libre.

— Il n'a pas beaucoup insisté, fait-il remarquer.

— Il a un rassemblement LAN chez Alex.

— Un quoi ?

— Un rassemblement LAN, répète-t-elle. C'est une bande d'amis qui se rencontrent avec leur ordinateur pour jouer à des jeux pendant des heures. N'est-ce pas la preuve flagrante que vous avez besoin d'une formation sur cette époque ?

Pendant qu'il fait mine de réfléchir à sa proposition, elle insiste :

— Allez, quoi ! Faites-moi un peu confiance !

Il soupire avant de hocher la tête.

— Bien, dit-il. Quand commençons-nous ?

Le visage d'Alice s'illumine à nouveau, puis elle reporte son attention sur ses maquettes. Michaël vient de lui sauver deux bonnes heures de travail. Et pourtant, elle hésite à quitter le bureau plus tôt que prévu.

— Je ne peux quand même pas prendre mon après-midi de congé, affirme-t-elle simplement.

— Pourquoi pas ? C'est votre revue, et les maquettes sont corrigées. Que voulez-vous que je fasse d'autre ?

À l'offre de Michaël, elle émet un petit rire. Que fait-elle encore ici alors qu'elle peut passer la soirée avec un demi-vampire ? Déterminée à vivre cette aventure, même si elle n'est qu'éphémère, elle reprend le combiné du téléphone.

— Richard? Comment va la retranscription de l'entrevue? Super. Tu peux me l'envoyer par courriel quand tu auras terminé? J'ai des trucs à faire cet après-midi. Est-ce que je peux te laisser gérer le reste? Les maquettes? Oui, elles sont terminées. Je les laisse sur mon bureau. Merci. Bon week-end.

Elle raccroche en riant.

— Ça alors, c'est la première fois que je prends un après-midi de congé depuis que je travaille ici!

Dès qu'elle récupère son sac, ils sortent du bureau. En descendant les marches, Alice se sent comme une gamine qui fait l'école buissonnière.

— Ou allons-nous? demande Michaël une fois dans l'aire de stationnement.

— Chez moi. Ce sera plus simple, décide-t-elle.

Michaël hoche la tête, toujours aussi étonné par le comportement d'Alice. Comment peut-elle l'inviter à son appartement en sachant ce qu'il est? Et pourquoi ne le craint-elle pas?

Pendant le trajet en voiture, Alice lui fait raconter son entretien avec Richard, déçue de ne pas avoir pu y assister, mais dès qu'ils montent l'escalier qui mène chez elle, ce qu'elle doit lui enseigner lui vient en tête.

— Je vais d'abord te montrer les bases du Web. Imagine un peu tout ce que tu vas pouvoir faire de chez toi!

Elle déverrouille sa porte et entre chez elle sans attendre.

— Tu pourras envoyer des courriels partout dans le monde et recevoir une réponse presque sur-le-champ! Ton manuscrit, tiens!

Comme Michaël reste figé dans l'entrée de son appartement, elle pivote pour lui jeter un regard scrutateur.

— Qu'est-ce que tu fiches ? Entre ! l'invite-t-elle en faisant un signe de la main.

— Depuis quand nous tutoyons-nous ? s'enquiert-il.

Alice cligne des yeux et constate qu'elle a, sans réfléchir, installé une soudaine familiarité entre eux. Et si elle songe à reprendre ses mots et son vouvoiement, elle chasse bien vite cette idée.

— Bah. Nous risquons de passer le week-end ensemble. Ça me semble plus convivial, comme ça.

— C'est que… je ne tutoie jamais personne, lui annonce-t-il. Enfin, sauf Vern, mais… c'est très différent.

Elle hausse un sourcil intrigué.

— Et John ? vérifie-t-elle.

— Grands Dieux, non ! John était… je le respectais beaucoup trop pour… non !

La bouche de Michaël se tord dans une grimace et Alice éclate d'un rire franc.

— Tu sais, à notre époque, c'est plutôt courant de se tutoyer, surtout quand on est amis…

Michaël la jauge avec curiosité. Alice sous-entend-elle qu'ils sont… amis ? Voilà qui lui semble étrange, surtout qu'ils se connaissent depuis peu. Comment peut-elle avoir envie d'être amie avec… un être comme lui ?

Lorsqu'elle lui fait signe d'entrer dans son appartement, il se décide enfin à obtempérer, puis referme la porte derrière lui.

— Tu m'as quand même léché le bras, dit-elle sur un ton badin. Je trouve que ça nous rend assez intimes.

Michaël se fige, choqué, mais Alice soutient son regard avec un air amusé. Décidément, il est toujours aussi consterné par le calme dont elle fait preuve en ramenant ce souvenir entre eux.

— John n'a pas menti à votre sujet : vous êtes très étonnante, annonce-t-il.

— Ah oui ? Il disait ça ? vérifie-t-elle, intriguée.

— Il l'a mentionné dans certaines lettres, en effet.

Le regard d'Alice se perd au loin, puis son visage se défait légèrement.

— Il me manque beaucoup, avoue-t-elle simplement.

— Oui. Moi aussi.

Un silence empreint de tristesse passe, puis Alice se dirige vers son bureau. Michaël l'observe, et il a la sensation qu'ils partagent un chagrin sans mots. Lentement, elle approche une deuxième chaise de la sienne et tapote la place à côté d'elle pour qu'il vienne la rejoindre.

— Comme tu es novice dans ce domaine, je vais d'abord te parler des pièces…

Il force un sourire à apparaître sur ses lèvres.

— Je suis tout ouïe.

D'un doigt, elle pointe les différentes parties de l'ordinateur et commence à lui en expliquer le fonctionnement, puis elle démarre la machine et ouvre un logiciel de traitement de texte.

— En fait, c'est comme une machine à écrire. Essaie d'écrire quelques phrases.

Michaël s'exécute. Lentement, d'abord, car il cherche l'emplacement des touches, puis au bout de trois minutes, il tape de plus en plus facilement. Alice a du mal à ne pas afficher un air surpris devant sa vitesse d'apprentissage.

— Alors là ! s'exclame-t-elle en riant. John s'est bien fichu de moi !

Michaël rit en imaginant son ami faire semblant de ne pas comprendre afin de paraître normal aux yeux de la jeune femme. Alice pointe l'écran.

— Tu peux enregistrer ton document en cliquant ici.

Dès qu'il opine, elle poursuit et entreprend de lui montrer comment fonctionnent le réseau, la connexion, le courrier électronique et la navigation sur le Web. Michaël écoute avec attention, sans montrer le moindre signe de fatigue. Au bout de ses explications, elle ouvre un moteur de recherche à l'écran.

— À toi de jouer, dit-elle en lui laissant le clavier.

Sans hésiter, Michaël tape « Alice Demers » et vérifie les résultats.

— Ah, mais tout ça, ce n'est pas moi, annonce-t-elle en riant. Je me suis déjà assurée que les résultats me concernant disparaissent. Il n'y a pas que toi qui aimes l'anonymat.

Il tourne la tête vers elle, visiblement intrigué.

— Apprends-moi ça.

— Ah non. Pas question, refuse-t-elle dans un rire. Je tiens à garder certains talents pour moi. Mais tu pourras toujours m'engager, au besoin.

Elle récupère son petit ordinateur du fond de son sac et fait virevolter quelques fenêtres à l'écran avant d'annoncer :

— Je te crée un courriel ? Tu veux quoi comme adresse ? Falcon ? Mike ?

— Quelque chose de discret, si possible…

— Hum… alors ce sera Falcon, tranche-t-elle.

Via l'ordinateur qu'il utilise, elle lui demande de se connecter à un serveur, mais dès qu'il aperçoit le message d'Alice qui est déjà là, le regard de Michaël s'illumine.

— Alors ? demande-t-elle. Ce n'est pas mal, hein ?

— C'est… vraiment rapide, admet-il.

En quelques clics, il répond au message de la jeune femme, puis l'envoie. Dès qu'il apparaît sur l'écran d'Alice, il écarquille les yeux, étonné par la vitesse à laquelle les mots voyagent. Il recommence, incertain que ce soit possible, quand il perçoit du bruit du côté de la jeune femme. De son estomac, plus précisément.

— On s'arrête pour manger ? propose-t-il. On peut aller quelque part...

Dans un rire gêné, Alice pose une main sur son ventre quand elle comprend que les sons les plus intimes de son corps viennent d'être captés par Michaël. Comme il attend sa réponse, elle finit par lui répondre :

— En fait, je n'ai pas très envie de sortir. Si nous nous commandions un truc ?

Michaël hésite, puis hoche la tête. Il suit Alice du regard pendant qu'elle se lève et sort des menus de restaurants.

— De la bouffe chinoise, ça te convient ? lui demande-t-elle en brandissant un prospectus dans sa direction.

— Tout me va.

En réalité, il n'a que faire du repas. Il n'arrive pas à croire que cette femme a envie de rester enfermée dans cet appartement. Surtout avec lui. Debout dans un coin de la pièce, il scrute Alice, qui commande par téléphone. Dès qu'elle met fin à la communication, elle file à la cuisine et sort une bouteille du réfrigérateur.

— Du vin blanc, ça ira ? crie-t-elle.

— Je m'en occupe.

Michaël arrive prestement à côté d'elle et récupère la bouteille de ses mains. Elle le dévisage, surprise par la vitesse avec laquelle il est arrivé là.

— Wow. Tu es... vraiment rapide.

— Autre petit talent particulier, plaisante-t-il.

En un tournemain, Michaël lui rend la bouteille ouverte, alors qu'Alice n'a pas même pas remarqué ses gestes. Pendant qu'elle verse un peu de vin dans des verres, elle en profite pour reprendre son interrogatoire :

— Tes femmes… elles savaient ce que tu étais ?

Une moue s'inscrit sur les traits de Michaël.

— Bien sûr que non !

Son visage s'assombrit lorsqu'il ajoute :

— Aude, ma première femme, est morte en couches à la naissance de notre troisième enfant. Et Dali, mon autre femme, on l'a assassinée avec nos deux enfants.

Il soupire avant de reporter un regard sombre sur elle :

— Je ne suis pas bon pour les humains, Alice…

Sans relever son allusion, elle poursuit :

— Et tes autres enfants ou… ta descendance, tu continues de les voir ?

— Non. Quand ils ont été suffisamment vieux pour voler de leurs propres ailes, je leur ai effacé la mémoire et je suis parti.

Alice le fixe, la bouche ouverte, incapable de comprendre comment Michaël est parvenu à rester à l'écart de la vie de ses propres enfants. Devant sa réaction, il ajoute, pour expliquer son geste :

— Il arrive que le seul moyen de protéger les gens qui nous sont chers soit de sortir de leur vie.

Alice le scrute en silence, puis sursaute lorsque des coups sont frappés à la porte. Elle est à peine debout que Michaël lui emboîte le pas dans un mouvement rapide avant de se retrouver prestement devant la porte d'entrée.

— Je m'occupe du repas, annonce-t-il.

Elle reste là, ébahie par la vitesse de cet homme, et elle l'observe récupérer le repas sans bouger. Dès qu'il referme la porte, il dépose le sac sur la table de la cuisine.

— Tu comptes me donner un coup de main? demande-t-il, un peu moqueur.

— Euh. Oui. Désolée, je suis d'une lenteur!

Amusé, Michaël l'aide à mettre la table, en y rajoutant quelques poussées de vitesse, juste parce qu'il aime surprendre la jeune femme. Pendant qu'ils se servent de la nourriture, il s'enquiert:

— Est-ce mon tour de poser des questions?

Sur le point de porter une première bouchée à ses lèvres, elle relève des yeux étonnés vers lui:

— Est-ce que tu ne sais pas tout des humains?

— Des humains, oui. De toi, non.

Ils se scrutent pendant quelques secondes, puis Alice se décide enfin à hocher la tête avant de faire disparaître le bout de sa fourchette entre ses lèvres.

— Parle-moi de tes rêves.

Troublée par la demande, Alice rit nerveusement avant de répliquer:

— Eh bien... je ne sais pas. J'aimerais beaucoup poursuivre l'œuvre de John, déjà.

Déçu par la réponse de la jeune femme, il grimace.

— Tu me parles du rêve d'un autre. N'as-tu pas des désirs plus... personnels? Par exemple: voyager, te marier avec Dave, faire des enfants...

Alice le dévisage avec des yeux stupéfaits.

— Me marier? répète-t-elle. Ma parole! Depuis quand tu n'as pas ouvert la télévision? À notre époque, les femmes et les hommes ne sont plus obligés de se marier ou d'avoir des enfants.

— Oh, mais je sais tout ça ! Mais Dave n'est-il pas ton fiancé ?

— Mais non ! s'énerve-t-elle.

Michaël la scrute, interloqué.

— Mais... dans sa correspondance, Jonathan disait que... Dave et toi...

— Nous sommes ensemble, oui, confirme-t-elle, mais je ne suis pas obligée de porter une laisse pour le lui prouver !

Visiblement choquée, Alice retourne à son repas et un silence inconfortable s'installe entre eux. Lorsqu'elle en a terminé avec son assiette, elle se lève et récupère celle de Michaël pour débarrasser la table. Profitant du geste qu'elle vient d'effectuer, il annonce :

— Je crois que... j'ai besoin de bien plus qu'un cours d'informatique...

Le visage de la jeune femme revient vers lui, intrigué.

— Ce qui veut dire ?

— Il m'arrive de regarder la télévision, c'est vrai, mais... je dois admettre que dans des moments comme celui-ci, je me sens complètement perdu dans cette époque.

Alice sourit, touchée par son aveu. D'autant plus lorsqu'il ajoute :

— Aide-moi à comprendre ton époque. À l'intégrer aussi.

Même si elle a bien envie de rire, elle fait mine de le réprimander du regard.

— Je ne peux quand même pas te parler de toute une époque en trois jours !

— J'apprends vite, rappelle-toi.

Contournant le comptoir, Alice revient récupérer son verre de vin avant de se diriger au salon. Michaël l'imite, sauf qu'il s'installe sur le fauteuil dès que la jeune femme prend place sur le canapé. Les yeux dans le vide, elle propose :

— C'est que... c'est tellement vaste ! Il y a la musique, les films, les livres... tout ça prend du temps !

Elle reporte son attention vers lui.

— Et il faudra songer à réactualiser ton look aussi...

— Qu'est-ce qui ne va pas avec mon look ?

Déposant sa coupe sur la table basse, elle se lève et se poste devant Michaël. D'une main douce, elle se met à jouer avec ses cheveux en observant l'effet sur son visage. Stupéfait, il reste immobile, incertain de comprendre comment elle peut le toucher de la sorte alors qu'elle sait pertinemment ce qu'il est.

— Je suis certaine que nous pouvons te trouver quelque chose de simple qui te plaira. Ça te permettra de te fondre dans la masse... et de ne pas avoir l'air trop démodé.

Elle continue de jouer dans ses cheveux, plongeant ses doigts entre ses mèches rebelles qu'elle déplace de son plein gré, avant de demander :

— Ça te dérange si nous les coupons ? Tu serais très beau avec...

Elle se détourne de lui pour récupérer une revue dans le meuble sous son téléviseur. Elle tourne les pages en vitesse avant de lui montrer une photo :

— Dans le genre, tu vois ?

Michaël observe l'image sans réagir. Encore sous le choc de ce contact intime qui semble pourtant très banal pour

Alice. De son côté, elle continue de tourner les pages avant de remonter le magazine vers lui.

— Et ça, comme look, qu'est-ce que tu en penses ?

— Mes vêtements sont très bien.

Elle rit énergiquement.

— Si tu comptes te trouver une troisième femme, il faudra faire mieux que ça !

Même si l'idée lui paraît saugrenue, Michaël accepte. En réalité, il n'a que faire d'une nouvelle garde-robe, mais il ne peut nier qu'il a très envie de passer du temps supplémentaire avec Alice. Malgré ce qu'il est, elle ne cesse de le taquiner et d'agir avec lui comme s'ils étaient de véritables amis.

— D'accord. Je veux bien aller faire les boutiques avec toi, accepte-t-il.

— Et il faudra passer chez le coiffeur aussi.

— Si tu veux.

Elle glousse, visiblement ravie à cette idée. Comment des choses aussi simples pouvaient-elles lui faire autant plaisir ? N'a-t-elle pas l'impression de perdre son temps en sa compagnie ?

Dans un claquement de mains, elle annonce :

— Allez ! Première leçon : le cinéma. Voyons voir ce que j'ai.

Pendant qu'elle fouille parmi ses DVD. Michaël l'arrête :

— Il se fait tard. Il vaut mieux que je rentre…

Avec un air contrit, elle le jauge du regard.

— Tu es déjà fatigué ?

— Non, mais j'ai l'impression de prendre tout ton temps, ces jours-ci. Et je sens que tu es fatiguée.

— Bah, je dormirai quand tu partiras.

Sans attendre la réponse de Michaël, elle lui montre deux films :

— Alors ça, c'est un film de vampires, Dave l'adore. Mais lui, c'est un classique. C'est un peu absurde, par contre.

— Va pour l'absurde. Les vampires, j'ai eu ma dose.

Elle rit.

— Oui. Et tu risques de trouver ça très idiot, avoue-t-elle avant d'insérer le DVD dans son lecteur. Les effets spéciaux sont affreusement mauvais.

Michaël reste sur son fauteuil pendant qu'Alice s'installe sur le canapé, tout près. Dès que le premier dialogue du film s'entame, tout devient calme dans l'appartement. Et même si Michaël se concentre sur le film, il ne peut s'empêcher de suivre la respiration régulière de la jeune femme qui s'endort paisiblement tout près de lui. Se permettant de poser les yeux sur son hôtesse, il sourit, touché qu'elle lui fasse suffisamment confiance pour dormir dans la même pièce que lui.

Vers le milieu du film, Alice sursaute, puis ouvre les yeux avant de se redresser partiellement sur le canapé. Quand elle comprend qu'elle s'est assoupie, elle tourne un visage confus vers Michaël.

— Pardon, je me suis endormie, dit-elle en se frottant les yeux.

Aussitôt, il bondit sur ses jambes.

— Il vaut mieux que je rentre.

D'un signe de la main, elle lui fait signe de reprendre sa place.

— Mais non. Continue. Tu n'as qu'à dormir sur le canapé, propose-t-elle.

Michaël la scrute, surpris par son offre.

— Mais... ce n'est pas... convenable ! s'entend-il prononcer.

— Qu'est-ce que tu racontes ? C'est idiot de partir si tard pour devoir revenir dans quelques heures. Nous allons bien faire les boutiques, demain matin, pas vrai ?

— Oui, enfin... oui, répond-il.

— Alors voilà. Tu dors ici. Fin de la discussion.

Dans des gestes lents, Alice récupère un tas de couvertures dans une armoire de la salle de bain et les ramène vers lui. Très vite, il les lui prend des mains.

— Je m'occupe du reste, annonce-t-il. Tu devrais aller dormir, tu tombes de sommeil.

— Tu peux écouter la fin du film si tu veux.

— D'accord.

Même s'il n'en a pas la moindre envie, il hoche la tête pour essayer de la rassurer. Pourtant, Alice semble tout à fait à l'aise qu'il passe la nuit chez elle. Alors qu'elle marche d'un pas lent jusqu'à sa chambre, elle s'arrête soudain avant de pivoter vers lui :

— Dis, tu ne vas pas filer en douce pour aller croquer des gens ? Et tu vas rester dormir, hein ?

Devant cette question ridicule, il a envie de sourire et de lui rappeler qu'il pourrait bien faire ce qu'il veut et qu'elle n'y pourrait rien, mais pour éviter de troubler la quiétude d'Alice, il s'empresse de promettre :

— Ne crains rien. Je serai sage.

Dans un sourire, elle hoche la tête.

— Bien. Bonne nuit, Michaël.

— Bonne nuit, Alice.

Lorsque la porte de la chambre se referme derrière la jeune femme, Michaël reporte son attention sur le film. Il fait son lit dans un temps record et s'installe confortablement sur le canapé pour en regarder la fin. D'une oreille, il se concentre sur le rythme de la respiration d'Alice, juste là, derrière cette cloison. Quand il éteint le téléviseur, il se surprend même à modeler sa propre respiration afin qu'elle corresponde à la même cadence que celle d'Alice...

Chapitre 7

Un homme nouveau

Ce matin suivant, Alice poursuit son cours d'informatique, mais Michaël est si doué qu'il est rapidement à niveau. Voilà qui impressionne la jeune femme au plus haut point.

— Bon, eh bien… puisque la base est acquise, allons refaire ton look, annonce-t-elle.

Elle le traîne d'abord chez un coiffeur et explique au styliste le genre de coupe qu'elle a en tête pour Michaël. Pendant qu'on lui coupe les cheveux, il écoute Alice superviser la tâche qu'elle prend, à l'évidence, très au sérieux.

Lorsqu'il constate à quoi ressemble son nouveau reflet dans le miroir, le styliste vérifie que le résultat lui plaît, mais en réalité, Michaël se fie plutôt au regard d'Alice, qui se positionne devant lui avant de glisser ses doigts dans sa nouvelle coupe de cheveux. Un contact tout simple qui lui plaît. Beaucoup.

— C'est exactement ce qu'il te fallait, confirme-t-elle.

Elle sourit avant de reporter son regard dans le sien.

— Tu es très beau comme ça. On ne dirait plus que tu es un homme des cavernes.

Il rit devant l'appellation dont elle le gratifie et la suit hors du commerce avec une joie non feinte. Affamée, elle récupère un sandwich dans un kiosque du centre commercial et lui en offre une moitié avant de l'entraîner à l'assaut des boutiques.

Tout le reste de l'après-midi, Michaël se sent comme une poupée qu'on habille de différentes façons. Alice l'enferme dans une cabine d'essayage et il passe un temps considérable à coordonner divers vêtements. Quand il sort pour en montrer le résultat, il scrute attentivement la réaction de la jeune femme. Dans les faits, il se fiche bien de ces vêtements. Ce qu'il souhaite, c'est voir cette lueur qui s'allume au fond de ce regard vert lorsqu'elle est heureuse. Il commence à croire qu'elle éprouve un certain plaisir à être en sa compagnie, et il ne peut nier que ce sentiment est réciproque.

— Dis donc, ça te va bien, cet ensemble, souligne-t-elle.

Elle le fait pivoter vers le miroir et elle attend qu'il réagisse face à son propre reflet.

— Ça te plaît ? vérifie-t-elle.

— Ça me va.

Sa réponse floue la fait grimacer.

— Y a-t-il quelque chose qui te plaise dans tout ça ?

Il a envie de dire : « Tout ce qui te plaît à toi », mais il se doute que cette réponse est ridicule. Même si elle est vraie.

— Ça, j'aime bien. C'est confortable aussi.

Elle affiche un sourire moqueur.

— Assez pour te battre contre une horde de vilains ?

Sans réfléchir, il bouge les épaules et vérifie la flexibilité du tissu avant de hocher la tête.

— Ça peut aller.

Elle rit avant de frotter le haut de son torse, comme pour effacer un pli qui n'existe pas.

— Tu es très beau, lui affirme-t-elle.

Lorsqu'elle retire ses doigts, elle appelle la vendeuse d'un geste de la main.

— Vous pourriez enlever les étiquettes sur ces vêtements ? Je crois qu'il va rester ainsi. Ça ne vous dérange pas ?

— Non, Madame.

Ils paient en silence et ils sortent de la boutique avec des tas de sacs. Une fois à l'extérieur, Michaël soupire :

— Avec tout ça, je n'aurai plus à faire les boutiques pendant au moins un siècle !

— Alors là, j'en doute, rigole-t-elle. La mode change si vite !

Pendant qu'il dépose ses achats dans le coffre de la voiture, il confie :

— J'ai passé une excellente journée.

— Moi aussi, avoue-t-elle.

Dès qu'elle referme le coffre, elle le détaille de nouveau.

— Regarde-toi. Tu as l'air… très actuel. Et tu connais l'informatique. Je suis très fière de ce que nous avons accompli.

Il affiche un sourire gêné.

— C'est gentil, mais tout le mérite te revient. J'ai eu une très bonne professeure.

Alice fait mine d'être touchée par son compliment, mais son humeur s'assombrit. Hormis ses manières un peu vieillottes, Michaël est tout à fait apte à intégrer cette époque. Alors qu'elle espérait gagner du temps pour poursuivre cette aventure, voilà qu'il ne lui reste plus rien à lui enseigner. Est-ce déjà la fin ? Compte-t-il lui effacer la mémoire dès aujourd'hui ?

— Tu veux que nous allions dîner quelque part, ce soir ? propose-t-elle en prenant place derrière le volant.

— Rentrons chez toi. Je m'occupe du reste.

Pendant le trajet du retour, Michaël reste silencieux et Alice n'ose pas y couper court. Elle a la sensation que tout est sur le point de se terminer. Pourtant, elle a toujours tellement de questions ! Mais à quoi bon les poser, sachant qu'elle finira par tout oublier…

Une fois à l'intérieur de l'appartement, Michaël pointe la chambre de la jeune femme.

— Va te préparer pendant que je sors pour organiser notre soirée.

Elle le jauge avec curiosité.

— C'est-à-dire ?

— Prends un bain, mets une robe, fais… ce que les femmes d'aujourd'hui font avant de sortir, quoi.

— Où comptes-tu m'emmener ?

Michaël pose sur Alice un regard heureux.

— Fais-moi confiance.

Au lieu d'être rassurée, elle propose :

— Nous ne sommes pas obligés d'aller quelque part, tu sais. Nous pouvons très bien rester ici et commander un truc…

— J'ai envie de t'offrir une belle soirée, insiste-t-il. C'est bien le moins que je puisse faire après tout ce que tu as fait pour moi.

Un sourire triste s'inscrit sur les traits d'Alice.

— Allons donc. Je n'ai presque rien fait, le contredit-elle. Et puis… j'ai vraiment passé un super moment.

— Moi aussi. C'est pourquoi j'aimerais beaucoup ajouter… un autre super moment à cette collection.

Elle affiche un sourire contrit, sachant que ce moment n'existera bientôt plus dans sa mémoire. Soudain, elle comprend que tout ceci est vain. Que les seuls souvenirs qui allaient survivre étaient ceux de Michaël.

— Alice ? vérifie-t-il en décelant son air sombre.

Feignant de retrouver sa bonne humeur, elle s'empresse de vouloir le rassurer.

— Ça va. Allez, je vais me préparer. J'en ai pour une petite heure, ça ira ?

— C'est parfait. Pour ma part, il faut que je sorte, mais je reviens très vite.

— D'accord.

Au centre de son salon, Alice le regarde quitter son appartement et elle profite de ce moment de solitude pour expirer longuement en espérant que cela suffise à chasser son trouble. Elle ne veut surtout pas gâcher ces dernières heures en compagnie de Michaël, mais comment faire lorsque les moments que l'on vit sont sur le point de disparaître ?

Lorsque Michaël revient, Alice lui ouvre, vêtue d'une robe magnifique, qui met ses formes féminines bien en valeur. Soudain, il se sent complètement parachuté dans cette époque où il se sentait flotter. Alice est décidément une femme moderne. Elle n'a assurément rien à voir avec toutes celles qu'il a connues.

Au lieu de l'accueillir correctement, elle lui tourne prestement le dos et marche en direction d'une commode, près de l'entrée.

— J'en ai pour 10 minutes, annonce-t-elle.

Elle se penche pour mettre des boucles d'oreille et Michaël l'observe, figé sur le seuil de l'appartement. Lorsqu'elle se redresse, elle lui tend un collier.

— Tu me files un coup de main ?

Ravi de retrouver son attention, il s'avance vers elle, puis récupère le bijou entre ses doigts, déçu qu'il soit de pacotille. Une femme comme Alice mérite certainement mieux que ces faux diamants. Pendant qu'il l'attache derrière son cou, il marmonne :

— Je regrette de ne pas t'avoir offert un collier digne de ce nom.

— Qu'est-ce qui ne va pas avec celui-ci ?

— Il n'est pas à la hauteur de la femme qui le porte.

Alice émet une sorte de gloussement charmé et elle relâche ses cheveux, qui glissent sur les doigts de Michaël. L'odeur de son parfum lui parvient et il reste immobile, ravi de pouvoir le percevoir. Lorsqu'elle se retourne face à lui, elle demande :

— Ça ira, tu crois ?

Il hoche la tête sans la quitter des yeux, et Alice revérifie une dernière fois son reflet dans le miroir. Dos à lui, elle fait mine de remonter ses cheveux avant de questionner :

— Tu préfères si je les attache ou…

Il secoue la tête.

— Non, libres, c'est bien.

— Mais c'est plus classique si je les attache, dit-elle en riant. Je croyais que tu préférais les femmes plus traditionnelles ?

— Ça, c'était avant que je te rencontre, se voit-il contraint d'admettre.

Elle rit avant de s'éloigner de lui pour mettre des escarpins.

— Alors ? Tu as réservé un resto ? vérifie-t-elle.

— Oui. C'est un endroit très discret. Et j'ai aussi demandé à Vern de nous préparer le repas.

Surprise, elle le fixe avant de répéter :

— Vern ? Ton assistant ?

— Oui. Tu verras. Il est un cuisinier hors pair.

Son sourire se confirme lorsqu'il ajoute :

— En fait, il commençait à s'inquiéter de ne pas me voir revenir. Au lieu de le laisser rôder autour de ton appartement, j'ai décidé qu'il valait mieux l'occuper.

Elle pouffe.

— Quoi ? Il était là ? Tout près ?

— Vern est un éternel inquiet. Et je ne peux pas l'en blâmer. Ces dernières décennies, il a passé son temps à essayer de me sortir de mon marasme.

Son regard s'illumine lorsqu'il constate à voix haute :

— Et toi, en seulement quelques heures… tu as tout changé.

Gênée par ce compliment et par la sincérité des mots qui le portent, Alice fait mine de rire, mais ses joues rougissent.

— Allons donc. Je t'assure que je n'ai rien fait.

— Et pourtant, je ne suis plus le même, n'est-ce pas évident ? s'enquiert-il.

Alice tapote le torse imposant de Michaël avant de répondre :

— Ne dis pas n'importe quoi. C'est seulement la coupe et les vêtements qui te donnent cette impression.

Avant qu'elle puisse reprendre ses doigts, Michaël les retient contre lui et ne peut s'empêcher d'insister :

— C'est toi, Alice. Et seulement toi.

Troublée par ce contact autant que par l'intensité qui porte ces mots, la jeune femme sourit et hoche la tête avant d'aller récupérer son sac à main. Elle se sent essoufflée lorsqu'elle annonce :

— Bien, alors… voyons voir ce que tu m'as préparé…

🍃

Même s'ils prennent la voiture d'Alice, Michaël insiste pour conduire. Contre toute attente, il l'emmène dans un petit hôtel, un peu en retrait de la ville.

— Le propriétaire a accepté de nous réserver une salle privée, explique-t-il en arrêtant le moteur. Et je ne te mentirai pas : Vern est très heureux de pouvoir utiliser leur cuisine pour nous préparer le repas.

Avant qu'elle puisse ouvrir sa portière, Michaël apparaît de son côté et la lui ouvre galamment. Elle couine, ravie de ces manières élégantes et de cette soirée qui s'annonce pleine de surprises…

Alors qu'ils sont guidés par une hôtesse, Alice affiche des yeux démesurés lorsqu'elle aperçoit la table, au centre d'une salle finement décorée.

— Ça te plaît? vérifie-t-il.

— C'est… incroyable, avoue-t-elle sans pouvoir détacher son regard de l'endroit.

Michaël sourit, heureux de l'effet produit sur la jeune femme, et il s'empresse de l'accompagner à sa place. Dès qu'ils sont bien installés, Vern apparaît à leurs côtés.

— Bonsoir, Madame Alice.

Il effectue une révérence vers elle, ce qui provoque un rire chez la jeune femme.

— Maintenant, je sais d'où proviennent ces manies vieillottes, dit-elle en jetant un regard moqueur du côté de Michaël. On dirait que ça date d'une autre époque.

Charmé par sa plaisanterie, Michaël rigole et fait signe à son assistant de se relever.

— Vern, sois donc plus contemporain, le nargue-t-il.

Perplexe, l'assistant affiche un air perdu, puis reprend :

— Puis-je vous offrir un apéritif ?

Michaël lève une main pour attirer l'attention de la jeune femme et se penche légèrement vers elle.

— Je sais que les femmes de cette époque aiment choisir ce qu'elles boivent, mais les hommes des cavernes dans mon genre adorent faire sensation en offrant du champagne aux gentes dames.

Alice glousse en entendant les propos de Michaël et accepte sa proposition avec joie. Elle est complètement sous le charme de cette soirée improvisée. Pas seulement parce que son cavalier est avenant avec elle ou que, derrière ses manières empreintes de galanterie, il est tout à fait charmant dans son nouveau look. Différent aussi. Mais c'est peut-être parce qu'il sourit davantage. Il paraît... bien plus jeune...

— Hé ! Tu as bu du sang ? questionne-t-elle avec un air suspicieux.

Le sourire qu'affiche Michaël disparaît d'un trait.

— Mais... non ! s'empresse-t-il de répondre.

Avec un œil scrutateur, elle explique sa théorie :

— Tu sembles bien plus jeune, ce soir.

— C'est la coupe, dit-il en passant une main dans ses cheveux. Et ces habits, probablement, parce que je n'ai rien bu depuis... un moment.

Elle rit devant son air choqué.

— Du calme, Michaël, ce n'est pas un crime de boire du sang ! Enfin… pour un type comme toi !

Il fronce les sourcils.

— Je n'ai rien bu, répète-t-il.

— D'accord. Alors, c'est que j'ai bien fait mon travail : ce look te va à ravir.

Visiblement soulagé, il retrouve un sourire discret et Alice s'empresse d'insister :

— Tu es un très bel homme, tu sais ?

Michaël l'observe, ravi de ce compliment. Alice le trouve-t-elle réellement de son goût ? Est-ce uniquement à cause de ce nouvel accoutrement ?

Quand Vern se poste au côté de leur table, ils se taisent pendant qu'il leur sert du champagne. Michaël se doute que son assistant écoute avec attention sa discussion avec Alice. Incapable de faire autrement, il le réprimande du regard, même si ce dernier fait mine de ne pas comprendre son allusion.

— Puis-je vous parler du menu ? demande-t-il.

Lorsque Michaël opine, Vern reprend :

— Je vous ai préparé quelques bouchées au canard ainsi que des médaillons de homards.

— Miam ! rétorque Alice, déjà ravie par ce préambule.

— Et pour le plat principal, ce sera des raviolis de faisan confit avec une sauce crémeuse au citron et au basilic, puis un steak de thon façon tataki.

La jeune femme ouvre la bouche avant de se mettre à rire.

— Nous ne mangerons jamais tout ça !

— Ne vous inquiétez pas. J'ai fait de petites portions, confie Vern. Ça vous laissera de la place pour le dessert.

Elle continue de rire en jetant un œil du côté de Michaël, qui confirme les propos de son assistant.

— Il est doué, vous verrez.

— Oh, mais je demande à voir ! Et surtout à goûter !

Lorsque Vern s'éloigne, Michaël s'empresse de récupérer sa flûte de champagne, qu'il tend vers la jeune femme.

— À cette soirée inoubliable.

Le sourire d'Alice se fige et elle raille, dès que sa coupe tinte contre celle de son cavalier :

— Elle sera surtout inoubliable pour toi.

Michaël se renfrogne et gronde aussitôt :

— Alice, s'il n'en tenait qu'à moi, je n'effacerais jamais ta mémoire…

— Ce n'est pas grave, dit-elle très vite. Ne t'en fais pas pour ça.

Pour effacer sa moue, elle boit une bonne gorgée de champagne avant de grimacer. Le goût est beaucoup plus prononcé que tous ceux qu'elle a bus.

— Aïe ! C'est drôlement fort !

— C'est sûrement parce que… c'est un excellent cru, se borne-t-il à expliquer.

— D'accord.

Devant sa moue, il propose :

— Tu préférerais autre chose ? Du blanc ? Un kir, peut-être ?

— Non, je vais m'habituer. Et j'ai bu trop vite. Avec quelque chose à manger, ce sera parfait.

Elle dépose son verre et il ne peut s'empêcher d'être déçu. Lui qui espérait créer une soirée parfaite pour Alice, voilà que son premier choix ne fait déjà pas l'unanimité.

Ayant probablement entendu les mots de la jeune femme, Vern vient déposer des bouchées sur la table. Très vite, elle porte un premier canapé à ses lèvres avant de fermer les yeux dans un gémissement troublant.

— C'est délicieux! avoue-t-elle en reportant son attention sur lui.

Perplexe devant sa réaction, Michaël se racle la gorge.

— Vern sera… très content.

Aussitôt, elle reporte sa flûte de champagne à ses lèvres.

— C'est beaucoup mieux comme ça, affirme-t-elle.

— Oui. Vern octroie beaucoup d'importance à l'accord des saveurs.

Sans se soucier de lui, elle récupère une autre bouchée et roule les yeux au ciel dès qu'elle y goûte.

— Il est vraiment doué! constate Alice.

Énervé qu'elle parle constamment de son assistant, il fronce légèrement les sourcils. Lorsqu'elle remarque son air sombre, Alice cesse de manger et s'excuse aussitôt :

— Pardon, dit-elle très vite. J'aurais dû t'attendre.

— Je connais, ne t'en fais pas. Vern me fait souvent ce genre de plats.

Elle écarquille des yeux lumineux.

— Wow! T'en as de la chance!

Une bouchée avalée plus tard, elle reprend :

— Et toi? Tu cuisines?

— Euh… non, se voit-il forcé d'avouer.

À son tour, il porte un petit four à ses lèvres en jaugeant les expressions d'Alice, qui semble visiblement se régaler. Aurait-il dû lui mentir? Préférerait-elle qu'il sache cuisiner?

— Tu sais, si je voulais faire une recette, je suis sûr que j'y arriverais sans trop de mal.

— Je te crois ! rigole-t-elle. Je suis même sûre que tu peux tout faire plus vite et beaucoup mieux que les autres.

Au lieu d'être rassuré par ses propos, il retrouve une mine contrite.

— Ne suis-je donc intéressant qu'à cause de mes talents ?

Alice le dévisage, incertaine.

— Si j'étais normal, aurais-je un quelconque intérêt pour toi ? demande-t-il franchement.

Elle rit en essuyant ses doigts sur sa serviette de table.

— En voilà une drôle de question ! À ce que je sache, nous ne faisons rien d'étrange tous les deux. Je t'ai donné un cours d'informatique, nous avons fait les boutiques et nous dînons au restaurant.

Elle récupère sa flûte et la lève vers lui.

— Et je dois l'avouer : je passe un très bon moment.

Touché, Michaël répond au geste d'Alice et trinque de nouveau avec elle. Même quand il boit, il scrute la jeune femme du regard et elle lui déclare, dès qu'elle reprend sa fourchette :

— Et puis, tu as été marié deux fois. C'est signe que tu peux être intéressant... enfin... quand tu ne ressembles pas à un homme des cavernes.

Devant sa plaisanterie, Michaël rit avec cœur, étonnamment flatté. Doit-il comprendre que son nouveau look change tout pour Alice ? Qu'il pourrait l'intéresser ? Pourquoi cette idée lui plaît-elle autant ?

— D'ailleurs, je ne comprends pas qu'on puisse se marier avec quelqu'un qui nous connaît aussi mal. Je crois que tu aurais dû dire la vérité à tes femmes...

Fronçant les sourcils, il secoue la tête.

— Alice, nous ne parlons pas de la même époque...

— Et alors ? Ne devrait-on pas pouvoir tout dire à la personne qu'on choisit ?

Michaël se renfrogne. Même si ses femmes étaient douces et aimantes, il ne croit pas une seule seconde qu'elles auraient pu accepter d'épouser un homme qui s'abreuve de sang.

— Une chose est sûre : moi, je préférerais savoir la vérité.

— Oui, mais toi… tu es exceptionnelle.

Devant son compliment, elle éclate de rire, même si elle sent ses joues qui rougissent.

— Tu dis n'importe quoi !

— Je suis sincère, Alice. Et je suis absolument certain qu'une femme normale n'accepterait jamais… ma véritable nature.

— C'est toi qui dis ça ? Je te signale que c'est moi qui suis normale ici, raille-t-elle.

— Justement. Ce que je fais ne l'est pas du tout.

— Qu'est-ce que tu racontes ? Et qui décide de ce qui est normal en ce bas monde ?

Elle récupère un canapé et le lui montre.

— Là, tout de suite, nous mangeons du canard. Et il doit mourir pour ça !

Aussitôt, elle fait disparaître la nourriture entre ses lèvres et ferme les yeux pour la savourer. Lorsqu'elle reporte son attention sur Michaël, elle reprend :

— Tu bois du sang et personne n'est obligé d'en mourir. Quel est le pire à ton avis ?

Étonné par cette théorie, il se tait, confus.

— Peut-être qu'une femme contemporaine, moins axée sur la religion, te conviendrait mieux après tout. C'est tout l'avantage de notre époque…

Il a envie de lui demander si elle songe à postuler pour l'emploi, mais il retrouve très vite ses esprits lorsqu'il jette :

— Dirais-tu la même chose si je te disais que je compte sortir ce soir pour reprendre des forces ?

Amusée par sa question, Alice tend son avant-bras vers lui :

— Pourquoi sortir ? Tu as tout ce qu'il te faut ici.

Ce simple geste lui fait l'effet d'une gifle et il recule brusquement pour s'adosser contre sa chaise.

— Alice, tu ne te rends pas compte de ce que tu dis.

— Je trouve, au contraire, que je prends les choses beaucoup mieux que tu le voudrais.

Perturbé par ses propos, Michaël hoche la tête. Alice a entièrement raison. Elle ne ressemble en rien aux femmes qu'il a connues…

Lorsque les plats principaux arrivent, ils cessent de discuter pendant que Vern leur sert un vin très raffiné. Dès que son assistant s'éloigne, Michaël soupire :

— Alice, j'ai l'impression que… tu ne vois pas le danger que je représente.

— Quel danger ? Tu m'as sauvé la vie ! Et je te signale que tes femmes ignoraient tout de toi et qu'elles sont mortes quand même. C'est la preuve que l'ignorance ne sauve personne.

Elle porte son verre à ses lèvres et quand elle le pose sur la table, elle déclare, avec un regard déterminé :

— Tu sais l'avantage que j'ai, en ce moment ? C'est que je peux dire ou faire absolument tout ce que je veux, car tu comptes m'effacer la mémoire. Même si j'agis comme une peste, je n'aurai aucun remords. En revanche, toi, tu vas te rappeler cette conversation. Et tu comprendras, pas trop tard, je l'espère, que ce que je dis est vrai.

Stupéfait, il la dévisage en silence. Pour sa part, Alice poursuit son repas avec légèreté et semble même s'en délecter. Lorsqu'elle remarque qu'il est figé sur sa chaise, elle pointe les plats.

— C'est délicieux. Tu devrais goûter.

La mine sombre, Michaël observe le repas avec une moue. Il avait ordonné à Vern de se surpasser pour impressionner Alice, ce soir, mais voilà que cette discussion lui reste en travers de la gorge.

— Si je t'ai choqué, tu peux le dire, ajoute Alice. Ça ne me gêne pas.

Il relève les yeux vers elle et avoue :

— Je ne pense pas qu'une femme normalement constituée puisse aimer un homme comme moi.

Alice le réprimande du regard.

— Quelle idée ! N'as-tu jamais essayé ? Je veux dire… pas avec des idiots du Moyen Âge, mais récemment. En restant toi-même !

Devant son silence fort éloquent en guise de réponse, elle raille :

— Voilà ! Si tu regardais autour de toi, tu verrais qu'il y a des hommes drôlement plus bizarres que toi sur cette planète.

Elle réfléchit un instant avant de dire, non sans rire :

— Enfin… peut-être pas plus bizarres, je l'admets, mais ils sont également beaucoup moins intéressants !

Elle rit discrètement et ce simple son finit par provoquer un sourire chez Michaël. Plus détendu, il se décide enfin à goûter le repas. Vern s'est réellement surpassé.

— Peut-être que je me vois pire que je le suis en réalité, consent-il à admettre, mais tu n'as aucune idée de ce qu'est ma vie.

— Raconte.

Il dépose sa fourchette, comme si l'histoire allait être longue, mais ce n'est pas le cas :

— Je voyage constamment, je cache ma véritable identité, je suis toujours sur le pied de guerre…

— Ce ne sont pas les super héros qui font ça ? demande-t-elle en riant. La preuve : tu m'as sauvée des crocs de ce vilain vampire.

Devant le ton badin qu'elle utilise pour lui rappeler ce mauvais souvenir, Michaël fait mine de la gronder :

— Tu es vraiment impossible !

— Je sais !

Elle se remet à rire en reprenant un peu de vin et mange avec appétit. Ravi de passer un aussi bon moment, Michaël chuchote :

— J'adore ça.

Elle glousse avant de renchérir :

— Tant mieux, parce qu'il te reste encore quelques heures à endurer mes délires.

Consterné par cette affirmation, Michaël serre les dents. Leur reste-t-il si peu de temps ? Se compte-t-il en heures, désormais ?

Quand Vern réapparaît, il tient une autre bouteille de vin et vérifie du côté de son maître. Michaël opine, la mine sombre, et Alice se remet à rire.

— Ah ! Voilà donc ton plan ! Tu vas me soûler et me flashouiller après. C'est ça, hein ?

Devant la théorie évoquée par la jeune femme, Michaël fronce les sourcils.

— Je n'ai rien prévu du tout, se défend-il. J'espérais juste que tu passes une bonne soirée.

Alice sourit avant de hocher la tête.

— C'est réussi.

Elle prend une autre bouchée avant d'ajouter :

— Au cas où tu me flashouillerais avant que nous rentrions, merci, Michaël.

— Je ne vais pas te flashouiller avant que nous rentrions, grimace-t-il.

— Alors, disons que c'est au cas où je serais trop soûle pour le dire.

Il la jauge du regard, perplexe à l'idée qu'Alice boive trop.

— Dois-je retirer ton verre ?

— Mais non, rigole-t-elle, visiblement détendue. Je te fais marcher, va !

Repoussant son plat, elle attend que Vern la desserve, puis prend appui sur la table avant de retrouver un ton sérieux.

— En réalité, on se fiche un peu que je passe une bonne soirée puisque je ne m'en souviendrai plus. Ce qui compte, au fond, c'est toi.

Un sourire triste apparaît sur les lèvres d'Alice lorsqu'elle demande :

— Est-ce que tout ça valait la peine pour toi ?

— Évidemment !

— Bien. Tant mieux alors.

Elle tente de reprendre sa coupe de vin, mais Michaël arrête son mouvement et saisit sa main, qu'il emprisonne dans la sienne.

— Alice, avant toi, ce monde avait perdu tout intérêt.

Dès qu'il constate qu'il serre les doigts de la jeune femme, il les relâche aussitôt, gêné de son propre geste. Il baisse les yeux vers son plat comme un enfant qu'on aurait grondé, puis chuchote :

— Le fait est que… je n'ai pas envie d'effacer ta mémoire, mais je dois te protéger, tu comprends ? Et tu serais bien plus heureuse en ayant une vie normale.

— Ça, tu n'en sais rien ! siffle-t-elle.

— Je te mets en danger depuis trois jours, pourquoi ne le vois-tu pas ? s'emporte-t-il. Il suffit que l'un d'entre eux nous voie ensemble et il trouverait le moyen le plus facile de m'atteindre.

En prononçant ces mots, il pose une main sur sa poitrine, espérant montrer à la jeune femme à quel point sa seule existence le rend vulnérable.

— Michaël, tu n'es pas responsable de moi.

Comme il ne répond pas, elle pose sa main sur celle de Michaël et insiste :

— Je ne veux pas que tu te sentes responsable de moi.

Il regarde la main d'Alice sur la sienne pendant plusieurs minutes, incapable de s'en détacher. Lorsqu'elle la retire, il regrette sa chaleur. Pendant une fraction de seconde, il songe même à la récupérer.

— Je veux que tu vives, annonce-t-il tristement. Et je veux que tu sois heureuse. Longtemps. Tu comprends ce que je dis ?

Elle grimace et repousse son verre de vin, énervée par ce qu'il annonce.

— Bah, de toute façon, nous ferons comme tu veux. Nous rentrons ?

Avant qu'elle puisse se lever, Vern apparaît au bout de la table et bredouille :

— Mais... et le dessert ?

Avec un sourire forcé, Alice avoue :

— Je suis sûre qu'il était fabuleux, mais je me sens incapable d'avaler quoi que ce soit de plus, ce soir.

Michaël se lève à son tour et déclare :

— Nous le prendrons avec nous. Alice aimera certainement y goûter un peu plus tard.

— En voilà une super idée ! confirme-t-elle. Tu peux me l'emballer ?

— Bien sûr, Madame. Tout de suite.

Dès que l'assistant repart, Michaël chuchote :

— Il est déçu. Il a mis beaucoup de temps sur ce dessert...

— Je sais, mais j'ai envie de rentrer, répète-t-elle.

Il opine simplement et ils attendent que Vern revienne, puis il tend un bras vers Alice. Avec une humeur contrite, elle accepte et le suit à l'extérieur.

Le trajet du retour s'effectue en silence. Lorsqu'ils reviennent sur l'île de Montréal, Michaël demande, sur un ton faussement enjoué :

— Qu'as-tu envie de faire ? Tu veux que nous sortions dans une boîte de nuit ? Que nous allions au cinéma ?

La mine songeuse, elle secoue la tête.

— Ramène-moi. T'as qu'à me flashouiller. Tu pourras faire ce que tu veux après.

— Mais nous avions dit tout le week-end ! se défend-il.

— Bah, je n'ai plus rien à t'apprendre. Je ne te suis plus d'une grande utilité.

D'une main ferme, il récupère la main de la jeune femme et la serre entre ses doigts.

— Tu crois vraiment que je t'ai donné ces trois jours pour avoir un cours d'informatique ? Tous ces souvenirs… ils comptent pour moi !

— Oui. Et les miens vont disparaître, marmonne-t-elle sans pour autant reprendre possession de sa main. Je n'ai pas envie de vivre pour rien.

Michaël soupire et de son pouce, se met à caresser la peau chaude de la jeune femme. Dans un soupir, elle questionne :

— Ne pourrais-tu pas me laisser quelques souvenirs ?

— Par exemple ?

— Ce que nous avons vécu, déjà…

Il ferme les yeux, touché par sa demande. Il voudrait que ces mots ne lui fassent pas autant plaisir…

— Est-ce que nous n'avons pas passé de bons moments tous les deux ? insiste-t-elle.

— Bien sûr que oui, dit-il avec force. Comment peux-tu en douter ?

— Pourquoi veux-tu tout effacer ?

Un silence passe et Michaël relâche la main d'Alice pour mieux conduire, incapable de réfléchir lorsque sa peau est en contact avec la sienne. Jetant un œil au trajet, elle retient un soupir de tristesse lorsque la voiture tourne dans sa rue et s'arrête devant son immeuble. Sans attendre la réponse, elle sort du véhicule et marche en direction de l'entrée. Beaucoup trop rapidement, Michaël apparaît à sa droite et lui ouvre galamment la porte. Elle lui jette un regard sombre avant de poursuivre sa route. Sur ses talons, il chuchote :

— Alice, je ne sais pas quoi te dire…

— Ne dis rien. Je comprends. Et je ne pourrai plus t'en vouloir, parce que tout va disparaître…

Elle grimpe l'escalier à toute vitesse, non sans espérer que Michaël coupe court à cette plaisanterie sans tarder. À quoi bon prolonger ce moment puisque tout va bientôt s'effacer de sa mémoire ?

Pendant qu'elle tente de déverrouiller sa porte, elle peste contre sa main qui tremble. Une fois à l'intérieur, elle jette son sac à main sur le canapé et revient se planter devant Michaël.

— Allez, arrêtons ces bêtises, tu veux ? Je déteste perdre mon temps.

— Alice… je ne veux pas que nous soyons en froid.

— Nous ne le sommes pas, ment-elle. De toute façon, ça ne change rien, puisque je ne m'en souviendrai plus.

D'une main douce, il caresse la joue de la jeune femme avant de murmurer :

— Tu ne comprends donc pas ? J'étais mort il y a trois jours. Avant que tu transformes tout mon univers.

Le regard d'Alice se brouille de larmes et elle secoue la tête.

— Ne dis pas ça, le supplie-t-elle.

Sans réfléchir, elle se serre contre lui et Michaël passe aussitôt des bras protecteurs autour du corps de la jeune femme.

— Alice, depuis que tu es là, je me sens revivre…

Aussitôt, elle relève les yeux vers lui et elle pose prestement ses lèvres contre les siennes. Sous le choc de ce contact intime, Michaël se fige alors que les bras de la jeune femme se nouent autour de son cou et qu'elle intensifie le baiser qu'ils partagent. Lorsqu'il consent à y répondre, il écrase le corps de la jeune femme avec une telle force contre lui qu'elle en perd le souffle.

— Pardon, dit-il, confus de son propre geste.

Sans lui répondre, elle reprend sa bouche avec plus de fougue. Croyant rêver, Michaël ferme les yeux pour mieux ressentir la chaleur de la jeune femme, puis il abandonne leur baiser pour venir enfouir son nez dans ses cheveux. Il en hume le parfum avec force, espérant se remémorer chacune des odeurs qui s'en dégagent jusqu'à la fin des temps.

— Alice… tu vas me rendre fou.

Pour mieux le voir, elle recule la tête et caresse délicatement de sa main la joue de Michaël.

— Je ne te demande rien, tu sais ? Juste… cette nuit.

Sans attendre, il revient poser ses lèvres contre celles de la jeune femme et amorce un baiser de son propre chef, incapable de croire les mots qu'Alice vient de prononcer. Quand il sent des doigts s'infiltrer sous sa chemise et griffer doucement son ventre, il recule, le regard paniqué :

— Alice, qu'est-ce que tu fais ?

— À ton avis ? raille-t-elle.

Sa main descend vers son pantalon et elle descend lentement sa fermeture à glissière. Sous le choc, Michaël bredouille :

— Mais… ce n'est pas… convenable.

Avec un petit rire, elle cesse de le dénuder et demande :

— Depuis quand tu n'as pas touché une femme ?

Il avale sa salive avec bruit avant de répondre :

— Une éternité.

Visiblement ravie par sa réponse, Alice reprend ses gestes, si vite qu'il bafouille :

— Alice, est-ce que... tu te rends compte que... tu risques de le regretter...

Laissant le pantalon chuter sur le sol, elle entreprend de lui retirer sa chemise et dévoile un torse bien développé. Sans réfléchir, elle vient embrasser son ventre avant de relever les yeux vers Michaël, qui semble dans un état second.

— Je ne vais pas le regretter, promet-elle.

Dans un souffle, il glisse ses doigts dans les boucles dorées de la jeune femme et ramène prestement son visage près du sien. Ils s'embrassent avec plus de fougue et Alice chuchote, dès qu'il libère sa bouche :

— Tu préfères que je m'arrête ?

— Surtout pas, gronde-t-il en retenant la jeune femme contre lui.

Dans un gloussement, elle le repousse jusqu'à ce qu'il se laisse tomber sur le canapé. Dès qu'elle s'installe à califourchon sur ses cuisses, elle reporte un regard fiévreux dans celui de Michaël et souffle :

— Tu veux savoir la meilleure ?

Dans des gestes empressés, elle bascule sa robe par-dessus sa tête et apparaît presque nue devant Michaël.

— Bienvenue au XXIe siècle. Laisse-toi faire. Je m'occupe de tout.

La nuit est déjà bien avancée. Alice soupire contre le corps de Michaël, puis chuchote, avec une voix taquine :

— Ce n'était pas trop mal pour un vieux de presque 600 ans...

Il n'arrive pas à rire avec elle. Il joue avec ses cheveux, puis glisse un doigt sur son épaule jusqu'à ce qu'elle rigole. Il la dévisage sans arrêt, ravi de ses réactions, ne s'arrêtant que pour mieux l'embrasser.

— Tu as perdu ta langue ? demande-t-elle en se tortillant sous les chatouilles de Michaël.

— Je n'arrive pas à croire ce que nous venons de faire, avoue-t-il.

— Tu parles ! Quand je pense que je t'ai presque violé !

Il fronce les sourcils avant de la contredire :

— Hé ! J'étais consentant !

— Et nerveux, le nargue-t-elle.

— Oui. Ça, je ne peux pas le nier.

— Heureusement que tes instincts d'homme des cavernes ont vite repris le dessus, dit-elle avec un petit rire.

Il hoche la tête sans un mot et caresse le visage de la jeune femme du bout des doigts.

— Je n'arrive pas à y croire, répète-t-il dans un rire.

Elle pose la tête contre son torse et ferme les yeux. Elle écoute les battements de son cœur qui résonnent et sent parfois le torse de Michaël trembler sous de petits rires alors qu'il resonge à ce qui vient de se passer.

— Tu sais, la dernière fois, j'ai dû faire la cour à une dame pendant presque six mois pour pouvoir l'embrasser…

— Aïe ! Ça doit faire un sacré bout de temps !

— Oui, avoue-t-il.

Elle se redresse sur un coude pour mieux le voir.

— Je t'ai dit qu'elle était chouette, mon époque ! rigole-t-elle encore.

Il devient étrangement sérieux lorsqu'il rétorque :

— Elle est chouette, c'est vrai, mais seulement parce que tu existes.

Dans un gloussement charmé, elle secoue la tête.

— Tu dis n'importe quoi. Si tu sortais un peu plus, tu verrais que des filles comme moi, il y en a plein.

— Je n'y crois pas une seconde.

Il caresse la joue de la jeune femme avant de chuchoter :

— Le problème, c'est que je n'ai plus la moindre envie d'effacer ta mémoire. Alice, je voudrais tellement… te voler à cette vie et t'emmener dans la mienne, même si je sais pertinemment que c'est une mauvaise idée.

Pour le faire taire, elle l'embrasse rapidement, puis fait mine de le gronder :

— Chut. Tout ce que je veux de toi, c'est cette nuit. Faisons comme si… demain n'existait pas, d'accord ?

Le sourire de Michaël augmente, mais ses yeux restent tristes.

— D'accord, accepte-t-il.

— Et je voudrais… que tu reprennes des forces avec moi, ajoute-t-elle très vite.

Choqué par sa requête, il sursaute et hausse la voix :

— Non. Ça non.

— Allez, quoi ! Ce n'est rien du tout !

Elle se penche vers le sol et récupère la dague de Michaël, quelque part par terre, mais il la lui retire des mains dans un geste rapide.

— Mais puisque je te dis que je te donne mon autorisation ! Qu'est-ce qu'il te faut de plus ?

— Alice ! la gronde-t-il. Je ne comprends pas pourquoi tu veux faire ça. Je suis capable de me nourrir seul.

Elle caresse le visage de Michaël avec ses mains. Sa peau est rugueuse sous ses doigts, mais ses lèvres sont douces.

— Je veux vivre ça avec toi, confie-t-elle.

Il affiche un air dégoûté qu'elle efface d'un sourire :

— Michaël, ça fait partie de toi. Je ne peux pas croire que tu n'aies jamais partagé ça avec une femme. Tu ne devrais plus accepter ça.

Aussitôt, elle lui tend son avant-bras.

— Allez ! Non, attends !

Elle ramène le drap sous son bras, en prévision des éclaboussures, et Michaël ne peut s'empêcher de sourire en la voyant tout organiser de la sorte.

— Tu es complètement inconsciente, dit-il dans un rire.

— Ose me dire que ça ne te plaît pas !

Il éclate de rire et reporte sur elle un regard ému.

— C'est vrai. J'adore ça.

Malgré le silence lourd qui s'installe entre eux, elle secoue son poignet sous le nez de Michaël et fait mine de s'impatienter :

— Allez ! Après ça, je compte bien vérifier ta nouvelle force dans ce lit. Et t'as intérêt à m'impressionner.

Devant son rire, Michaël se détend légèrement. Comment peut-elle être aussi détendue par rapport à ce qu'il s'apprête à faire ? Lentement, il ramène le poignet d'Alice près de son nez et vérifie le regard de la jeune femme, par crainte qu'elle change d'avis, mais elle l'observe avec un sourire lumineux. Comme une invitation à poursuivre. Lentement, il dépose un baiser sur le poignet avant d'y planter prestement la lame de son couteau, si vite qu'Alice ne sent qu'une légère brûlure. Lorsqu'elle voit Michaël aspirer son sang, elle pose une main douce sur sa tête, étrangement émue de partager un moment aussi intime avec lui.

Quand les yeux de Michaël remontent vers elle, il chuchote, un brin d'inquiétude dans la voix :

— Alice ? Est-ce que ça va ?

— Oui.

Intriguée, elle questionne :

— En as-tu pris suffisamment ?

— Oui.

Jetant un œil sur la plaie, elle sourit en voyant que tout a déjà disparu.

— Ma salive fait en sorte que tu cicatrises rapidement, explique-t-il.

— Chouette, dit-elle dans un souffle.

Il la reprend contre lui et elle se sent étrangement faible, soudain. Dans un débit lent, elle chuchote :

— Raconte-moi ce que ça te fait… quand tu bois.

— Je me sens… rajeunir. Devenir plus fort aussi.

Il a envie de lui dire à quel point le sang frais le grise et le rend bien plus fort que le sang que Vern récupère dans des banques de sang. Connaissant Alice, elle risquerait de l'obliger à ne boire que sur des humains !

Dans un soupir, elle se laisse choir contre lui.

— Tu es fatiguée, constate-t-il. Tu devrais dormir…

— Non. Tu verras, dès que mes forces reviendront, ça va être ta fête…

Il rit contre sa bouche, heureux de cette simple promesse.

— Je n'ai jamais rencontré une femme comme toi, avoue-t-il. Quelqu'un avec qui… je peux être moi-même…

— Chut, dit-elle, tu n'as pas besoin de me dire quoi que ce soit.

Elle essaie de grimper sur lui malgré sa faiblesse. Quand elle voit qu'elle n'y parvient pas, elle chuchote :

— Montre-moi à quel point tu es fort.

D'un simple baiser, Alice s'offre à lui avec une telle sincérité que le cœur de Michaël en est bouleversé. Si elle s'était chargée de la technique un peu plus tôt, voilà qu'elle s'abandonne complètement à lui. Déterminé à la combler, Michaël s'assure que la jeune femme reprenne autant de force que de plaisir pendant les quelques heures qui les séparent de l'aube.

Chapitre 8

Le choix d'Alice

C'est la lumière du jour qui réveille Alice, au petit matin. Elle s'étire sous les draps et prend quelques secondes avant de reconnaître le corps étendu à ses côtés. Celui de Michaël.

— Bonjour, dit-il avec un sourire.

Les souvenirs de la veille lui reviennent en mémoire et les dernières traces de sommeil disparaissent lorsqu'elle en fait le constat à voix haute :

— Tu ne m'as pas flashouillée !

— Je n'ai pas pu, avoue-t-il.

Ravie, elle revient prestement se blottir contre lui. D'un bras ferme, il l'enlace, puis chuchote :

— J'y ai beaucoup songé, cela dit, et je crois que les choses seraient probablement plus faciles si j'effaçais ces derniers jours de ta mémoire... et que je disparaissais de ta vie.

Retenant son souffle, elle murmure :

— Et pourquoi tu ne l'as pas fait ?

— Parce que je suis lâche. Et égoïste, sûrement, parce que je n'ai pas envie de te perdre, ni que ce qui se passe entre nous disparaisse...

Il repousse légèrement la jeune femme pour pouvoir croiser ses yeux verts.

— Alice, dis-moi que… je ne suis pas sur le point de gâcher ta vie.

Avec une moue intriguée, elle demande :

— Pourquoi gâcherais-tu ma vie ?

— Parce qu'elle était si simple avant que j'arrive. Tu avais une vie normale… un travail, un petit ami…

Devant ces mots, Alice se rembrunit, mais elle ne peut nier qu'il a raison. Depuis que Michaël a surgi dans son existence, il a complètement éclipsé Dave de son esprit. Avec une facilité déconcertante, d'ailleurs. Et en se remémorant la nuit dernière, voilà que la culpabilité naît dans son ventre.

— Je croyais que tu me ferais tout oublier, admet-elle, gênée.

Avec une mine sombre, Michaël ramène son visage face au sien et vérifie :

— Est-ce ce que tu veux ? Car il n'est pas trop tard pour retrouver ta vie d'avant…

La jeune femme détourne la tête et ferme les yeux afin de réfléchir sérieusement à cette proposition. Son choix serait plus simple si la nuit dernière n'avait pas été si belle, mais elle ne peut se résoudre à tout oublier. Elle est quand même en âge d'assumer ses actes !

— Je ne veux pas que tu effaces ma mémoire, statue-t-elle.

— Peut-être que tu ne devrais pas prendre cette décision maintenant. N'oublie pas qu'en entrant dans mon univers, tu deviens une proie pour mes ennemis.

Malgré la nervosité qui la gagne, Alice hoche la tête.

— Je sais.

Du bout des doigts, elle caresse le torse de Michaël.

— Mais j'ai envie de faire partie de ton univers, chuchote-t-elle encore.

D'une main ferme, il arrête le geste d'Alice et retient sa main juste au-dessus de son cœur.

— Tu n'as aucune idée du monde dans lequel je vis.

Un silence passe durant lequel Michaël caresse la peau nue de la jeune femme. Il reste interdit devant le choix qu'elle vient de faire.

— De combien de temps crois-tu avoir besoin pour régler... toutes tes choses ?

Intriguée par sa question, Alice se redresse sur un coude afin de mieux le voir.

— Quelles choses ?

— Ta vie, résume-t-il.

Comme elle le fixe sans comprendre, il fait un geste vague de la main.

— Pour intégrer mon univers, il faut que tu coupes les ponts avec ta vie actuelle. Je te conseille de quitter ton travail, de vendre ton appartement et de partir avec le strict minimum. En laissant tous ceux que tu aimes derrière toi.

Sous le choc, Alice écarquille les yeux.

— Qu'est-ce que c'est que cette histoire ? Je ne veux pas quitter la revue !

À son tour, Michaël se redresse pour mieux lui faire face et il ne peut s'empêcher de froncer les sourcils.

— J'habite Chicago, lui rappelle-t-il. Je ne peux quand même pas te laisser ici... seule ! Comment suis-je censé te protéger ?

— Je ne t'ai jamais demandé de me protéger, répond-elle simplement.

Décontenancé par cette riposte, il bafouille :

— Mais… je ne peux pas… enfin…

Conscient d'avoir peut-être mal interprété la réponse d'Alice, il reprend :

— Quand tu disais que tu voulais faire partie de mon univers… j'ai cru que… tu acceptais de partager ma vie. Que tu comptais… vivre avec moi.

Étonnée par cette déclaration, Alice ouvre la bouche, puis essaie de contenir un rire sous ses doigts.

— Toi alors ! Qu'est-ce que tu es vieux jeu ! Tu sais, nous ne sommes plus à l'époque où l'homme décide de ce qui est bon pour sa femme.

— Mais non ! Ce n'est pas ça du tout ! s'énerve-t-il.

Elle cesse de rire avant de reporter un regard sérieux sur lui.

— Écoute, Mike, je ne sais pas ce que tu attends de moi, et à dire vrai, je ne pensais pas que les choses évolueraient aussi vite entre nous…

— L'inverse est aussi vrai, s'empresse-t-il de répondre.

Alice sourit, puis revient se lover contre lui.

— Je me doute que c'est nouveau pour toi, mais… je suis une femme indépendante. Je m'investis beaucoup à la revue et j'ai toujours vécu seule.

Michaël sent ses muscles se raidir en entendant toutes ces informations. Comment est-il censé planifier sa vie avec Alice dans ces conditions ?

— Nous n'habitons pas la même ville ! lui rappelle-t-il.

— C'est pour cette raison que les avions existent, se moque-t-elle.

Comme il garde un air sombre, Alice se redresse partiellement avant de poursuivre :

— Mike, il faut que tu comprennes que les choses sont très différentes à notre époque. Les gens apprennent à se connaître. Ils se fréquentent, et ils attendent d'être sûrs avant de s'engager…

— Je n'ai pas besoin d'attendre ! la contredit-il. Je suis amoureux de toi !

Elle fronce les sourcils :

— Ne dis pas n'importe quoi ! le dispute-t-elle. L'amour est un sentiment qui se construit avec le temps. Sous prétexte que tu as passé la nuit avec moi et que nous avons passé un bon moment ne signifie pas que nous serons heureux ensemble pendant les 30 prochaines années ! Si ça se trouve, tu en auras assez de moi d'ici deux semaines et tu vas me flashouiller en claquant des doigts !

— Je te défends de dire ça ! gronde-t-il. Alice, tu m'as redonné le goût de vivre. Sais-tu seulement ce que tout ceci représente pour moi ?

Un peu promptement, il ramène les doigts de la jeune femme contre son cœur.

— Grâce à toi, ma vie reprend du sens.

Même si elle est charmée par ses paroles, elle lâche un petit couinement ridicule.

— Tu exagères ! Mais je veux bien croire que je t'ai surpris en me jetant sur toi de la sorte.

Elle se met à pianoter sur la peau de son torse imposant avec ses doigts.

— Et je dois avouer que ton petit côté homme des cavernes me plaît bien. Au lit, du moins.

Michaël sourit, surtout lorsque l'allusion à ses performances sexuelles lui apparaît. De son côté, Alice retire sa main et retrouve un air sévère.

— Mais pour le reste, je veux que cette relation reste simple. Enfin, je ne suis pas idiote, je sais que ça va compliquer nos vies, et qu'il faudra que nous nous ajustions, toi et moi.

— Oui, avoue-t-il, conscient que cette femme chamboule toute son existence.

Avec un air triste, elle ajoute :

— Il faudra que je quitte Dave, aussi…

Michaël observe Alice avec la sensation d'avoir une pierre au fond du ventre. Peut-être exige-t-il trop de sacrifices ? Souhaite-t-elle qu'il reste là, tapi dans l'ombre, à attendre qu'elle daigne lui accorder un peu d'attention ? Soudain, il craint d'avoir mal interprété la nuit dernière. Alice s'était pourtant donnée à lui de la plus somptueuse des façons ! Avait-il rêvé ?

— Écoute, je veux bien que nous fassions un essai, poursuit-elle, mais nous devrons le faire… à ma façon. Et à la façon de cette époque, aussi.

— Mais je ne suis pas de cette époque, lui rappelle-t-il.

— Peut-être, mais même si tu refuses de le voir, tu y vis. Et je ne t'ai pas menti : je veux réellement découvrir ton univers. Seulement… tu devras aussi t'intégrer au mien. Je ne veux pas de relation à sens unique.

Devant le silence qui suit, elle ajoute :

— Tu n'es pas obligé d'accepter ma proposition. Tu peux toujours… m'effacer la mémoire.

Prestement, Michaël ramène la jeune femme contre lui et l'étreint avec force.

— Tu ne vois donc pas que je ne peux plus me passer de toi ?

Malgré l'émotion qu'elle ressent en entendant une telle déclaration, Alice force la note pour rire, afin de détendre l'atmosphère.

— Alors… tu veux bien que nous essayions à ma façon ?

— Je ferai tout ce que tu veux, acquiesça-t-il simplement.

Avec une voix racoleuse, elle répète :

— Tout ce que je veux ? Vraiment ?

— Oui.

Elle repousse le corps imposant de Michaël, qui comprend, plusieurs secondes plus tard, qu'elle essaie de le basculer sur le lit. Dès qu'il s'étend sur le dos, Alice se hisse sur lui et son visage s'illumine de joie.

— D'abord, nous allons nous assurer que tu as bien retenu toutes les choses que je t'ai apprises la nuit dernière.

Lorsqu'elle emboîte leurs corps et démarre une lente chevauchée, il retient son souffle, ébloui par la façon un peu cavalière dont la jeune femme use de son propre corps. Avant de s'abandonner à ses gestes, il chuchote :

— Ensuite ?

Alice peine à ouvrir les yeux et prend 10 bonnes secondes avant de retrouver le fil de ses idées.

— Ensuite, je veux que tu me racontes. Tout.

Elle se penche vers lui pour dévorer ses lèvres avant d'ajouter :

— Je veux tout connaître de toi.

Dès que Michaël acquiesce, elle remonte vers le haut dans un geste gracieux et reprend son déhanchement. Au premier gémissement qui s'échappe de ses lèvres, Michaël affiche un sourire béat. Comment peut-il avoir autant de chance ? Même s'il s'était fait la promesse de ne plus être l'esclave de qui que ce soit, il sait déjà qu'il ne pourra jamais rien refuser à cette femme.

Se remémorant chaque mot prononcé par Alice la nuit dernière, Michaël ne tarde pas à prendre les rênes des opérations et ramène prestement Alice contre le lit avant de revenir en elle.

— Lentement d'abord, c'est bien ça ?

Les mains d'Alice s'agrippent à sa peau et elle émet une magnifique plainte avant de nouer ses jambes autour de ses hanches.

— Oui, souffle-t-elle.

Lorsqu'elle ferme les yeux, Michaël accélère, porté par les réactions de la jeune femme qui s'abandonne complètement au plaisir. Dire qu'elle lui a révélé tous les secrets de son corps la nuit dernière. D'un seul coup de reins brusque, elle se raidit entre ses bras.

— Plus fort, maintenant ? vérifie-t-il.

— Oui ! Surtout n'arrête pas !

Quand les ongles d'Alice s'enfoncent dans sa nuque, Michaël poursuit de façon plus soutenue. Jamais il n'a été plus heureux d'être un élève assidu. Il parvient même à pressentir la chute de la jeune femme, puis s'empresse de la retrouver dans ce moment parfait.

Étendue contre lui, Alice reprend son souffle avant d'afficher un sourire éclatant.

— Décidément, tu es un élève redoutable, déclare-t-elle.

Il rit, heureux du compliment, et espère la retenir un peu plus longtemps contre lui, mais elle se redresse et récupère un peignoir qu'elle met devant lui.

— Je meurs de faim, avoue-t-elle en se plantant au bout du lit. Je crois qu'il me reste un peu de pain à griller. Sinon, nous devrons nous contenter du gâteau que nous avons rapporté hier.

— Vern peut aussi nous apporter le petit déjeuner.

Devant son froncement de sourcils, il ajoute :

— Il suffit que je lui demande d'aller récupérer quelques croissants et voilà. Si tu préfères manger quelque chose de plus... complexe, je peux lui ordonner de nous faire la cuisine ici, directement.

Intriguée, Alice revient s'asseoir près de lui.

— Qui est Vern ? Et pourquoi est-ce qu'il t'obéit comme ça ?

— C'est... une très longue histoire.

— Oh, mais j'ai tout mon temps, rigole-t-elle.

Michaël sourit en essayant de ne pas avoir l'air triste. Pourtant, il est sûr d'une chose : contrairement à ce qu'elle affirme, Alice n'a pas tout son temps. Son humanité lui confère même un temps extrêmement limité. Et à compter d'aujourd'hui, il connaît pertinemment sa mission : profiter de chaque minute que cette femme consentira à lui offrir.

— Allez, raconte ! insiste-t-elle en se laissant tomber à ses côtés.

— Vern est mon esclave, se résout-il à admettre.

Avec un haussement de sourcils, elle rit :

— Je croyais que l'esclavage avait été aboli au siècle dernier ?

— Eh bien... pas pour tout le monde, dit-il simplement.

— Apparemment.

Devant le ton ironique d'Alice, il se sent forcé d'ajouter :

— Tu dois comprendre que nous ne vivons pas de la même façon que les humains. Et l'esclavage est chose courante chez les vampires. D'ailleurs, tous les impurs n'existent que pour les servir !

Avant de pouvoir poursuivre son interrogatoire, Michaël détourne rapidement la tête vers la fenêtre et Alice craint d'avoir parlé trop vite.

— Vern tient à dire qu'il est très heureux de sa condition, dit-il soudain.

Agacée, elle raille :

— Oh, parce que tu parles en son nom aussi ?

Reportant son attention sur Alice, il fronce les sourcils.

— Non. Je ne fais que répéter ses mots. Il est juste là, dehors.

Alice se redresse prestement sur le lit et tourne les yeux vers la fenêtre.

— Quoi ? Il est là ? vérifie-t-elle encore. Tu veux dire que… il entend tout ce que nous disons ?

Gênée, Alice songe au moment intime qu'ils viennent de partager. L'assistant a-t-il vraiment été témoin de tout ?

— Vern est quelqu'un de discret, la rassure Michaël en ramenant Alice près de lui. Et il ne peut s'empêcher de toujours être un peu inquiet pour moi.

Dans un rire nerveux, elle dit :

— Oh, mais tu ne risques rien avec moi !

Charmé par les rougeurs qu'il constate sur les joues de la jeune femme, il la contredit avec un sourire ravi :

— Il a pourtant raison de s'inquiéter, parce que je suis complètement sous ton charme.

Touchée, Alice expire, puis noue ses bras autour du cou de Michaël, qui s'empresse de chuchoter :

— Bienvenue dans mon univers.

Elle rit avant de lui voler un baiser rapide.

— Bon, alors… je veux bien qu'il nous apporte le petit déjeuner, mais il doit d'abord nous laisser le temps de prendre une douche !

Ravi de la façon dont Alice s'accommode de tout, Michaël tend l'oreille vers son assistant, avant d'ordonner :

— Allez, file !

❦

Lorsqu'elle sort de la chambre dans une robe d'été toute simple, Alice émet un cri de surprise en apercevant Vern dans sa cuisine, en train de mettre la table. Alerté par son cri, Michaël surgit derrière elle et dispute son assistant sans attendre :

— Tu aurais pu frapper à la porte !

L'air paniqué, Vern bafouille :

— Mais… je ne voulais pas… vous déranger…

Dans un rire, Alice se poste de l'autre côté de son comptoir de cuisine et écarquille les yeux devant la quantité de viennoiseries que l'assistant a rapportées.

— Tout ça ? demande-t-elle.

— Je ne savais pas ce dont vous aviez envie, alors…

Lorsque leurs regards se croisent, Vern montre un contenant familier à Alice.

— Café ? propose-t-il.

— Alors là, avec joie ! accepte-t-elle avec un large sourire.

D'un sac de papier brun, il sort un nouveau gobelet, plus petit. Et encore un autre…

— Comme je ne connais pas vos goûts, j'ai apporté du décaféiné, un expresso et un cappuccino…

Elle écarquille les yeux, ce qui inquiète aussitôt l'assistant.

— Vous auriez préféré autre chose ? Du chocolat chaud, peut-être ?

— Non ! C'est juste que… je ne boirai jamais tout ça ! Et puis, je pouvais faire le café. J'ai tout ce qu'il faut pour ça, dit-elle en montrant sa machine haut de gamme sur son comptoir.

— C'est que… je ne voulais pas… m'imposer… C'est votre appartement, après tout…

Récupérant le cappuccino, Alice sourit, charmée par toutes ces attentions, et elle répond, dans un rire gêné :

— Doué comme tu es, tu le ferais certainement mieux que moi.

Lorsqu'il esquisse un sourire discret, elle ajoute :

— En passant, tu peux me tutoyer.

Un air anxieux apparaît sur les traits de l'assistant, qui vérifie aussitôt du côté de son maître. Amusé, Michaël passe un bras autour de la taille d'Alice avant de rétorquer :

— Il paraît que ça fait plus actuel.

— Plus amical, aussi, soutient la jeune femme. Et quelque chose me dit que nous serons souvent amenés à nous revoir, ces prochaines semaines…

— Voire ces prochaines années, renchérit Michaël.

Charmée, la jeune femme rit discrètement, mais Vern ne peut s'empêcher de secouer la tête, sous le choc de cette requête :

— Je ne peux pas… vous tutoyer, enfin… ce ne serait pas convenable…

— Qu'est-ce que c'est que cette histoire ? lâche Alice, surprise.

— Vern est un esclave, lui rappelle Michaël. N'oublie pas qu'il a l'habitude de vouvoyer les gens… Enfin… sauf les vampires.

Intriguée par cette précision, Alice questionne :

— Et pourquoi pas les vampires ?

— Parce qu'ils nous considèrent comme leurs esclaves, tout simplement. Notre race a été créée uniquement pour les servir. Et ils n'ont aucun scrupule à nous battre ou à nous tuer.

Alice frissonne en entendant ces mots. Dès que Michaël le remarque, il s'empresse d'aller au plus court :

— C'est pourquoi tous les impurs qui ont accédé à la liberté, et il y en a peu, utilisent le tutoiement afin de leur montrer que nous ne sommes pas inférieurs à eux. Et que nous ne le serons plus jamais.

Posant son gobelet de café sur le comptoir, Alice répète :

— Les impurs ?

— Oui. C'est ce que nous sommes. Enfin… c'est le nom qu'ils nous ont donné, explique-t-il simplement. Parce qu'ils considèrent être la race suprême et que notre sang, mêlé avec celui des humains, leur semble impur. Imbuvable, en quelque sorte.

Vern, immobile, scrute Alice avec attention. Lorsqu'elle le remarque, elle tourne la tête vers lui et esquisse un sourire, mais l'assistant détourne aussitôt les yeux.

— Viens. Mangeons un peu, l'invite Michaël en la guidant vers la table.

Tout en prenant place, Alice ne peut s'empêcher d'observer Vern, sagement posté dans un coin de la pièce.

— Il faudrait vraiment changer son look, à lui aussi.

— Nous verrons cela plus tard, rétorque Michaël, agacé de ne plus être au cœur de l'attention de la jeune femme. Parle-moi plutôt de ce que nous ferons, aujourd'hui.

Détachant son regard de Vern, Alice hausse les épaules et attrape un croissant qu'elle pose devant elle.

— Il faudrait que je fasse un saut à la revue pour m'assurer que tout va bien, et que je range un peu, parce que je n'aurai pas trop le temps, la semaine prochaine.

— Vern peut s'occuper de ton appartement, si tu le souhaites, annonce Michaël.

Alice rit et porte un morceau de croissant à ses lèvres avant de secouer la tête.

— C'est gentil, mais je peux m'occuper de moi, refuse-t-elle.

— Ça ne me gêne pas, vous savez, intervient l'assistant. Pendant ce temps, vous pourrez… faire tout ce dont vous aurez envie…

Malgré lui, Vern se sent rougir. Et même à cette distance, le regard aussi vert que déterminé qu'Alice pose sur lui l'oblige à retenir son souffle.

— Écoute Vern, je sais bien que Mike et toi… enfin… que vous avez une drôle de relation et que tu crois être son esclave, mais… pour ma part, je t'avoue que je trouve ça complètement absurde.

— Alice, la gronde Michaël. Vern veut seulement te rendre service…

— Peut-être, mais comme tu peux le constater, je suis tout à fait capable de m'occuper de mes affaires, le rembarre-t-elle sans attendre.

Levant son café vers l'assistant, elle ajoute encore :

— Merci pour le petit-déj.

— À votre service, Madame Alice, dit-il en penchant doucement la tête.

Lorsqu'elle retrouve le regard de Michaël, elle demande de façon cavalière :

— Et toi ? Ça t'arrive de le remercier ?

— Mais… je….

Déstabilisé par cette requête, il hésite à répondre, puis imite le geste précédent d'Alice. Levant son café dans les airs, il marmonne, avec une voix énervée :

— Merci, Vern.

Il pose son café sur la table et toise la jeune femme du regard.

— C'est mieux comme ça ?

— Tout à fait, confirme-t-elle avec un sourire ravi. Et autant que tu le saches, je suis contre l'esclavage. Enfin… à une exception près…

Michaël fronce les sourcils et observe Alice, qui dévore son croissant, en laissant sa phrase en suspens. Intrigué, il finit par demander :

— Quelle exception ?

Elle rougit avant d'avouer, dans un rire coquin :

— Quand tu fais tout ce que je veux au lit, évidemment.

Surpris, Michaël ouvre la bouche, puis émet un rire franc.

— Voilà une forme d'esclavage que je veux bien pratiquer autant de fois que tu le souhaites, finit-il par rétorquer.

Ils se mettent à rire et à s'échanger des regards empreints de promesses.

De son côté, Vern se rembrunit. Cette femme, qui n'existait pas la semaine dernière, prend soudain une place démesurée dans la vie de son maître. Comment est-elle arrivée à un tel résultat en seulement… trois jours ?

Quand un bruit résonne au loin, Alice peste en bondissant sur ses pieds. Récupérant son téléphone au fond de son sac à main, elle affiche un air sombre en reconnaissant le numéro qui s'inscrit sur l'écran. Inspirant un bon coup, elle répond :

— Salut, Dave.

— Salut, toi. Tu bosses tard, aujourd'hui ?

Sentant la culpabilité lui nouer la gorge, elle ferme les yeux et prend quelques secondes avant de reprendre la parole :

— J'en ai encore pour quelques heures. Mais je pensais passer chez toi, disons… en fin d'après-midi ?

— Super ! Nous nous commanderons un truc à manger, ça te dit ?

Retenant son souffle, elle se concentre pour préserver une voix posée :

— Nous verrons ça plus tard, d'accord ?

— OK.

— Bien, alors… il faut que j'y aille…

— OK. À plus !

Une fois la communication coupée, Alice laisse tomber son appareil au fond de son sac, puis reste là, immobile, à prendre conscience de tout ce qui se passe depuis que Michaël a surgi dans son existence. Elle a soudain la sensation que toute sa vie est sur le point de changer…

— Il n'est pas trop tard pour revenir en arrière, chuchote Michaël en venant se poster derrière elle.

Elle pivote pour lui faire face et secoue la tête.

— Non. J'irai lui parler en fin de journée. Je lui dirai que… c'est terminé entre nous, affirme-t-elle avec une voix légèrement tremblante.

Pour expliquer son trouble, elle s'empresse d'ajouter :

— Je ne te mentirai pas : j'aime Dave. C'était plus qu'un petit ami pour moi… Et je regrette de devoir lui briser le cœur.

— Tu préfères que je lui efface la mémoire ? propose-t-il.

À l'expression qui s'affiche sur les traits de la jeune femme, Michaël comprend que sa suggestion la froisse.

— Je t'interdis de flashouiller Dave, compris ? s'emporte-t-elle en plantant un doigt rude dans son torse. Ce n'est pas parce que tu as ce truc de vampire que tu dois l'utiliser chaque fois que quelque chose ne te convient pas. Dave fait partie de ma vie. C'est à moi de m'en occuper. Fin de la discussion.

Visiblement choquée, elle retourne s'asseoir à la table et se met à défaire son croissant en petits morceaux.

— Alice, je voulais seulement t'aider, finit-il par avouer.

— Eh bien, je ne veux pas que tu m'aides de cette façon-là ! s'énerve-t-elle de nouveau.

Elle reporte un regard sombre dans sa direction.

— Qu'est-ce que je dois comprendre ? demande-t-elle. Que tu vas me flashouiller quand tu en auras assez de moi ? Ou que tu vas forcer ma volonté si je refuse de faire quelque chose ?

— Mais… non ! Pas du tout ! se défend-il, choqué.

Venant s'agenouiller près d'elle, Michaël emprisonne les mains d'Alice dans les siennes et s'empresse de justifier ses propos :

— Alice, jamais je n'ai utilisé la suggestion sur toi. Et jamais je ne le ferai. J'en fais le serment. Ici et maintenant.

Il a la sensation de mieux respirer lorsque la jeune femme opine discrètement.

— Alice, tout ce que je voulais, c'était… t'aider à affronter cette situation. N'oublie pas que je suis responsable de cette rupture. Enfin… en partie.

Avec une moue triste, elle hoche la tête.

— Oui. Mais je tiens quand même à faire les choses à ma façon avec Dave…

— D'accord. Je ne m'imposerai jamais entre vous deux, promet-il aussitôt.

Lentement, elle vient poser une main sur la joue de Michaël et caresse sa peau avant d'ajouter :

— Dave aura toujours une place importante dans mon cœur. C'est un homme bon, tu sais. C'est pourquoi… je veux rompre comme il se doit avec lui.

— D'accord, dit-il simplement, non sans être contrarié.

Dès qu'il baisse les yeux vers le sol, Alice ramène prestement son visage vers le sien afin de capter de nouveau son attention.

— Mike, cela ne change rien à ce qui se passe entre nous. Je veux vivre cette aventure avec toi, même si je ne sais pas ce qu'elle me réserve, et même si elle sera sûrement temporaire.

— Je te défends de dire ça, la dispute-t-il tristement.

Dans un rire, elle replace la chevelure de Michaël avant de reprendre :

— Ce n'est pas grave, tu sais. Quand tu en auras assez, tu n'auras qu'à me flashouiller.

— Jamais, rugit-il en fronçant les sourcils.

Du bout des doigts, qu'elle vient poser sur ses lèvres, elle le fait taire.

— Je ne veux aucune promesse, chuchote-t-elle. Juste la vérité.

— La vérité, c'est que je t'aime, et que j'entends bien te le prouver chaque fois qu'il me sera possible de le faire.

Dans un rire, elle se penche pour venir poser un baiser rapide sur ses lèvres.

— Toi alors, quel charmeur tu fais !

Détournant le regard, Michaël ordonne :

— Vern. Laisse-nous.

Se remémorant la présence de l'assistant, Alice n'a pas le temps de pivoter sur sa chaise qu'il est déjà hors de son appartement.

— Je l'avais complètement oublié, avoue-t-elle, gênée.

Emprisonnant le visage de Michaël entre ses mains, elle ajoute, dans un rire :

— Toi alors ! Tu me fais vraiment perdre la tête !

D'un geste rapide, il ramène la jeune femme contre lui et entreprend de dévorer sa bouche jusqu'à ce que le reste de son corps s'abandonne au sien. S'il avait pu lui faire oublier la présence de Vern, peut-être est-il capable de lui faire oublier ce Dave, qui semble s'incruster dans son cœur ?

Chapitre 9

Une petite place

Alice somnole contre le corps imposant de Michaël, légèrement à l'étroit sur ce canapé. Pourtant, loin de lui l'idée de s'en plaindre. Il se sent revivre grâce à cette femme, et il ne peut nier qu'il adore la façon dont il arrive de plus en plus facilement à la rendre ivre de plaisir.

— Je crois que c'est le week-end le plus torride de toute ma vie, souffle-t-elle en se serrant plus fermement contre lui.

— Moi aussi, avoue-t-il avec un large sourire.

Elle soupire, puis passe une main lourde dans ses cheveux pour tenter de les replacer avant d'annoncer :

— Mais la fête est terminée. Il faut que j'aille voir Dave. Et j'aurai sûrement le cafard après ça.

Emprisonnant la main de la jeune femme dans la sienne pour éviter qu'elle s'échappe, il lui demande, avec une légère appréhension au fond de la voix :

— Tu préfères ne pas le quitter ? Que je reste dans l'ombre et que… tu nous aies tous les deux ?

Surprise par cette proposition, elle étouffe un rire gêné.

— En voilà une drôle d'idée !

— Alice, je sais que je bouscule ta vie, reprend-il, et peut-être que tu as besoin de temps pour… être sûre de ton choix ?

Charmée, elle revient caresser son visage d'une main.

— Tu es vraiment adorable, mais je t'assure que ça va. Ma décision est prise : je vais rompre avec Dave, même si je déteste devoir lui faire de la peine.

Après un silence, elle ajoute :

— Cela dit, je vais avoir besoin de temps pour m'habituer… à ce qui se passe entre nous.

— Nous aurons toute la vie, répond-il aussitôt.

— Toute la mienne, tu veux dire ? raille-t-elle.

Avant qu'il puisse ouvrir la bouche, elle pose une main sur ses lèvres.

— Ne dis rien, tu veux ? Je ne suis pas idiote, Michaël. Nous ne sommes pas de la même espèce, toi et moi. Et même si j'ai encore de belles années devant moi, je sais déjà que je refuserai de sortir avec un type aussi canon que toi quand j'aurai l'air d'une vieille dame !

— Nous n'en sommes pas encore là ! gronde-t-il.

— C'est vrai, confie-t-elle, et j'ai certainement besoin d'une petite adaptation. Ce que nous vivons, tous les deux, est totalement nouveau pour moi. Ça n'a rien de traditionnel.

— C'est toi qui dis ça ? plaisante-t-il. À voir ta façon de tout gérer, je suis certainement le plus traditionnel de nous deux !

Elle glousse avant de hocher la tête.

— Sur ça, tu n'as pas tort. Et si tu voulais une petite amie moins indépendante, tu n'as décidément pas frappé à la bonne porte.

Portant ses doigts à ses lèvres, il les embrasse avant de laisser un sourire radieux illuminer son visage.

— La femme que le destin a mise sur ma route est la seule que je désire.

— Sale petit charmeur ! le nargue-t-elle. Comment suis-je censée te résister ?

— Ne le fais surtout pas !

Elle rit, touchée par le romantisme dont Michaël fait preuve. Avec Dave, ce genre d'attention lui aurait semblé ridicule, mais rien n'était comparable avec Michaël. Elle se sent si bien avec lui qu'elle refuse de songer à tous les obstacles qui finiront par se dresser entre eux. Pour l'heure, elle vit l'aventure la plus incroyable de son existence. Et elle entend bien la poursuivre le plus longtemps possible...

— D'ailleurs, chuchote-t-il avant qu'elle tente à nouveau de s'éloigner, je t'avoue que je ne suis toujours pas certain de la place que tu comptes me réserver dans ta vie...

Alice fronce les sourcils. De quelle place lui parle-t-il ? Ne voit-il pas qu'il est sur le point de chasser Dave ? Que veut-il de plus ?

— N'oublie pas que je ne suis pas familier en matière de relations de couple de cette époque, lui rappelle-t-il.

— Oh ! C'est vrai ! se moque-t-elle dans un rire. Dois-je m'attendre à des lettres magnifiques ? Des poèmes ? Des fleurs ?

— Les fleurs, j'aime bien, confie-t-il. Ai-je seulement le droit de t'en faire livrer ? Tu ne me trouveras pas trop... ringard ?

Elle se penche et dépose un baiser rapide sur son torse avant de relever des yeux remplis de joie vers lui.

— Je suppose que je finirai par m'adapter, mais il faudra que tu acceptes mon indépendance...

— D'accord, acquiesce-t-il sans la moindre hésitation.

Croyant la discussion close, Alice se lève et récupère sa robe. Toujours étendu sur le canapé, Michaël demande :

— Et pour le reste ? Dois-je rentrer à Chicago et attendre que tu me téléphones ? Est-ce ainsi que les choses se passent à votre époque ?

— Vois les bons côtés : tu pourras m'envoyer des courriels, maintenant ! le nargue-t-elle.

Incapable de sourire à cette blague, Michaël se renfrogne.

— Alice, je ne veux pas vivre une relation à distance.

Elle termine de remettre sa robe avant de revenir s'asseoir près de lui. D'une main, elle caresse le visage inquiet qu'il ne cherche même pas à masquer.

— Écoute, je me doute qu'il nous faudra un petit temps d'adaptation, mais j'ai vraiment une semaine de fou qui m'attend à la revue.

— Je peux t'aider, si tu veux…

Elle soupire avant d'admettre :

— Et je crois que j'aurai besoin d'un peu de temps pour… me remettre de ma rupture avec Dave.

Dès qu'il fronce les sourcils, elle reprend :

— Ne va surtout pas croire que je regrette mon choix ! Mais je connais Dave depuis des années. Et nous sommes en couple depuis presque trois ans. Je dois me libérer de cette relation pour pouvoir me consacrer à la nôtre, tu comprends ?

Forçant la note pour retrouver un ton enjoué, elle ajoute :

— Mine de rien, tu es un petit ami fort exigeant !

— Mais… je ne te demande rien ! se défend-il aussitôt.

Elle vient déposer un baiser sur ses lèvres avant d'émettre un petit couinement ravi.

— Tu veux que nous comptions le nombre de fois où tu m'as fait voir des étoiles depuis hier soir?

Incertain du sens de la question, il vérifie:

— Trop de fois?

— Alors là, ce n'est pas moi qui vais m'en plaindre! rigole-t-elle.

Au lieu de poursuivre, elle tapote doucement son torse.

— Allez, debout! Il se fait tard, et je dois absolument passer à la revue avant de faire un saut chez Dave.

Quand elle part se coiffer devant la glace, Michaël la suit du regard en s'asseyant sur le canapé.

— Ça te gêne si je m'installe à l'hôtel? demande-t-il.

Intriguée, elle pivote.

— À l'hôtel? Pourquoi?

— Eh bien… parce que j'habite Chicago, souligne-t-il, et comme tu sembles tenir à ton travail et à ton appartement… je présume qu'il faudra que je vienne vivre à Montréal si je veux me rapprocher de toi.

Alice le fixe, interloquée, et il s'empresse d'ajouter, pour tenter de banaliser sa décision:

— Ça ne me gêne pas, tu sais. Vern et moi avons l'habitude de déménager.

Au lieu de revenir vers Michaël, Alice s'adosse au meuble près de l'entrée et pose un regard vert sur lui.

— Ce n'est pas ainsi que j'entrevoyais notre relation, avoue-t-elle.

— Alors, explique-moi, parce que je ne vois toujours pas où est ma place dans ta vie.

Avec une moue, elle raille :

— Mike, si tu espères que je quitte ma vie pour me fondre dans la tienne, il vaut mieux tout arrêter maintenant.

— Je ne te demande pas de quitter ta vie, rétorque-t-il avec une mine sombre, mais je voudrais en faire partie.

Brisant le silence qui suit, il confie, dépité :

— Alice, je sais que tu as des obligations et une vie stimulante, mais… je ne veux pas passer la mienne à attendre que tu daignes m'accorder un peu d'attention. Je veux une place dans ton existence, parce que tu es désormais le centre de mon univers.

Touchée par la sincérité de Michaël, Alice soupire.

— Tu es décidément un petit ami très exigeant, fait-elle mine de plaisanter.

Les yeux rivés sur elle, il attend, et elle dit enfin :

— Écoute… donne-moi au moins la semaine pour me faire à l'idée que… je ne suis plus avec Dave… et que je sors avec un type à moitié vampire !

Sa seconde blague tombe à plat, alors elle revient s'asseoir à ses côtés et retrouve un visage plus sérieux.

— Je ne peux pas te demander une petite semaine ?

— Au contraire ! Tu peux me demander tout ce que tu veux ! insiste-t-il. Je serais même ravi que tu exiges que je m'installe ici, et de ne pas être le seul qui… qui espère autant de cette relation.

— Mike, ce qui se passe entre nous est arrivé tellement vite que… j'ai besoin de temps pour m'y habituer, pour faire le deuil de ma relation avec Dave et… pour te trouver une place dans ma vie.

— Et si tu ne m'en trouvais aucune ? demande-t-il.

Dans un rire, elle fait mine de le disputer :

— Qu'est-ce que tu racontes ? Tu prends déjà toute la place dans mon esprit depuis jeudi soir !

Nullement rassuré, il avoue :

— J'ai peur que tu changes d'avis. Peur que tu juges notre relation… trop compliquée.

Retrouvant les doigts de la jeune femme, il les serre entre les siens avant de chuchoter :

— Pour ma part, je crains déjà de ne plus pouvoir me passer de toi…

Elle n'ose lui dire qu'il devra bien y faire face un jour, parce qu'elle est humaine et qu'elle finira bien par disparaître, mais elle n'a pas envie de songer à l'avenir. Pour l'heure, elle voulait seulement faire la paix avec sa conscience. Et avec Dave aussi.

— Laisse-moi juste une toute petite semaine, le supplie-t-elle à nouveau. Après quoi, les choses seront plus claires dans ma tête.

Avant qu'il puisse céder à sa requête, elle ajoute encore :

— D'ailleurs, je ne suis pas la seule qui devrait réfléchir à ce qui se passe entre nous. Pour que cette relation fonctionne, il faudra certainement que chacun y mette du sien.

— Je suis prêt à faire tout ce qu'il faut, certifie-t-il.

— Alors, laisse-moi une semaine, répète-t-elle dans un rire.

Devant sa mine contrite, Alice se serre contre Michaël.

— Et promets que tu me téléphoneras tous les soirs, exige-t-elle encore.

— Oui. Ça, tu peux y compter.

— Merci.

Alors qu'il espère qu'elle l'embrasse, la jeune femme se redresse à nouveau et lui fait signe de se dépêcher.

— Allez! Plus vite nous y allons, plus vite nous pourrons revenir!

⚘

Il est environ 16 h lorsqu'Alice entre dans l'appartement de Dave avec un pincement au cœur. Elle aurait préféré rester plus longtemps au bureau, mais elle n'arrivait plus à se concentrer en sachant ce qu'elle devait faire. Dès qu'il l'aperçoit, Dave vient la prendre dans ses bras.

— Hé! Salut, toi! Je ne t'attendais pas si tôt!

— Je te dérange?

— Nah! Je regardais la télé. Tu as faim?

Il repart en direction de sa cuisine et sort des dépliants en poursuivant :

— Te connaissant, tu n'as sûrement rien mangé de la journée!

— J'ai pris un petit-déj.

— C'est bien ce que je dis : je suis sûr que tu es affamée.

Même s'il a raison, elle observe Dave en silence, étrangement triste de mettre fin à une relation qui aurait certainement perduré si Michaël n'avait pas surgi dans sa vie. À cette idée, elle tourne la tête vers la fenêtre, anxieuse qu'il puisse entendre ce qui se passe dans cet appartement, même s'il est dans sa voiture.

— De quoi as-tu envie? demande-t-il en lui montrant des prospectus.

— Je ne suis pas là pour manger, annonce-t-elle en reportant son attention sur lui. En fait, je ne reste pas.

Nullement décontenancé, il secoue la tête.

— Qu'est-ce que tu racontes ? Il est hors de question que tu repartes, surtout avec un estomac vide ! Et puis, tu as bossé tout le week-end. Tu peux bien prendre ton dimanche soir de congé !

Gênée, elle avoue :

— En fait, je… je n'ai pas bossé ce week-end…

— Ah non ? Mais je pensais que…

— J'ai donné un cours d'informatique, explique-t-elle très vite.

Sentant la nervosité la gagner, elle soupire avant de reprendre :

— Enfin… peu importe. Si je suis là, c'est que… il faut que je te dise quelque chose.

Surpris, il s'accoude au comptoir de cuisine et la jauge du regard.

— Je t'écoute, dit-il.

— C'est terminé. Entre nous.

Sa voix est étranglée, mais elle expire longuement pour tenter de retrouver son calme. De son côté, Dave plisse le front avant de jeter :

— C'est une blague ? demande-t-il avec un sourire en coin.

— Non. Je suis désolée.

Elle tourne les talons pour repartir quand il s'écrie :

— Mais… tu ne vas pas t'en aller comme ça ! Explique-moi ce qui se passe !

Tremblante, elle pivote à nouveau, et Dave apparaît devant elle.

— J'ai fait quelque chose de mal ou…

— Non ! le corrige-t-elle très vite. Il se trouve que…

Elle hésite. Elle a envie de tout lui raconter, de se confier à lui, comme elle l'a toujours fait, mais voilà que son existence a pris un tout nouveau tournant, et que Dave ne peut plus en faire partie.

— J'ai rencontré quelqu'un, finit-elle par admettre.

Surpris, Dave recule d'un pas avant que la question franchisse ses lèvres :

— Qui?

— Qu'est-ce que ça change? lance-t-elle, espérant le décourager.

— Tu n'as pas le droit de venir ici pour me quitter sans me donner au moins un minimum d'explications! siffle-t-il.

Agacée, elle reporte son attention sur lui.

— C'est Michaël Falcon. Voilà. Tu es plus avancé maintenant?

Un long moment passe durant lequel Dave essaie d'absorber le choc de cette nouvelle, puis il souffle :

— T'as… couché avec lui?

Mal à l'aise, elle confirme par un simple hochement de tête.

— Et tu me dis ça comme ça? s'écrie-t-il encore. Merde, Alice! Après… tout ce que nous avons vécu?

— Dave, écoute… je suis désolée. C'est une histoire un peu compliquée…

— Il n'y a rien de compliqué là-dedans. T'as couché avec Falcon! C'est très simple au contraire.

Le visage défait, il observe Alice avec l'impression de ne plus la reconnaître. Et il n'a pas tort. Jamais elle n'aurait songé à coucher avec un autre homme. Elle l'avait fait en croyant que tout disparaîtrait de sa mémoire. Et voilà que chaque moment vécu en compagnie de Michaël lui paraissait être des souvenirs précieux et intenses. Même si l'avenir l'effraie, elle ne veut surtout plus revenir en arrière...

— Tu as raison, dit-elle tristement. Il n'y a rien de compliqué dans cette histoire. C'est fini.

Dans un soupir, elle ouvre la porte quand il la retient :

— Attends ! Nous n'avons même pas discuté.

— Parce qu'il n'y a rien à dire.

Il se poste tout près et prend une bonne minute avant de secouer la tête.

— Nous ne pouvons quand même pas nous quitter comme ça ! Un truc pareil... merde ! Ça ne peut pas nous arriver ! Pas à nous !

D'une main lourde, il frappe le mur près de lui et pince les lèvres pour retenir ses larmes. À son tour, Alice sent la tristesse lui nouer la gorge.

— Dave, je ne voulais pas te faire du mal. Je te jure que... ce n'était pas mon intention...

— Tu l'aimes ?

Elle retient son souffle. Cette question l'embête. Elle est trop intime. Trop précise. Même si elle sait déjà que ce qui la lie à Michaël est affreusement fort, elle n'est pas prête à parler d'amour. Cela l'effraie.

— Je veux être avec lui, dit-elle simplement.

— Et moi alors ? Tu me laisses tomber ? Juste comme ça ?

Elle ferme les yeux et récupère le peu de courage qui lui reste pour chuchoter, même si les larmes brouillent sa vue :

— Dave, je t'adore. Je t'assure que c'est vrai...

Il s'approche d'elle et tente de la prendre dans ses bras, mais elle recule en secouant la tête.

— Non, dit-elle tout bas.

— Reste avec moi, chuchote-t-il. Nous allons surmonter tout ça. Au diable Falcon !

— Tu ne comprends pas… j'ai envie de vivre ça avec lui.

Il détourne la tête, visiblement atteint en plein cœur par ses mots, puis gronde :

— Mais je t'aime, moi ! Est-ce que ça ne compte pas ?

— Si, ça compte, admet-elle, mais il est trop tard.

Sans essuyer la larme qui tombe sur sa joue, elle sort de l'appartement et reste un moment à reprendre ses esprits avant de quitter l'immeuble de Dave. Malgré le chagrin qu'elle ressent, elle n'est pas mécontente de retrouver Michaël, adossé près de sa voiture. Lorsqu'il lui ouvre les bras, elle refuse son étreinte et se plante devant lui.

— Ce n'était pas facile.

— Je sais, j'ai entendu, avoue-t-il.

Elle soupire avant de pester :

— Je déteste qu'il souffre. Il ne mérite pas ça.

Même s'il ne dit rien, elle le pointe d'un doigt menaçant.

— Et je t'interdis de le flashouiller, compris ?

— Ce n'était pas dans mes intentions, dit-il très vite.

Dans un geste soudain, elle se serre contre lui et se met à pleurer doucement. Perplexe, Michaël la presse contre lui et chuchote :

— Je suis désolé.

— Ce n'est rien, souffle-t-elle. C'est passager. Je t'ai dit que… j'avais besoin de temps.

Il l'étreint plus fort et la berce.

— Prends tout le temps que tu veux. Je suis là. Je ne te quitterai plus.

Elle expire, puis sèche ses larmes avant de relever des yeux rougis vers lui.

— Allez, nous rentrons maintenant. J'ai faim.

— J'ai confié la préparation de notre repas à Vern, annonce-t-il en feignant de ne plus voir les larmes de la jeune femme.

Et pourtant, son expression se renfrogne lorsqu'il ajoute :

— Notre avion décolle à 21 h, ce soir, mais si tu veux que je reste…

— Non, refuse-t-elle en secouant la tête.

Caressant le torse de Michaël par-dessus sa chemise dernier cri, elle force un sourire à apparaître sur ses lèvres.

— Mais j'espère que nous aurons le temps de tester un peu ta force dans mon lit avant que tu partes.

— Tout ce que tu veux, promet-il avec une mine contrite.

— Alors, dépêchons-nous.

Pendant qu'Alice prend place sur le siège passager, Michaël démarre la voiture. À la seconde où elle faufile ses doigts entre les siens, il comprend exactement où se trouve la place qu'il n'a de cesse de lui demander depuis ce matin : il sera partout où elle aura besoin de lui, car c'était le seul endroit où il souhaitait être.

Chapitre 10

À distance

Depuis qu'il est de retour à Chicago, Michaël tourne en rond dans sa résidence comme un lion en cage. Loin d'Alice, il ne sait plus à quoi servent ses journées. Que faisait-il, avant son arrivée ? Et pourquoi n'arrive-t-il plus à retrouver ses repères ?

— Je sors, annonce-t-il en marchant en direction de la porte.

— Puis-je… vous accompagner ? demande Vern.

— Je sais encore conduire une voiture ! grogne-t-il.

Inquiet de voir son maître dans un tel état, l'assistant penche simplement la tête vers l'avant pour le laisser partir. Au moment où Michaël ouvre la porte, il s'immobilise de nouveau pour expliquer son geste :

— Je voudrais un ordinateur. Et il faudra faire installer Internet.

Il s'agit du moyen le plus rapide pour envoyer des lettres à Alice. Et la jeune femme exigera certainement que sa résidence soit connectée avant de venir y séjourner un certain temps. Quitte à devoir attendre, autant anticiper les problèmes…

— Mais… nous avons déjà Internet, Monsieur, annonce l'assistant. Et il y a un ordinateur dans le bureau de l'étage, si vous le souhaitez…

Michaël se fige sur le seuil de sa propre résidence, et répète :

— Nous avons un ordinateur ? Ici ?

— Bien sûr. Ce n'est pas une machine très récente, j'en conviens, mais elle peut certainement envoyer vos messages à madame Alice. Je l'utilise d'ailleurs pour transmettre vos manuscrits…

Se remémorant cette information, le visage de Michaël s'illumine, puis il referme la porte, qu'il n'a plus l'intention de traverser.

— Bien, alors… je vais aller tester cette machine.

Sur le point d'atteindre l'escalier, son assistant l'arrête :

— Vous avez besoin d'aide, Monsieur ?

— Inutile. J'ai eu droit à un cours extrêmement complet en ce domaine.

Dès qu'il reprend sa route, Vern détourne la tête, consterné par tous les changements qu'il constate depuis leur retour de Montréal. Ce n'est pourtant pas le premier impur à tomber sous le charme d'une humaine, mais depuis la mort de sa dernière femme, jamais Michaël ne s'est intéressé à une femme. Ce qui n'est guère étonnant puisqu'il n'avait d'intérêt pour rien, ces deux derniers siècles. À croire qu'il ne faisait que chasser des vampires dans l'attente de son combat final avec Kaïl.

Jusqu'à l'arrivée d'Alice…

Mais qu'a donc cette femme pour s'emparer du cœur de son maître aussi rapidement ? Elle est jolie, certes, mais des tas de femmes le sont ! Elle a forcément un talent caché !

Est-ce un piège de Kaïl ? Après tout, jamais humaine n'a accepté d'aimer un impur, surtout en connaissant sa véritable nature…

Dès qu'il perçoit le cliquetis régulier du clavier d'ordinateur, Vern sort son téléphone et s'éloigne suffisamment de la résidence pour s'assurer que Michaël ne puisse l'entendre. À la seconde sonnerie, on décroche et, par prudence, il chuchote :

— Véra ? Tu pourrais me rendre un petit service ?

Alice met les bouchées doubles au travail. Elle a besoin de se concentrer sur des choses concrètes pour essayer de faire le point sur tout ce qu'elle a vécu avec Michaël, le week-end dernier. Sa vie n'était déjà pas de tout repos, et voilà que le peu de stabilité qu'elle s'était construite avec Dave venait de voler en éclats. Pour le mieux, probablement, même si certaines ombres planaient au tableau.

Le souci était que, même loin, Michaël restait omniprésent dans sa mémoire. Et dans sa vie aussi. Depuis son retour à Chicago, il lui envoyait des courriels chaque jour, lui racontant ses journées et lui parlant longuement du prochain roman qu'il comptait écrire. En revanche, le soir, lorsqu'ils discutaient par téléphone, la conversation se prolongeait… aucun d'eux ne voulant quitter l'autre…

— Quelle est ta couleur préférée ?

— Hum… le rouge. Ou le bleu. Je ne sais pas.

Elle rit, étendue sur son lit. Même si elle est lasse de sa journée, elle est ravie de ce moment d'intimité qu'ils partagent. Et il ne cesse de lui poser des questions sans intérêt.

— Et ton anniversaire, c'est quand ? l'interroge-t-il encore.

— Le 4 avril, annonce-t-elle.

— Voilà une information fort intéressante, dit-il. Je pourrai t'offrir un joli cadeau. Qu'est-ce qui te ferait plaisir ? Un bijou ? Un voyage ?

— Oh, bien… j'ai encore le temps d'y réfléchir, répond-elle simplement.

Avant qu'il puisse poser une nouvelle question, elle demande :

— Et toi ? C'est quand ton anniversaire ?

Un silence passe avant qu'il réponde :

— En fait… je ne sais pas. Dans les faits, aucun impur ne connaît le jour de sa naissance, explique-t-il.

— Oh, dit-elle, confuse.

— Mais si tu promets de me faire un joli cadeau, je veux bien choisir une date, plaisante-t-il.

— Et comment tu sais que tu as… 600… je ne sais plus combien ?

— Cinq cent quatre-vingt-trois ans, la reprend-il. Et je le sais parce que je compte les années. Parce qu'à 11 ans, les impurs commencent leur entraînement.

Au bout du fil, il entend la respiration d'Alice qui se bloque.

— Onze ans ? répète-t-elle. Mais tu n'étais encore qu'un enfant !

— C'était pourtant ainsi. Dès que nous étions en âge de marcher, nous devions accomplir des tâches simples. Et à 11 ans, il fallait apprendre à nous battre ; des impurs plus âgés nous formaient pendant un an ou deux, jusqu'à

ce que nous soyons prêts à supporter ce qui nous attendait. Après quoi, les vampires s'occupaient de notre
entraînement.

Un silence passe et Michaël se rend compte qu'il vient de
parler de son passé à Alice avec honnêteté. C'est même la
première fois qu'il ose raconter ses souvenirs à quelqu'un
d'autre que Nathaniel.

— Et après ? le questionne-t-elle.

Il soupire, conscient que la suite de son récit n'est peut-
être pas appropriée à entendre avant d'aller dormir…

— Il est tard. Peut-être qu'il vaudrait mieux…

— Mike, je veux savoir, insiste-t-elle.

— Ce n'est pas une histoire très joyeuse, la prévint-il.

— Je m'en doute, oui. Les vampires sont cruels et ils
vous traitaient comme des esclaves, alors j'imagine que ça
n'a pas dû être une partie de plaisir… Mais ça ne change
rien : je veux savoir.

Dans un soupir, il reprend :

— Pour s'assurer de notre soumission, les vampires
nous battaient. Dès que nous discutions, dès que nous
levions les yeux vers eux trop rapidement, dès que
nous demandions la moindre chose…

Un silence passe lorsqu'il conclut :

— Ceux qui survivent à cet entraînement sont de véritables soldats, mais ils n'en restent pas moins des esclaves.

Feignant un ton léger, elle chuchote :

— Oh, voilà qui explique ton petit caractère d'homme
soumis…

Au bout du fil, Michaël rit, mais il se tait dès que la prochaine question d'Alice résonne :

— Parle-moi de ta mère.

— Morte à ma naissance. Enfin, probablement un peu après, mais j'étais trop petit pour m'en souvenir.

— Oh, dit-elle avec une voix qui ne masque en rien sa tristesse.

— Eh bien… j'ai eu… Juliette, avoue-t-il au bout d'une hésitation. En fait, c'était la mère de Nathaniel. Je ne pouvais la voir que quelques minutes par jour, quand j'allais lui porter son repas. Elle me posait toujours des questions sur la météo extérieure. Chaque fois, elle disait : «Dis-moi, jeune Vizaël, fait-il soleil aujourd'hui?»

Alice sourit en se remémorant le véritable nom de Michaël, puis comme le silence se prolonge, elle insiste à nouveau :

— Continue. Parle-moi d'elle.

De l'autre côté du fil, Michaël ferme les yeux avant de reprendre :

— Je devais avoir une dizaine d'années. J'étais encore trop petit pour aller à l'entraînement, alors j'effectuais de menues tâches : je m'occupais de la maison, je servais les vampires, et je nourrissais les humains résidents.

— Des humains… résidents? répète-t-elle, anxieuse.

— Oui. Il y en avait toujours quelques-uns dans la maison. Les vampires les gardaient dans de petites chambres, en bas. Et même s'ils ne pouvaient pas en sortir, c'était quand même de très jolies chambres. Avec des lits confortables.

Il fronce les sourcils en se remémorant que les impurs dormaient à même le sol, quand Alice le tire de ses réflexions :

— Il n'y avait que des femmes?

— Pas toujours. Ils gardaient deux ou trois hommes pour s'amuser et pour se nourrir. Les femmes servaient surtout à créer des impurs. Kaïl s'en nourrissait et faisait... ce qu'il fallait pour qu'elles soient enceintes. Après quoi, il s'occupait des autres. Il ne revenait qu'après la naissance, pour vérifier le sexe de l'enfant. Si c'était un garçon, il s'imprégnait de l'odeur du nouvel impur pour ne jamais l'oublier.

— Et... si c'était une fille? demande-t-elle.

Un silence passe, suffisamment lourd pour qu'elle gronde :

— Je vois.

— Il voulait une armée. Et il considérait que les femmes étaient trop faibles pour protéger la meute.

Au bout du fil, il se concentre sur la respiration d'Alice, visiblement énervée par son histoire, et il propose aussitôt :

— Tu préfères que nous arrêtions?

— Non. Je veux tout savoir, répète-t-elle.

— Alice...

— Après la naissance, qu'est-ce qui arrivait?

— Eh bien... la mère pouvait s'occuper de l'enfant pendant quelques semaines, puis Kaïl la tuait.

Choquée, elle s'écrie :

— Mais c'est idiot! Elle aurait pu lui faire trois impurs!

— Crois-moi, un seul enfant suffisait...

Elle grogne, puis tente de retrouver son calme en bifurquant sur un sujet moins sensible :

— Parle-moi plutôt de Juliette.

Ravi que la question porte sur quelque chose de plus facile, Michaël raconte aussitôt :

— Environ trois fois par semaine, je lui apportais son repas. Chaque fois, elle me souriait et me demandait le temps qu'il faisait à l'extérieur. Même si je n'avais pas le droit de sortir, il m'arrivait de regarder par la fenêtre quand je montais à l'étage, juste pour pouvoir lui répondre. Elle souriait et caressait mes cheveux. Elle était gentille. Et plus son ventre grossissait, plus j'aimais rester un peu plus longtemps avec elle. Souvent, elle parlait au bébé devant moi. Elle disait : « Ce sera un bon garçon, comme toi, Vizaël. »

Un silence passe pendant qu'il se repasse ces souvenirs avec une vive émotion, puis il sourit en reprenant :

— Quand Nathaniel est né, Juliette m'a permis de le toucher, puis de le prendre. Elle nous regardait comme si nous étions tous les deux ses fils. C'était étrange pour moi. Jamais personne ne m'avait regardé de cette façon. Toutes les autres femmes que je voyais étaient terrorisées, mais je crois que Juliette m'aimait bien. En tous les cas, suffisamment pour me demander de prendre soin de Nathaniel quand elle ne pourrait plus le faire. Elle répétait : « Vous deviendrez de grands amis » et j'acquiesçais à tout ce qu'elle disait. Surtout vers la fin. Je savais que le temps nous était compté et je ne voulais surtout pas la contrarier.

Alice souffle avec bruit, agacée par la finalité de cette histoire qui lui semble inconcevable. Dès qu'il cesse de raconter, elle siffle :

— Il l'a tuée.

— Oui. Kaïl est rentré dans sa chambre alors qu'elle berçait l'enfant. J'étais à genoux sur le sol et j'ai compris ce qui allait se passer. Je me suis relevé très lentement pour sortir de la pièce quand il m'a ordonné de rester. Il a récupéré Nathaniel et l'a jeté dans ma direction sans même me prévenir. Je l'ai attrapé au vol sous le cri étouffé de Juliette, qui eu peur pour son fils. J'ai remonté les yeux vers elle un instant et j'ai souri, même si j'étais terrifié. Je voulais qu'elle sache que Nathaniel allait bien. Kaïl l'a vidée de son sang devant moi, et quand elle est morte, il l'a jetée si fort sur le sol que les os de Juliette se sont brisés comme du verre. Des hommes sont venus pour emporter le corps et je suis retourné dans la salle commune avec Nathaniel.

Au bout du fil, Alice renifle avant de marmonner :

— C'est affreux…

— Oui, mais grâce à Juliette, je suis devenu comme un grand frère pour Nathaniel. Je lui racontais tout ce que je savais sur sa mère, tout ce qu'elle m'avait raconté pendant ces quelques mois. Je répétais les mêmes gestes qu'elle avait eus à mon endroit : je caressais ses cheveux, je souriais.

— Tu as été comme un père pour lui, constate-t-elle avec une vive émotion dans la voix.

— Oui. Quoique, ça n'a duré qu'un bref instant. Dès qu'il est devenu un homme, ce fut réciproque. Nous veillions l'un sur l'autre. Nous partagions la nourriture, les vêtements, les objets que nous parvenions à récupérer des humains. Nous sommes restés très liés pendant près de 100 ans, jusqu'à ce que Nathaniel en ait assez de cette vie-là.

Malgré son trouble, Alice sourit en essayant d'imaginer Jonathan comme un esclave. Et pourtant, elle n'y arrive pas.

— C'est lui qui a voulu partir ? questionne-t-elle.

— Oui. J'ai senti que cette idée s'installait dans sa tête après quelques regards. Si l'un des nôtres tentait de prendre la fuite, je voyais l'espoir illuminer son visage. Mais tout ça n'était que de courte durée, tu t'en doutes. Dès que le corps inerte du traître revenait, Nathaniel se renfrognait aussitôt.

— Mike, vous auriez pu vous faire tuer !

— Mais que valait notre vie ? Nous étions battus, mal nourris, asservis pour le moindre de leur caprice. Quand j'ai compris ce que Nathaniel souhaitait faire, je n'ai eu d'autres choix que de l'aider. Pour ne pas que les vampires nous entendent, nous ne pouvions pas parler, et nous dessinions des schémas sur le sol pendant la nuit. Nous devions nous rapprocher des vampires pour que notre plan fonctionne. Au sein de la meute, il y avait trois types d'impurs : ceux qui surveillaient les entrées de la résidence la nuit, mais ceux-là ne sortaient jamais de la maison ; ceux qu'on envoyait récupérer de la nourriture ; et ceux qui avaient une identité. Ceux-là, ils allaient faire les achats au village et ils travaillaient pour subvenir aux besoins du clan. Ils apprenaient à parler correctement, à écrire. Ils pouvaient côtoyer des humains et s'assuraient que les disparitions ne mènent jamais jusqu'au clan. Au bout de 50 ou 60 ans, Nathaniel et moi sommes parvenus à nous faire respecter. Nous étions devenus tellement dociles qu'on ne nous battait presque plus.

Un nouveau silence s'installe et Alice souffle, juste pour qu'il sache qu'elle ne dort pas :

— Continue…

Il sourit avant de demander :

— Il se fait tard. Tu es sûre que tu ne préfères pas dormir ?

— Seigneur, Mike ! Ne t'arrête pas maintenant !

— D'accord ! dit-il dans un rire, alors je suis devenu l'impur premier. C'est celui qui gère les autres. Je m'occupais de l'ensemble des transactions financières du clan. Nathaniel était mon bras droit et nous étions tellement efficaces que personne n'aurait pu nous soupçonner de ce que nous nous apprêtions à faire. Surtout que nous étions les impurs les mieux traités du clan. Pourtant, un matin, lorsque nous sommes sortis, Nathaniel et moi avons filé à travers les bois sans jamais nous arrêter. Les vampires n'ont pas retrouvé nos traces avant trois jours. Nous étions forts et bien entraînés. Ceux qui nous ont trouvés ont été tués sans aucune difficulté. Nous avions de l'argent. Nous pouvions nous nourrir sans problème, dormir dans des hôtels et poursuivre notre route durant le jour. Nous sommes allés jusqu'au port, puis nous avons pris un bateau pour l'Amérique. Nous espérions qu'ils nous laissent tranquilles, puisqu'un voyage de cet ordre était fort complexe à organiser pour eux…

Dans le silence qui suit, elle insiste :

— Et après ?

— Après… nous étions libres, dit-il simplement.

Un rire las résonne au bout du fil.

— Wow. Quelle histoire !

— Oui, et pourtant… j'ai l'impression que tout ça n'est rien, avoue-t-il, parce que ma vie a réellement commencé le jour où tu as posé tes lèvres sur les miennes…

Un éclat de rire nerveux se fait entendre.

— Tu dis ça uniquement parce que tu vivais comme un homme des cavernes avant de me rencontrer !

— Alice, tu ne te rends toujours pas compte de ce que tu représentes pour moi ?

Troublée par sa question, elle chuchote :

— Oui, enfin… je me doute bien que… je t'étonne.

— Le mot est faible ! avoue-t-il. Il n'y a pas une minute qui passe durant laquelle je me demande ce que je fais à Chicago, alors que tu es à Montréal.

Dans le noir de sa chambre, Alice soupire. Jamais elle n'aurait cru que Michaël lui manquerait si vite…

— J'avais besoin de cet éloignement, lui rappelle-t-elle.

— Pourquoi ? Si je n'interviens pas dans ton travail, pourquoi faut-il que je reste loin de toi ? Par exemple, là, tout de suite, nous pourrions être ensemble !

— Mike, tu n'es parti qu'avant-hier soir ! Et nous venons tout juste de nous mettre ensemble ! C'est pour le moins intense, tu ne trouves pas ?

— Peut-être que je suis quelqu'un d'intense ?

Quand elle se met à rire au bout du fil, Michaël a soudain la sensation qu'elle se trouve à l'autre bout de la terre. Comment peuvent-ils avoir une telle conversation par téléphone ? Il a besoin de voir son visage, de s'assurer qu'il n'y a aucun doute dans ses yeux…

— Ça, je n'en doute pas ! Je suis moi-même une femme assez passionnée, lâche-t-elle encore.

— Oui.

— Et tu vois, c'est probablement ce qui m'effraie avec toi. J'ai peur que tu exiges… que je devienne une autre personne, avoue-t-elle enfin.

— Mais… non !

— Mike, ne te méprends pas sur mes paroles, reprend-elle très vite. Je veux faire partie de ta vie, je t'assure que c'est vrai, mais je n'ai pas envie de tout abandonner.

— Je ne t'ai rien demandé !

— C'est vrai, confirme-t-elle, mais cela viendra sûrement, parce que tu es le genre d'homme qui ne peut pas vivre dans l'instant présent. Toi, plus que quiconque, sais que je suis mortelle et que le temps nous est compté.

— Je ne veux pas entendre ça…

— Mike, ne nous mentons pas : je ne suis qu'une étape pour toi. Ta vie est infinie. Tu peux accomplir de grandes choses et… tu as le temps pour le faire !

— Mais je me fiche d'accomplir quoi que ce soit…

— Eh bien, tu ne devrais pas ! Moi, cette revue, c'est ma façon de laisser une trace dans ce monde, tu comprends ?

Dépité, Michaël sent ses épaules qui s'affaissent, et il souffle :

— Tu vas me quitter… et me demander… de tout arrêter.

— Mais non, idiot ! rigole à nouveau Alice. Tu crois peut-être qu'on trouve un demi-vampire dans tous les supermarchés ? Un demi-vampire follement doué au lit, qui plus est ?

— Je ne sais pas, chuchote-t-il tristement.

— Mike ! Tout ce que je dis, c'est qu'il n'y a pas que ton univers qui est chamboulé par cette relation : le mien l'est aussi. J'ai seulement besoin d'un peu de temps pour m'y faire, c'est tout.

— Tu vas me quitter, répète-t-il. Je savais bien que… qu'une femme comme toi ne pouvait pas vivre avec…

— Mike, arrête, le coupe-t-elle rudement. C'est Dave que j'ai quitté, tu te souviens ? Et si tu t'imagines que ç'a été facile pour moi de mettre fin à cette relation, c'est faux. J'aimais Dave.

Il est soulagé de l'entendre parler des sentiments qu'elle avait pour cet homme au passé, si bien qu'un faible espoir semble revenir en lui.

— Et pour te prouver que j'ai réellement envie de faire partie de ton univers, reprend-elle, je t'annonce officiellement que je passe le prochain week-end avec toi, à Chicago. J'arrive vendredi soir.

Même s'il sourit, Michaël ne peut s'empêcher de compter les jours qui le séparent d'Alice. C'est toujours trop long. Il a la sensation qu'il ne supportera pas cette attente.

— Et si je venais te rejoindre jeudi, plutôt? propose-t-il.

— Nah! Ce jeudi, j'ai une réunion, et je ne sortirai probablement pas de la revue avant 20 h. C'est plus simple si je pars plus tôt du bureau, vendredi. Tu pourras me prendre à l'aéroport?

— Quelle question! dit-il. J'aurai même un énorme bouquet de roses!

Un gloussement ravi se fait entendre.

— Alors, faisons comme ça, confirme-t-elle.

Lorsque le silence revient entre eux, Michaël ne peut s'empêcher de répéter :

— Tu sais… si tu voulais rompre, je comprendrais.

— Je ne vais pas rompre! gronde-t-elle. Au contraire! J'ai l'intention de te garder au lit tout le week-end! Avec un peu de chance, tu seras tellement fatigué que tu seras forcé de me voler un peu de sang…

Il fronce les sourcils en l'entendant rire. Comment l'idée de le nourrir l'inspire-t-elle autant? Décidément, il n'arrive plus à comprendre cette femme.

— Il est tard, dit-elle, et il faut que je dorme si je veux être en forme, demain.

— D'accord.

Retenant son souffle, il attend, déçu de savoir que cette conversation tire à sa fin.

— Bonne nuit, Mike.

— Bonne nuit, Alice.

— J'espère que tu rêveras de moi…

À distance

Sans attendre sa réponse, elle raccroche, et il reste là, le téléphone toujours collé à son oreille, puis il le laisse tomber sur le canapé. Alice souhaite qu'il rêve à elle? Comment pouvait-il en être autrement? Il n'arrivait déjà plus à penser à autre chose!

Chapitre 11

L'erreur

Dans le hall de l'aéroport, Michaël scrute chaque personne qui franchit la porte des douanes, impatient de revoir Alice. Son vol a eu 20 minutes de retard, et il a la sensation que cet avion lui a volé une partie du temps qu'il peut vivre avec cette femme.

À la seconde où elle apparaît, tirant sa petite valise noire d'une main, Michaël s'avance vers elle en évitant les autres passagers, puis la soulève dans ses bras, heureux de la retrouver.

— Je suis content que tu sois là. Tu m'as manqué, avoue-t-il sans jamais la reposer sur le sol.

— À cause de toi, mon bureau croule sous les fleurs, rigole-t-elle. Tu n'étais pas obligé d'en envoyer tous les jours ! À la revue, certains ont même cru que c'était mon anniversaire !

Soulagé par son sourire, Michaël la repose sur le sol, mais la jeune femme reste là, contre lui, à l'observer avec attention. D'une main douce, elle caresse son visage.

— J'avais oublié à quel point tu es beau, comme ça. Qui a refait ton look, je peux savoir ? Parce qu'il faut que tu lui dises qu'elle a vraiment bon goût…

— Je le lui dirai, dit-il, ravi.

Il récupère la petite valise d'une main, et les doigts d'Alice de l'autre avant de l'entraîner vers l'aire de stationnement.

— Autant que tu le saches, je risque fort de te traîner dans la première chambre à coucher qui se trouvera sur ma route, annonce-t-elle avec un regard coquin.

Même s'il est charmé par cette idée, il demande aussitôt :

— Dois-je ordonner à Vern de quitter la résidence ? Car je lui ai commandé un bon repas pour ce soir...

Alice cligne des yeux à répétition avant d'étouffer un rire.

— Aïe ! J'avais oublié que vous habitiez ensemble, tous les deux. Voilà qui est très gênant vu le programme que j'avais en tête...

— Tu préfères qu'il s'en aille pour le week-end ? la questionne-t-il franchement. Parce que je peux très bien exiger qu'il parte, si tu le souhaites...

— Mais non ! refuse-t-elle, consternée par sa proposition. C'est moi qui suis l'intruse, après tout !

— Tu n'es pas une intruse. Tu es ma femme, Alice. Et Vern comprendra très bien que nous ayons besoin d'intimité.

Elle le scrute, amusée, puis répète :

— Je suis ta femme ?

Ramenant les doigts d'Alice sur son torse, il insiste, avec un regard déterminé :

— Tu es plus que ma femme, Alice. Tu es toute ma vie.

Troublée, elle chuchote :

— Mike, arrête. C'est trop fort. Et beaucoup trop rapide pour moi.

Consterné par le malaise qu'il perçoit chez elle, il soupire :

— Pardon. Je ne peux pas m'en empêcher.

— Bah… ça fait partie de ton charme, avoue-t-elle. Et je présume que c'est le prix à payer pour sortir avec un demi-vampire.

Il sourit, soulagé, puis elle reprend :

— Quant à Vern, je ne veux pas que tu le chasses. Je te rappelle que je suis là, en partie du moins, pour découvrir ton univers, et il se trouve qu'il en fait partie. Seulement… il devra peut-être se boucher les oreilles quand nous nous vautrerons dans ton lit.

Elle ajoute ces derniers mots avec un sourire rempli de promesses.

— Je lui en ferai part, promet-il.

— Allons-y. J'ai hâte de voir où tu vis.

Michaël s'empresse de la guider vers sa voiture, avide de quitter le hall bondé de l'aéroport. Pendant le trajet qui le conduit à sa résidence, il fait un léger détour pour permettre à Alice de découvrir certains sites. Avec un peu de chance, Chicago lui plaira peut-être. Lorsqu'il prend une route et sort de la ville, elle demande :

— Tu habites en banlieue ?

— En fait, je… j'habite à côté d'une forêt, annonce-t-il.

Soudain, il se sent nerveux à l'idée que sa maison ne plaise pas à la jeune femme. Étant une vraie citadine qui habite dans une grande ville, elle risque de trouver sa maison trop isolée…

— Ce n'est qu'une maison, tu sais, et ça ne me pose absolument aucun problème de déménager, si cela t'intéresse…

Intriguée, Alice le jauge du regard avant de vérifier le sens de ses paroles :

— Tu ne serais pas en train de vouloir emménager chez moi, quand même ?

— Bien sûr que non ! Ton appartement est beaucoup trop petit !

— Surtout si tu comptes emmener Vern dans tes bagages, blague-t-elle.

Il sourit à cette idée. Se peut-il qu'Alice songe également à vivre avec lui ? Lorsqu'il emprunte un chemin moins fréquenté, il reprend :

— Je pourrais aussi m'acheter une maison près de chez toi...

Elle se met à rire avant de lever les yeux au ciel.

— Pourquoi ça ne m'étonne pas que tu songes déjà à ce genre de choses ?

— Parce que tu commences à comprendre que le temps n'a pas la même valeur pour toi que pour moi. Chaque minute sans toi est une véritable torture pour moi...

Elle pouffe en se moquant légèrement de lui, mais il remarque rapidement son regard charmé.

— Toi alors ! Quand tu veux quelque chose, tu es vraiment redoutable !

Il affiche un sourire carnassier.

— Oui, et je dois te prévenir : je n'ai jamais autant désiré quelque chose que ton cœur, admet-il.

— Alors, ça y est ! Je suis fichue !

Au lieu d'en paraître contrariée, elle se met à rire de plus belle.

— Ça ne t'effraie pas, on dirait, constate-t-il, ravi.

— Il y a quand même pire que d'être aimée par un demi-vampire follement séduisant...

Elle se penche pour venir récupérer sa main et sourit lorsqu'il faufile ses doigts entre les siens. Alors qu'elle se moquait allègrement du romantisme boiteux de Dave, voilà que celui de Michaël lui plaît. Probablement parce qu'elle le sent honnête dans chacun de ses propos. Et malgré la fragilité de cette relation naissante, elle a la sensation qu'elle ne connaîtra jamais un amour aussi intense.

Lorsqu'elle reporte son attention sur la route, elle retient son souffle en apercevant un immense manoir au milieu d'une forêt de plus en plus dense.

— Ne me dis pas que...

— En effet. C'est chez moi, annonce-t-il en vérifiant la réaction d'Alice.

La bouche de la jeune femme s'ouvre sous l'effet de surprise, puis elle se remet à rire.

— Mais... il doit y avoir... 20 chambres dans cette maison !

— En réalité, il n'y en a que 12, car nous avons modifié la disposition des pièces afin que Vern et moi ayons chacun nos appartements.

— Que 12 ? répète-t-elle, amusée. Mais que faites-vous avec 12 chambres ?

— C'est un vieux manoir, tu sais. Il servait à accueillir des invités de marque, à une certaine époque. Nathaniel l'aimait beaucoup. J'y ai de beaux souvenirs.

Quand il arrête le moteur, il pivote la tête vers elle.

— Quelque chose me dit que tu augmenteras cette collection ce week-end.

— Et les autres à venir, si tu es sage, minaude-t-elle.

Vern sort de la maison et apparaît prestement à côté de la voiture pour lui ouvrir galamment la portière.

— Madame Alice, c'est un plaisir de vous recevoir. Soyez la bienvenue dans notre humble demeure.

Elle pouffe, puis accepte la main avenante qu'il lui tend pour descendre du véhicule.

— Humble demeure ? répète-t-elle, moqueuse. Mais c'est un château, ce truc !

Vern se penche galamment vers l'avant pendant qu'elle marche vers l'entrée, puis il s'empresse de récupérer la petite valise dans le coffre de la voiture.

Dès l'instant où Alice pénètre à l'intérieur de la résidence, elle perd le souffle devant l'escalier majestueux qui mène à l'étage, se divisant à mi-hauteur pour aller dans les deux directions.

— C'est… wow ! avoue-t-elle.

— Pas trop ringard pour toi ? vérifie Michaël.

Marchant vers la pièce de droite, un immense salon où un feu ardent brûle dans la cheminée, elle y jette un œil avant de revenir vers lui.

— C'est… un peu vieillot, mais tout à fait charmant.

Se lovant contre lui, elle ajoute, railleuse :

— Un peu comme toi, quoi.

Il songe à l'embrasser quand l'arrivée de Vern l'oblige à se défaire de son étreinte.

— Je vais porter les bagages de Madame dans la chambre. Désirez-vous que je vous apporte l'apéritif au grand salon ? demande-t-il.

— Je m'en occupe, Vern. Tu peux disposer, je t'appellerai au moment du repas.

L'assistant s'incline respectueusement, puis monte à l'étage, la valise d'Alice à la main. Lorsqu'il est sur le plateau divisant l'escalier en deux sections, elle le retient :

— Dis, Vern, ça te dirait que nous changions ton look ? Parce que le style «Nosferatu», ça ne te va pas du tout.

Troublé, l'assistant s'arrête et pivote pour mieux voir la jeune femme, qui semble tenter de retenir un fou rire. A-t-il bien entendu ?

— Et il faudrait peut-être revoir ton attitude, aussi. Tu es beaucoup trop guindé pour cette époque.

Mal à l'aise, il bredouille :

— Bien… si vous voulez, Madame Alice…

— Et je croyais t'avoir demandé de me tutoyer, lui rappelle-t-elle encore.

— Mais… c'est que… je ne peux pas…

Il vérifie du côté de son maître, qui s'empresse de prendre sa défense :

— Vern aime bien vouvoyer les gens. C'est plus facile pour lui, tu comprends ?

— Eh bien, il apprendra à me tutoyer, annonce-t-elle.

Devant le regard perplexe de l'assistant, elle insiste :

— Tu sais, on se verra souvent, alors autant que nous ayons une bonne relation, toi et moi.

Dès que Michaël fronce les sourcils, Vern penche prestement la tête vers l'avant, surtout par crainte d'être réprimandé.

— Madame n'aura jamais à se plaindre de moi, promet-il. Je me ferai aussi obéissant que discret.

À la seconde où son maître acquiesce, Vern reprend son chemin. Lorsqu'il disparaît à l'étage, Alice pivote pour faire face à Michaël.

— Nous devons vraiment l'aider à mieux s'intégrer à cette époque, annonce-t-elle.

— Si tu y tiens, dit-il simplement.

D'une main, il ramène prestement la jeune femme contre lui, mais elle pose une main sur son torse pour refuser le baiser qu'il se languit de lui offrir.

— Mike, je suis sérieuse : Vern a besoin d'une transformation. Il s'habille et il parle comme si nous étions toujours au Moyen Âge !

Ravalant un grognement, il hoche la tête, prêt à tout pour que cette discussion cesse.

— Demain, nous irons lui acheter de nouveaux vêtements. Tu pourras même l'aider à acquérir un vocabulaire plus actuel. Tu veux que je lui ordonne de te tutoyer aussi ?

— Tu pourrais arrêter de tout lui ordonner ? s'énerve-t-elle à son tour. Depuis le temps qu'il est à tes côtés, il me semble que tu pourrais le traiter mieux que ça !

— Il a tué ma femme et mes fils, annonce Michaël d'une voix sèche.

Choquée, Alice recule d'un pas et le scrute avec effroi. Conscient d'avoir parlé trop vite, Michaël se renfrogne et s'empresse d'expliquer :

— C'était sa mission. En échange de ces morts, Kaïl lui promettait la liberté. C'était un piège, évidemment. S'il refusait, on l'aurait tué. Et s'il réussissait, Kaïl espérait que je le tue pour me venger.

Troublée par ce récit, elle fronce les sourcils.

— Mais tu ne l'as pas fait.

— Ne va surtout pas croire que je n'en avais pas envie, rugit-il avec une voix empreinte de colère. Bien au contraire ! Je l'ai battu pendant des heures, déterminé à le faire souffrir jusqu'à ce qu'il me supplie de le tuer. Puis, Nathaniel s'est interposé au moment où j'allais lui arracher le cœur. Il a exigé de Vern la soumission à ma personne en échange des vies qu'il m'avait prises. Et il a accepté.

— Mais… tu ne pouvais pas… enfin… lui faire confiance! Surtout après ce qu'il t'avait fait.

Dans un soupir, il secoue la tête.

— Ç'a été long, je ne te mentirai pas. Je savais que Kaïl était persuasif, mais je n'arrivais pas à lui pardonner. Alors, Nathaniel l'a pris sous son aile pendant quelques années avant de me le confier.

Lorsqu'il tend une main vers Alice, elle s'y accroche sans hésiter, encore troublée par cette terrible histoire. Profitant du silence qui suit, Michaël l'entraîne vers le grand salon et relâche ses doigts pour leur servir un verre de vin. Pendant que la jeune femme s'assoit sur un large canapé en cuir et qu'elle laisse son regard suivre la danse des flammes, elle siffle :

— Qu'est-ce que tu attends pour arracher le cœur de ce Kaïl?

— Il n'est pas si facile à trouver, avoue-t-il.

— Tu n'as qu'à me laisser faire. Je suis plutôt douée pour ce type d'opération.

— Oui, ça, je veux bien le croire, dit-il tristement.

Elle récupère la coupe qu'il tend vers elle et attend qu'il prenne place à ses côtés avant de poursuivre :

— Et maintenant? Tu lui fais confiance, à Vern?

Michaël hésite en fixant son verre et prend le temps d'y tremper les lèvres avant de hocher la tête.

— Oui. Il a prouvé à maintes reprises qu'il m'était vraiment dévoué. Et même si tu considères que l'esclavage est révolu, je peux t'assurer que je le traite correctement. Bien mieux qu'il ne l'a jamais été au sein du clan de Kaïl.

Comme Alice arbore un air sombre, il fronce les sourcils.

— As-tu peur qu'il s'en prenne à toi ?

Elle sursaute avant de reporter des yeux surpris vers lui.

— Qui ? Vern ? Oh non ! Enfin… possible qu'il soit un peu jaloux de moi. Ce qui serait normal, après tout, s'il t'a eu pour lui tout seul pendant autant d'années… il doit avoir la sensation que j'accapare toute ton attention.

Michaël dépose son verre sur la table et se rapproche franchement d'Alice pour revenir la serrer contre lui.

— C'est vrai que tu accapares toute mon attention, confirme-t-il en venant frotter le bout de son nez contre celui de la jeune femme.

Elle glousse, mais ne rechigne pas lorsqu'il lui retire sa coupe des doigts pour venir l'envelopper complètement dans ses bras. Un baiser fougueux plus tard, Alice halète, puis chuchote :

— Tu crois que nous devrions aller dans ta chambre ?

— Non. Ici, ce sera très bien, dit-il avant de la reprendre contre lui.

☙

Pendant qu'Alice se prélasse contre Michaël, les yeux rivés sur les braises dans le foyer qui s'éteint doucement et une coupe de vin entre les doigts, elle sursaute lorsque son amant s'éclipse prestement. Si vite qu'elle doit se retenir à l'accoudoir pour ne pas chuter vers l'arrière. Elle perçoit des bruits : un cri, puis des pleurs. Alertée, elle s'enroule dans un vieux jeté posé sur le canapé et monte à l'étage aussi rapidement qu'elle le peut.

— Réponds-moi! hurle Michaël.

À partir du seuil de la pièce, elle voit Vern à genoux, en larmes, pendant que son maître brandit un téléphone dans une main.

— Qu'est-ce qui se passe? demande-t-elle avec une petite voix.

— À qui tu parlais? rugit à nouveau Michaël.

Surprise par la colère qu'elle perçoit, Alice recule d'un pas, puis chuchote:

— Mike?

Lui jetant un regard de biais, il explique, très vite:

— Il a dit ton nom.

— Et alors?

Agacé qu'elle ne comprenne pas, il pivote vers elle avant de préciser, dans un cri:

— Il parlait à voix basse!

— C'est que... je ne voulais pas... vous déranger avec madame Alice, se défend l'assistant.

Frappant du pied si fort que toute la maison en tremble, Michaël demande à nouveau:

— Qui était-ce? Dis-le, ou je t'arrache le cœur et je le donne à manger aux chiens!

— C'était Véra, avoue Vern en se penchant vers l'avant pour masquer son visage entre ses mains.

— Mike! le dispute Alice en faisant un pas pour entrer dans la pièce. Mais qu'est-ce que c'est que ces manières?

D'un simple regard, il l'immobilise de nouveau.

— Alice, tu es ma faille. Des tas de gens voudront s'en prendre à toi pour m'atteindre, tu comprends?

— Mais je voulais seulement la protéger ! assure Vern. Jamais je ne vous aurais causé le moindre souci, ni à vous ni à madame Alice ! Je sais très bien ce qu'elle représente pour vous !

— Et tu parlais d'elle à ce vampire ? renchérit-il.

Toujours penché vers l'avant, l'assistant reprend, le souffle court :

— Véra était une alliée de Nathaniel. J'ai confiance en elle. Souvenez-vous : elle m'a déjà sauvé la vie !

En se remémorant la femme vampire, Michaël grimace.

— Les vampires ne sont pas nos amis !

— Elle voulait me prévenir que... qu'une meute se déplaçait près de Montréal, mais je l'ai rassurée en disant que...

Il se tait et blêmit lorsque Michaël termine sa phrase en hurlant :

— Tu lui as dit qu'Alice était ici ? Et si c'était un piège, imbécile ?

Avant qu'il puisse s'avancer vers son assistant pour le remettre à sa place, Alice gronde pour attirer l'attention de Michaël :

— Ça suffit !

Dès que tous les yeux sont braqués sur elle, sa question tombe :

— Quelqu'un va m'expliquer ce qui se passe ici ?

— Il a signalé notre position au chef d'un clan ! peste Michaël.

— Bien sûr que non ! Je lui ai juste dit qu'elle était avec vous. Et qu'elle était... en sécurité.

Michaël fronce les sourcils et recule d'un pas, visiblement atterré par cette révélation.

— Tu m'as trahi, Vern ? Alors que je viens tout juste de dire à Alice à quel point j'ai confiance en toi !

Se ruant sur les pieds de son maître, l'assistant dit aussitôt :

— Jamais je ne vous trahirai, Monsieur ! Je le jure sur ma vie ! C'est d'ailleurs pour cela que je voulais protéger madame Alice. Parce que je sais à quel point elle compte pour vous !

Au lieu de poursuivre, il fait deux pas vers la jeune femme et vient se prosterner à ses pieds.

— Jamais je ne vous voudrai le moindre mal, Madame, lui assure-t-il. Grâce à vous, mon maître est sorti de sa torpeur. Il a retrouvé goût à la vie. Je ne peux que remercier le ciel de vous avoir envoyée vers lui.

Perplexe devant un tel laïus, elle tourne un regard incertain vers Michaël.

— Vern, je ne peux pas croire que tu m'aies fait un truc pareil…

— Je n'ai fait que protéger madame Alice, certifie-t-il. D'ailleurs, elle m'a fait un rapport très détaillé de ses activités des derniers jours.

Écarquillant les yeux, elle demande :

— Tu m'as fait suivre ?

— Non ! Enfin… je vous ai fait protéger, surtout.

Devant les yeux scrutateurs posés sur lui, il ajoute, dans un souffle :

— Disons que je voulais aussi m'assurer que vous étiez… fidèle à mon maître.

— Quelle idée ! siffle-t-elle.

— Votre comportement est irréprochable, évidemment ! Mais comme vous étiez en couple, il y a peu…

— Comment as-tu osé ?

Michaël lève une main pour ramener son assistant à l'ordre, mais Alice lui fait signe de se calmer avant de reporter son attention sur Vern.

— Donc… tu m'as fait suivre par un vampire pour vérifier que j'étais digne de confiance ? résume-t-elle.

— Je voulais surtout vous protéger ! se défend-il. Comme mon maître est très attaché à vous, je ne pouvais quand même pas laisser la source de son bonheur sans aucune protection à Montréal !

— Avec Véra ? vérifie encore Michaël.

— Oui. Et elle a été très bien, renchérit Vern. Je peux vous assurer qu'elle était très honorée de me rendre ce service.

Les yeux rivés dans le vide, Michaël réfléchit, puis reporte enfin son attention sur son assistant.

— Sait-elle où nous sommes ?

— Non, Monsieur. Madame Alice a pris un vol alors que le soleil n'était pas encore couché. De ce fait, elle ignore où elle se trouve. C'est pour cette raison qu'elle me téléphonait…

Un soupir soulagé résonne et Alice attend, incertaine de comprendre la colère qui anime Michaël.

— Est-ce qu'il faut que je m'inquiète ? finit-elle par demander.

D'une main ferme, il ramène la jeune femme contre lui avant de chuchoter :

— Non. Je ne laisserai jamais personne te faire du mal.

— Véra n'est pas notre ennemie, Monsieur. Son clan est…

— Je ne veux rien entendre ! l'interrompt-il en le fou-droyant du regard. À cause de ton initiative, ma confiance en toi est sérieusement ébranlée. Et si Alice n'était pas ici, tu recevrais une raclée digne de ce nom !

Se dégageant de son étreinte, la jeune femme lève à une main pour créer une sorte de barrage imaginaire entre Michaël et son assistant.

— Du calme, tu veux ? Vern avait peut-être de très bonnes intentions en demandant à ce... vampire de me suivre.

Pinçant les lèvres, elle ajoute :

— D'ailleurs, elle a dû drôlement s'ennuyer. Je passe mon temps à la revue.

— Oui. C'est aussi le rapport que j'ai reçu, confirme l'assistant.

Se prosternant un peu plus aux pieds de la jeune femme, il reprend :

— Madame Alice, jamais je n'oserai mettre votre vie en danger, croyez-le, mais vous êtes si importante pour mon maître que je ne pouvais me résoudre à vous laisser à Montréal, loin de nous et sans protection.

Agacé, Michaël détourne la tête. Lui aussi, il avait détesté abandonner Alice là-bas, mais il s'était plié à sa volonté par crainte de représailles. Et si l'idée de Vern n'était pas ininté-ressante, il ne pouvait s'empêcher de grimacer en son-geant qu'un vampire avait rôdé autour de la jeune femme alors que c'est lui qui aurait dû être là pour la protéger...

— Mike, je pense qu'il dit la vérité, annonce Alice en resserrant le jeté autour de son corps.

— Ça ne justifie pas son geste. Je ne fais pas confiance à cette femme.

— Pourtant, vous devriez, intervient Vern. Elle m'a donné énormément de renseignements sur le déplacement des troupes ennemies à proximité de Montréal et de Chicago. Son clan et bien d'autres avaient fait une alliance avec Nathaniel pour monter l'armée des enfants perdus.

Un regard sombre sur l'assistant suffit à le ramener au silence.

— C'est quoi, cette histoire d'armée ? demande Alice.

— Une idée saugrenue de Nathaniel. N'y porte pas attention.

Il le pointe du doigt avant de pester de nouveau :

— Quant à toi, file aux cuisines. Tu étais censé m'aider à rendre ce week-end parfait pour Alice.

— Mais le repas est prêt, Monsieur. Et je suis sûr qu'il sera à la hauteur de vos attentes.

— File, répète-t-il. Je ne veux plus te voir. Et tu peux être sûr que tu seras puni pour ce que tu as fait.

À quatre pattes, Vern quitte la pièce, sous le regard perplexe d'Alice. Lorsque Michaël revient la prendre dans ses bras, il grogne :

— Je ne peux pas croire qu'il ait pris ce genre de décision sans d'abord m'en parler.

— Ça partait peut-être d'une bonne intention.

— Alice ! Un vampire a été sur ta trace toute la semaine ! Elle a vu ton visage, elle connaît ton odeur…

Il ramène le corps de la jeune femme contre le sien et plonge son nez dans sa chevelure soyeuse.

— Il t'a mise en danger. Je ne veux plus que tu retournes à Montréal. C'est peut-être dangereux !

Elle recule pour le rabrouer du regard.

— Hé! Il ne m'est rien arrivé! Si elle avait voulu me tuer, elle aurait certainement pu le faire très facilement. Je passe ma vie au bureau!

— Tu ne comprends pas. Kaïl est un être très... cruel. Il attend possiblement que je sois si amoureux de toi que la seule perspective de te perdre me rende fou d'inquiétude...

Pour le faire taire, elle pose une main ferme sur son torse.

— Arrête. N'oublie jamais que je ne suis qu'une des nombreuses femmes qui partageront ta vie, Mike. Tu as encore tellement à vivre...

Il secoue la tête sans prendre la peine de la contredire. À quoi bon lui expliquer qu'elle est la femme de sa vie? Que ce simple statut fait d'elle sa faille ultime?

— Ce qui m'effraie le plus, chuchote-t-il, c'est que Vern a fait ce qu'il fallait : il t'a protégée. C'est signe qu'il sait déjà à quel point tu comptes pour moi.

Doutant de comprendre l'intérêt d'une surveillance, elle soupire.

— Alors? Qu'est-ce que nous faisons?

Il ferme les yeux et réfléchit sérieusement. Que doit-il faire, sachant que chacune de ses décisions viendra bousculer son existence actuelle? Un vampire connaissait son identité, et savait l'importance qu'Alice avait pour lui. Voilà une situation qu'il aurait préféré éviter.

Dans un soupir, il reporte son attention sur la jeune femme :

— Allons manger. Nous en reparlons après le repas.

Au lieu d'insister, elle sourit.

— Ça tombe bien, je meurs de faim!

❦

Vern est consterné en voyant l'appétit d'Alice. Elle semble réellement se régaler, elle passe son temps à le complimenter sur son repas malgré ce qu'elle sait à son sujet.

— Qu'est-ce que t'es doué! Tu devrais ouvrir un resto, propose-t-elle.

Vern ne répond pas. Sa gorge reste nouée en percevant la tension de son maître. La présence d'Alice l'avait sûrement empêché de le battre comme l'esclave qu'il était, mais il n'est pas rassuré pour autant. En prenant de telles décisions, il savait à quoi il s'exposait, mais le bonheur de son maître passait bien avant le sien.

Remarquant le peu d'appétit de Michaël, Alice déclare :

— Tu devrais manger. C'est bon.

Il pose un regard contrarié sur Alice.

— Tu ne te rends pas compte qu'un vampire rôdait autour de toi, la semaine dernière?

Elle termine sa bouchée avant de hausser les épaules.

— Bah. Je n'en suis pas morte. Si ça se trouve, elle est très bien, cette fille. Vern dit que nous pouvons lui faire confiance.

— Nous ne pouvons pas faire confiance à un vampire, siffle-t-il. Ils boivent du sang, dois-je te le rappeler?

— Tu en bois aussi, et alors?

— Ce n'est pas la même chose! gronde-t-il, agacé par sa légèreté.

Dans un soupir, elle pose sa fourchette et porte son attention vers les cuisines.

— Vern, viens ici, s'il te plaît.

Aussitôt, l'assistant apparaît, anxieux qu'on l'interpelle alors que le repas n'est pas terminé.

— Oui, Madame Alice ?

— Cette fille... Véra, c'est ça ? Qu'est-ce qu'elle t'a dit sur moi ?

— Eh bien... très peu de choses, en fait. Vous travaillez beaucoup. Parfois, elle vous retrouve à votre bureau à son réveil, soit à la nuit tombée, mais elle dit que même les soirs où vous êtes à votre appartement, vous êtes devant votre ordinateur. Ou vous parlez avec monsieur...

Elle grimace.

— Bref, ma vie est ennuyeuse, résume-t-elle.

— Je n'ai jamais rien dit de tel ! s'offusque l'assistant.

— Je n'ai pas besoin de toi pour m'en rendre compte, tu sais. Pauvre Véra ! Elle a bien dû s'emmerder !

— Mais nous nous fichons de ce vampire ! peste Michaël.

— En fait, je suis certain qu'elle préfère que les choses soient calmes plutôt que l'inverse, avoue Vern d'une petite voix.

Posant une main sur la table pour reprendre l'attention de la jeune femme, Michaël annonce :

— C'est décidé : je rentre avec toi à Montréal. Et elle n'a pas intérêt à rôder autour de toi !

Lorsque le regard vert d'Alice revient sur lui, il craint déjà le pire.

— Alors là, c'est hors de question ! Je ne vais pas passer ma vie sous haute surveillance ! Vous délirez ou quoi ? Vous faites tout ça pour rien !

— Alice, ne sous-estime pas mes ennemis, la supplie Michaël.

— Mike, je t'aime bien, c'est vrai, et je me doutais bien qu'en sortant avec un demi-vampire, les choses seraient légèrement différentes dans ma vie, mais… je refuse que tout ceci chamboule mon quotidien. Je t'ai dit que je voulais que nous prenions notre temps.

— Mais enfin… tu ne peux pas rester sans protection! s'énerve-t-il. Ce vampire sait où tu habites et où tu travailles!

Alice hésite, puis replonge un regard perçant sur Vern.

— Cette fille… tu lui fais vraiment confiance?

L'assistant pose prestement un genou sur le sol et penche la tête vers l'avant.

— Que je sois tué sur-le-champ si mon jugement est faux.

— Sois sûr que c'est la mort qui t'attend si cette femme ose toucher à un seul des cheveux d'Alice, annonce Michaël.

Faisant mine de ne rien avoir entendu, Alice reprend :

— Fais-la venir. J'aimerais la rencontrer.

— Quoi? s'écrie Michaël.

Avant qu'il s'emporte, elle lève une main pour le faire taire et résume la situation :

— Tu veux que je sois protégée à cause de cette fille. Si ça se trouve, elle est très bien.

— Tu n'en sais absolument rien, rugit-il.

— Elle a passé la semaine avec moi, lui rappelle-t-elle. Et tu l'as dit toi-même : elle sait qui je suis et où j'habite. Si elle est vraiment digne de confiance, tout s'arrange!

Sans attendre, elle reporte son attention sur Vern.

— Dis-lui de venir.

— Alice! Tu n'y penses pas!

— Mike, arrête. Cette fille aurait pu me tuer la semaine dernière et je suis toujours là. Je veux la rencontrer. Nous n'allons pas la juger sur sa simple nature !

Dès que Michaël fronce les sourcils, elle le pointe d'un doigt menaçant.

— Si tu refuses, autant que tu le saches : je risque de m'énerver. Il est hors de question que tu gères ma vie de la sorte, compris ?

Il serre les dents, hésite pendant de longues secondes, puis daigne enfin tourner les yeux vers Vern.

— Qu'elle vienne. Demain soir, ordonne-t-il.

— Bien, Monsieur.

À la seconde où son assistant quitte la pièce, il demande d'un air sombre :

— C'est mieux, ainsi ?

— Oui, confirme-t-elle en retrouvant un petit sourire.

Lorsqu'elle se lève, il recule prestement sa chaise pour pouvoir l'accueillir sur ses cuisses, soulagé de sentir les bras de la jeune femme autour de son cou.

— Tout ira bien, lui assure-t-elle.

— Tu n'as aucune idée de ce que tu me demandes, marmonne-t-il.

Elle émet un rire taquin.

— Je sais que je te demande énormément. Et je n'ai pas fini de le faire.

Surpris, il la scrute avec inquiétude.

— Que peux-tu vouloir de plus ?

— Déjà, j'ai bien l'intention de changer le look de Vern, annonce-t-elle.

Soulagé par cette requête ridicule, il hoche la tête.

— D'accord.

— Et s'il est aussi chouette que tu le dis, je t'ordonnerai peut-être de lui rendre sa liberté.

Il fronce à nouveau les sourcils :

— Quoi ?

Elle le fait taire d'un baiser et s'échappe de ses bras pour retourner s'asseoir à sa place.

— Nous en reparlerons quand j'aurai vu Véra. Pour l'instant, laisse-moi manger. Ce veau est absolument divin !

Portant une bouchée à ses lèvres, elle s'empresse de l'avaler avant d'ajouter :

— À ta place, je prendrais des forces. Quelque chose me dit que ta nuit sera courte.

Étonné par cette allusion coquine, il cesse de la scruter avec un air perplexe et se déride légèrement. Lorsque la jeune femme lèche sa fourchette de façon suggestive, il se surprend même à sourire, puis attaque son plat en espérant qu'elle ne lui parle plus jamais de vampire ou d'esclave. Pour le reste de la soirée, il veut être au cœur de l'attention de cette femme.

Chapitre 12

Véra

Pendant tout l'après-midi, Alice se donne à cœur joie à la métamorphose de Vern : coiffure, chaussures, habits et accessoires divers. Même Michaël a du mal à reconnaître son assistant dans son nouveau style.

Écoutant chaque conseil que lui prodigue Alice, Vern bouge dans tous les sens devant le miroir, visiblement intrigué par son propre reflet. Il touche ses cheveux et caresse doucement sa chemise. Alice rit à ses côtés, ravie de le voir aussi surpris par sa transformation.

— Pour les pantalons, je te conseille de les changer tous les trois à cinq ans. Les hauts sont plus problématiques, à l'exception des chemises qui sont souvent indémodables, mais je présume que ce n'est pas très confortable pour se battre.

— En effet, confirme-t-il en croisant son reflet dans le miroir.

— Pour réactualiser ton look, promène-toi dans les boutiques, regarde ce qu'ils offrent, constate la différence avec tes propres vêtements. Ce qui est similaire, tu gardes, le reste : c'est démodé.

Il acquiesce de la tête avec sérieux, enregistrant chacune des paroles que prononce la jeune femme.

— Pour la coupe, fie-toi aux stylistes, mais précise toujours que tu veux quelque chose de simple. Si possible, dégage au niveau de tes oreilles et de ta nuque. Ça te va beaucoup mieux.

Tout en parlant, elle repasse une main dans les cheveux de Vern, fraîchement coupés.

— Je le ferai, promet-il. Merci, Madame Alice.

— Arrête de m'appeler madame, le reprend-elle. Et essaie de me tutoyer.

Il se rembrunit, et cherche aussitôt une confirmation dans le regard de son maître, qui l'observe avec un air dépité.

— À ta place, je ferais ce qu'elle te demande, dit-il. Quelque chose me dit qu'elle n'en démordra pas.

Ravie, Alice couine de plaisir, mais Vern avoue :

— Je suis plus familier avec le vouvoiement.

— Arrête avec ces bêtises, le dispute-t-elle. S'il le faut, je demanderai à Mike de t'ordonner de me tutoyer.

Incapable de résister, Michaël éclate de rire et s'approche de la jeune femme pour lui voler un baiser.

— Tu es vraiment incroyable, affirme-t-il.

— Je te retourne le compliment, Monsieur le demi-vampire.

— Arrête de m'appeler comme ça, gronde-t-il.

— Oh, c'est vrai. Vous êtes… des impurs, c'est ça ? Tu préfères que je t'appelle comme ça ?

Il rit. En réalité, il se fiche bien de la façon dont elle le nomme. Tout ce qu'il souhaite, c'est qu'elle continue de le regarder avec ces yeux-là.

Se sentant de trop, Vern demande, d'une petite voix :

— Puis-je disposer, Monsieur ? Je voudrais faire quelques courses pour le repas de ce soir.

Heureux de pouvoir rester un peu seul avec Alice, il hoche la tête.

— Nous t'attendrons à la maison. Rentre avant la tombée du jour.

— Bien, Monsieur.

S'interposant entre eux, Alice chipote :

— Appelle-le Michaël. Tu n'es pas son majordome !

Vern attend que son maître acquiesce à nouveau avant de reprendre :

— Bien… Michaël.

— Voilà. C'est mieux comme ça, approuve-t-elle.

Dès que l'assistant s'éloigne, la jeune femme récupère les doigts de Michaël entre les siens et le suit vers la sortie.

— Il fait des progrès, t'as vu ?

— Vern est docile. Il trouve certainement plus simple d'obéir aux ordres. N'oublie pas que notre peuple a des siècles d'esclavage à son actif.

— Si tu passes ton temps à ordonner tout et n'importe quoi, il ne pourra jamais s'émanciper.

— Alice, tu ne comprends pas : je suis sûr que ça lui plaît de s'occuper de moi. Je le traite mieux que tout ce qu'il a vécu jusqu'ici.

— Mais il pourrait être ton ami. Michaël, je ne sais pas comment les choses se passent dans ton univers, mais dans le mien, les bons amis sont rares. Il faut toujours en prendre soin.

Il soupire, énervé par les propos de la jeune femme. Il sait très bien ce qu'elle a en tête, mais il refuse de libérer

Vern. Surtout depuis la mort de Nathaniel. Jamais il ne s'est senti aussi seul, dans ce monde…

Lorsqu'ils sortent du centre commercial et que le soleil éblouit Alice, Michaël s'arrête et avoue :

— Toi et lui êtes tout ce que j'ai.

Au lieu d'en paraître touchée, elle sourit.

— Et je suis sûre que nous serons à tes côtés encore longtemps.

Sans attendre, elle le tire vers la voiture en gloussant.

— Allez! Rentrons pendant que Vern fait les courses! Nous pourrons faire des folies dans ta chambre avant l'arrivée de Véra…

Il étouffe un rire et la suit. Décidément, Alice ne lui laisse aucun répit depuis qu'elle est là. Et sachant que le week-end tire déjà à sa fin, il ne va pas s'en plaindre!

ༀ

Pendant que Vern prépare le repas, Alice se poste dans la cuisine.

— Ça te va bien, cet ensemble, le complimente-t-elle.

Il affiche un petit sourire en coin, gêné par le compliment, puis hoche la tête.

— En plus, c'est très confortable. Merci, Madame Alice.

— Tut, tut, le ramène-t-elle à l'ordre.

Il cesse d'éplucher sa pomme de terre avant de reprendre.

— Merci, Alice.

Derrière elle, Michaël apparaît, fraîchement douché et vêtu d'un habit chic. D'une main ferme, il plaque la jeune femme contre lui. Aussitôt, elle le scrute du regard et attend qu'il confirme d'un petit signe de tête avant de reprendre :

— Dis-moi, Vern, que comptais-tu faire en retrouvant ta liberté ?

Pour la seconde fois, il cesse d'éplucher et reporte son attention sur la jeune femme, qui arbore un sourire niais.

— Mais… je ne sais pas, avoue-t-il.

— Tu avais bien un rêve ! l'encourage-t-elle.

Les yeux dans le vague, il tente de retrouver ce souvenir lointain, puis chuchote :

— Je voulais seulement… marcher. Voir le monde. Le soleil. La mer aussi.

— Certains impurs ne sortent presque jamais des souterrains où se terrent les vampires, explique Michaël.

Revenant à la réalité, l'assistant ajoute :

— Mais j'ai déjà vu toutes ces choses avec vous, Monsieur.

— Michaël, lui rappelle-t-il.

— Oui, pardon. Michaël, reprend-il.

D'une main énervée, Alice tapote la cuisse de Michaël derrière elle, jusqu'à ce qu'il se décide à demander :

— Et si je te rendais ta liberté, que ferais-tu, Vern ?

Surpris, l'assistant laisse tomber la pomme de terre et le couteau qu'il tenait entre ses doigts et tourne un regard paniqué vers son maître.

— Je ne veux pas être libéré !

Il pose prestement les yeux sur Alice.

— C'est parce que je vous gêne ? Vous préférez que je dorme dehors, peut-être ?

— Mais non ! le rassure-t-elle aussitôt.

— Attention, je n'ai pas encore pris ma décision, intervient Michaël. Disons simplement qu'une certaine personne essaie de me faire réfléchir à la question…

Vern reporte prestement son regard sur Alice.

— Ne me chassez pas, Madame. Je serai votre plus dévoué serviteur. Jamais vous n'aurez à vous plaindre de moi. J'en fais le serment !

— Ne te méprends pas sur mes intentions, Vern : je ne veux surtout pas te chasser, insiste Alice. Je veux seulement que Mike te considère comme son égal. Après tout ce temps, tu es en droit de mériter sa confiance. Et son respect aussi.

Le visage de l'assistant se défait et il penche lourdement la tête.

— Je ne le mérite pas, Madame. Pas après ce que j'ai fait.

Alice avance et vient poser une main sur l'épaule de Vern.

— Nous faisons tous des erreurs, chuchote-t-elle. Et si Michaël arrive à te pardonner, peut-être devrais-tu apprendre à le faire aussi ?

Il relève des yeux larmoyants vers elle avant de bredouiller :

— Si vous saviez… combien il tient à vous…

Troublée, Alice force un sourire à apparaître sur ses lèvres.

— J'ai beaucoup de chance, il est vrai, dit-elle simplement.

— Tu ne peux pas dire que je n'ai pas fait un bon choix, se moque Michaël en revenant passer un bras autour de la taille de la jeune femme. Depuis qu'elle est là, elle ne cesse de me rabrouer les oreilles pour que je te rende ta liberté.

— Je n'en ai nul besoin, Monsieur, répète-t-il.

Faisant mine de ne rien avoir entendu, Alice raille :

— Faux. J'ai aussi exigé qu'on me présente Véra.

Michaël retrouve un visage contrit et Vern s'empresse de vouloir le rassurer :

— Véra est en tous points parfaite, Monsieur.

— Michaël, le reprend Alice.

— Oui, pardon.

La jeune femme étouffe un rire, mais Michaël le jauge longuement du regard avant de confier :

— J'espère vraiment que tu sais ce que tu fais, Vern, parce que notre amitié se joue sur cette femme.

Pour une fois dans son existence, son assistant sourit, et confirme dans un hochement de tête.

— Que mon cœur soit arraché par vos mains si je mens, Monsieur. Enfin… Michaël.

Alice glousse devant cet effort, puis avoue à son tour :

— Je ne peux pas croire que je vais rencontrer un vampire.

Dans un grognement, Michaël lève les yeux au ciel.

— Les demi-vampires t'ennuient déjà ?

Elle se jette à son cou avant de rire franchement.

— Au contraire ! Ils ont plein de talents que je n'ai pas fini d'explorer. Mais le seul souvenir que j'ai d'un vampire est vraiment… effrayant.

— Vera ressemble davantage à une humaine, soutient Vern.

— J'ai vraiment hâte de la rencontrer, réitère Alice.

Michaël grimace, mais elle fait mine de ne pas s'en apercevoir, puis insiste pour aider Vern à préparer le repas. L'assistant devient livide en voyant la jeune femme essayer de cuisiner. Au lieu d'en être contrarié, Michaël est au contraire charmé par cette attention. Pas seulement parce qu'elle est maladroite, mais parce qu'elle fait de gros efforts pour s'intégrer à son univers. Même si elle bouscule tout au passage.

❦

Alors qu'ils attendent Véra dans le grand salon, Michaël cache des armes blanches un peu partout dans la pièce, ce qui angoisse légèrement Alice.

— Si tu as peur d'elle, pourquoi acceptes-tu de la recevoir ici ? Nous aurions pu la rencontrer autre part.

— Il s'agit d'une simple précaution. Comme son clan est installé de l'autre côté de la forêt, elle sait probablement où j'habite. Vern l'a dépannée avec des sacs de sang, il y a sept ans, lorsqu'elle a recruté de nouveaux vampires.

Préoccupée, elle demande :

— Et si… tout son clan nous attaque ?

— Vern et moi sommes d'excellents soldats, ne t'inquiète pas.

Il sourit d'un air rassurant, mais en réalité, il est nerveux. Recevoir Véra seul ne l'effrayait pas outre mesure, mais avec Alice à ses côtés, il savait qu'il prenait un risque. Si les choses se corsaient, il était prêt à périr avec elle.

— Nathaniel avait vraiment confiance en elle, ajoute-t-il en se remémorant les notes de son ami. J'espère seulement qu'il ne s'est pas trompé sur son compte.

Dès que le carillon de la porte résonne, Alice se raidit. Cette fois, elle a l'impression de traverser le miroir et de découvrir l'univers de Michaël. Et même si elle ressent une pointe d'appréhension, elle n'en est pas moins très excitée de rencontrer un vampire.

Au loin, ils perçoivent les salutations entre Véra et Vern.

— Bonsoir, Vern, que t'est-il arrivé ?

— Changement de look. Une idée d'Alice.

— Et bien… elle a beaucoup de goût. Ça te va bien.

— Merci, Véra.

Quand ils entrent dans le grand salon, Alice ouvre la bouche de stupéfaction : Véra ne ressemble en rien à un monstre. Son corps, vêtu d'une longue robe noire, lui donne des airs sophistiqués. Elle est d'ailleurs beaucoup plus grande qu'elle, et sa blancheur est certainement très intimidante. Surtout avec ces cheveux ébène, épais et très bouclés, ce qui contraste avec son joli visage aux traits très féminin.

Dans des gestes lents, elle avance doucement vers le couple et s'arrête à bonne distance avant d'incliner poliment la tête.

— Monsieur Falcon. Madame Demers.

— Alice, la reprend-elle très vite.

Elle tente de récupérer sa main, prisonnière de celle de Michaël, mais il ne peut s'empêcher de la retenir.

— Je voudrais me présenter correctement, insiste-t-elle.

Après une hésitation, il consent à avancer vers Véra, mais comme il refuse de lui rendre sa main, Alice se voit contrainte de tendre la seule qui est libre à Véra.

— Wow, tu es froide, remarque Alice.

— Oui, confirme-t-elle.

— Et tu es… très belle, ajoute-t-elle en profitant de cette proximité pour mieux la détailler.

Michaël tire la jeune femme vers lui et la ramène à bonne distance du vampire, qui s'empresse de prendre la parole.

— Je tiens à vous dire que je suis très honorée d'avoir été invitée sous votre toit, Monsieur Falcon, reprend Véra.

— Pour ma part, je ne l'étais pas du tout en apprenant que vous rôdiez autour d'Alice ces derniers jours.

— C'était à ma demande, rappelle Vern, posté un peu en retrait.

Pour chasser l'animosité qui règne dans la pièce, Alice continue :

— Pourquoi Vern te fait-il confiance ?

Surprise par la familiarité que cette jeune femme impose entre elles, Véra prend quelques secondes avant de lui répondre :

— Parce que je lui ai sauvé la vie, annonce-t-elle simplement. Nous étions en route pour le Texas quand nous sommes tombés sur Vern. Certains vampires l'ont battu pour essayer de lui faire dire où se trouvait son maître. Malgré les coups, il s'est mis à expliquer qu'un autre monde était possible et qu'il ne tenait qu'à nous d'être libres. Une partie de notre meute s'est mobilisée pour lui venir en aide. Devant notre rébellion, les autres se sont enfuis, et Vizaël, enfin... Michaël, nous a offert une résidence en guise de remerciements pour lui avoir ramené Vern sain et sauf.

D'un coup d'œil furtif, Alice vérifie du côté de Michaël, qui confirme simplement les dires du vampire sans quitter leur invitée les yeux.

— Cette histoire n'en est pas moins mystérieuse, dit-il enfin. Nathaniel m'a bien parlé de ces vagues de rébellions, mais je ne vois pas ce que gagnent les vampires à déserter leur clan. Surtout si c'est pour en créer un nouveau.

— Ils y gagnent la liberté, et c'est déjà beaucoup. Si les impurs étaient traités comme des esclaves, les vampires n'ont jamais vécu une existence de rêve, souvenez-vous.

Devant l'expression implacable de son hôte, elle reprend :

— Je peux vous assurer que les miens vivent très bien depuis que nous avons quitté nos clans respectifs. Même si nous avons un réseau de banque de sang, nous avons aussi des humains qui acceptent de nous nourrir en échange de leur transformation future.

Alice, silencieuse depuis le début de leur entretien, souffle :

— Wow. Ça doit être une sacrée organisation…

— En effet, confirme-t-elle en posant ses yeux sur la jeune femme. Mais il ne s'agit plus d'une obligation, mais d'un choix. Nous devons absolument nous nourrir correctement si nous voulons rester… en contrôle.

— Un vampire est rarement en maîtrise de ses actes, souligne Michaël. Dès qu'il y a une goutte de sang dans les parages, vous devenez des bêtes en puissance.

Au lieu d'être déstabilisée par ces propos, Véra relève fièrement le menton vers son hôte.

— Si vous voulez en être rassuré, faites-moi passer l'épreuve du sang.

— C'est hors de question, refuse-t-il. Surtout pas avec Alice dans cette pièce !

— Qu'est-ce que c'est ? demande la jeune femme, intriguée.

— On apporte du sang devant moi et je prouve que je peux y résister, explique Véra. Dans les faits, seul un vampire entraîné et bien nourri peut le faire.

Les yeux d'Alice s'illuminent à l'idée de cette épreuve, mais avant qu'elle ouvre la bouche, Michaël répète :

— C'est hors de question.

— Allons donc ! gronde-t-elle. Tu es là, Vern est là, tout le monde est là. Je ne risque absolument rien !

— Les vampires sont plus rapides que les impurs, explique Véra. Cela dit, je peux comprendre que monsieur ne veuille pas risquer votre vie, mais je vous assure que je suis parfaitement capable de me maîtriser.

De son sac à main, le vampire sort une poche de plastique transparent contenant une substance presque noire.

— Voyez, insiste-t-elle en le perçant devant eux.

Dès que la membrane de PVC est trouée, les yeux de Véra tournent au jaune très vif et sa peau blêmit davantage, devenant presque translucide à l'odeur de l'hémoglobine. Lorsque le vampire trempe un doigt dans le liquide épais et l'enfonce dans sa bouche, Alice cesse de respirer. Enfin, elle tend la poche de sang du côté de Vern et tout le monde remarque la maîtrise dont elle fait preuve pour s'en départir. Même Vern affiche un regard teinté de jaune quand il récupère le liquide.

— Wow, chuchote Alice, effrayée à l'idée de signaler sa présence.

— Ce n'est pas… sans mal, confie Véra.

Elle ferme les yeux pour reprendre le contrôle de son propre corps. Lorsqu'elle les ouvre à nouveau, sa peau semble redevenue normale et le jaune de son regard est sur le point de disparaître.

— Je vais… nous débarrasser de cela, bredouille Vern en sortant de la pièce.

Michaël scrute Véra sans prononcer le moindre mot. Il est troublé par la maîtrise dont le vampire vient de faire preuve devant lui. De toute sa vie, jamais il n'avait vu un vampire capable d'une telle retenue.

— Je dois admettre que c'est impressionnant, avoue-t-il.

— Et la plupart des gens de ma meute peuvent en faire autant.

Sceptique, il demande :

— Et combien êtes-vous ?

— Une cinquantaine, annonce-t-elle fièrement. Et nous savons que certains clans se forment dans le nord des États-Unis et en Europe également.

Cette fois, Michaël a véritablement du mal à masquer son étonnement. Un regroupement de 50 vampires capables de se retenir à l'odeur du sang ? Il n'arrive pas à y croire !

— Pourquoi avoir accepté de protéger Alice ? questionne soudain Michaël. Quel intérêt y trouvez-vous ?

— Disons que je devais une faveur à Vern pour m'avoir permis de quitter Kaïl. Et sans votre aide, nous n'aurions peut-être pas pu construire un clan aussi efficace.

Comme il continue de la scruter avec un air suspicieux, elle poursuit :

— Vous n'êtes pas le seul ennemi de Kaïl, vous savez. Ses troupes nous traquent aussi. Il sait qu'une rébellion est en marche. Vous connaissez sa devise…

— Personne ne trahit impunément la meute, récite Michaël à voix basse.

— Exact. Et avant Nathaniel et vous, personne n'avait réussi à lui échapper. Grâce à votre évasion, vous avez fait naître un espoir, Vizaël. Et pas seulement chez les impurs, mais chez les vampires également.

— Vizaël, chuchote Alice.

Michaël tourne la tête vers la jeune femme quand Véra reprend :

— Je connais très bien les déplacements de madame Demers. Je connais son rythme de vie, les lieux qu'elle fréquente. Je peux même vous assurer qu'aucun vampire ne l'a

approchée à moins de 25 km dans les derniers jours. Enfin…
sauf moi.

Alice affiche une mine contrite.

— Ma vie est plutôt ennuyeuse.

— Vous travaillez beaucoup, il est vrai, confirme Véra,
mais vous êtes également très passionnée par votre travail.
D'ailleurs, vous sembliez très fière de votre dernier numéro.

Retrouvant son sourire, elle opine.

— C'est vrai. Mais c'est le premier numéro depuis que…

Elle se renfrogne avant de terminer sa phrase :

— Depuis que John n'est plus là.

— Oui. Il aimait beaucoup cette revue, lui aussi.

Un silence passe et Alice fait un pas vers Véra avant
d'être prestement ramenée vers l'arrière. D'un grognement,
Michaël tente de la dissuader, mais elle soutient son regard
jusqu'à ce qu'il cède et relâche ses doigts. En deux enjam-
bées, elle se poste devant le vampire et démarre son
interrogatoire :

— Pourquoi Michaël ne te fait-il pas confiance ?

— Parce qu'il a peur, déclare-t-elle simplement. Vous
êtes son point faible, et quiconque serait son ennemi saurait
où frapper pour l'atteindre.

Dans un soupir, Alice confirme.

— Il a déjà perdu sa femme comme ça.

— Oui, mais la dernière fois, le plan de Kaïl a lamenta-
blement échoué. Lui qui espérait l'affaiblir et le faire rentrer
au bercail…

— Il ne veut pas le tuer ?

— Il le déteste, c'est vrai, mais il aimerait bien montrer
aux dissidents que l'instigateur de cette rébellion est
rentré. Surtout dans ce contexte particulier. Nathaniel a été

assassiné et les clans espèrent que Vizaël prenne la tête de l'armée qu'il était sur le point de créer.

— Cette guerre ne m'intéresse pas, refuse Michaël.

Un silence passe, puis Alice poursuit son interrogatoire :

— Si j'accepte ta protection, est-ce que tu oserais me faire du mal ?

— Non, dit-elle simplement.

— Tu comptes me livrer à Kaïl ?

— Non plus.

— Elle pourrait mentir, entend-elle derrière.

Alice fait signe à Michaël de se taire avant de trancher :

— D'accord. Je veux bien que nous fassions un essai.

— Nous en discuterons, intervient Michaël d'une voix ferme.

S'approchant pour enlacer la taille d'Alice, il reprend, sur un ton poli, mais sec :

— C'est gentil d'être passée nous voir, Véra. Vern vous contactera au besoin.

La principale intéressée s'incline à nouveau dans un salut respectueux.

— Merci de m'avoir reçue, Vizaël.

À la seconde où le vampire quitte la résidence, Alice sourit :

— Elle est très bien, cette fille ! Je suis certaine que nous deviendrons copines…

— Avec un vampire ? C'est hors de question ! Tu ne peux jamais avoir confiance en un vampire.

— Arrête avec ça. Elle est chouette ! Avoue que t'as été impressionné par son truc avec le sang ?

Troublé, il hoche la tête contre elle pour l'admettre.

— Je dois dire que… c'est la première fois que je vois ça.

Devant l'expression ravie de la jeune femme, il gronde :

— Tu es censée avoir peur.

— Et pourtant, je n'y arrive pas, avoue-t-elle.

— Elle ne m'inspire pas confiance.

— Eh bien, tu as tort, renchérit-elle. Moi, j'ai toujours eu un sixième sens pour savoir si les gens sont chouettes. Crois-moi : Véra est chouette.

Il soupire en caressant sa joue.

— J'espère que tu ne regretteras jamais de ne pas être plus craintive.

— Si je l'avais été, nous n'en serions pas là, toi et moi, non ?

Dans un rire, il confirme, puis l'embrasse amoureusement.

Chapitre 13

Un siècle par jour

À l'aéroport, Michaël serre les doigts d'Alice avec force, incapable de se résoudre à la laisser partir avec Véra de l'autre côté de cette porte qui l'éloigne beaucoup trop de lui. Et pourtant, il semble le seul que la situation angoisse.

— Je pourrais t'accompagner à Montréal, propose-t-il.

— Arrête de t'inquiéter, rigole Alice. Tout se passera bien. Je te téléphonerai à la seconde où je serai dans mon appartement. Ça te va ?

C'est insuffisant, mais il ne peut se résoudre à l'admettre, surtout devant ce vampire qu'il ne cesse de fixer avec un regard soutenu : elle n'a pas intérêt à toucher le moindre cheveu d'Alice.

— S'il t'arrivait quelque chose… souffle-t-il.

— Il ne m'arrivera rien, le dispute-t-elle. Véra et moi, nous profiterons du vol pour faire connaissance. Arrête de t'en faire.

— Je ne peux pas, avoue-t-il.

Il songe même à la supplier à genoux pour pouvoir l'accompagner là-bas. Deux jours avec elle, c'était trop peu. Il ne veut plus rester loin de cette femme.

— Tout ira bien, répète-t-elle. Tu rencontreras ton éditeur mercredi, puis tu me rejoindras à Montréal pour le week-end. Je suis sûre que cet éloignement nous sera bénéfique à tous les deux.

Devant le froncement de sourcils de Michaël, elle insiste :

— J'ai plein de boulot à la revue. Quant à toi... eh bien... tu devrais apprendre à lâcher prise. Je suis avec toi, Mike, non à toi.

Il se rembrunit.

— Tu ne sais pas ce que tu me demandes.

— Au contraire ! Je te demande de vivre ta vie. Ainsi, nous aurons plein de choses à nous raconter, ce week-end.

— Il n'y a que toi qui comptes, avoue-t-il.

— Alors, trouve-toi une activité. Écris un nouveau roman, tiens.

Dépité par sa suggestion, il fait mine de sourire.

— Je peux essayer.

— Voilà ! Allez, nous devons y aller. Je t'appelle en rentrant, d'accord ?

Elle pose un regard sur Vern avant d'ajouter :

— Veille sur lui. Et essaie de l'occuper un peu.

— Bien... Alice.

Elle sourit, ravie qu'il parvienne enfin à l'appeler par son prénom.

— La preuve que les choses changent, par ici. Je suis très fière de vous, les garçons.

Se hissant sur la pointe des pieds, elle vient poser sa bouche sur celle de Michaël avant de rejoindre Véra, prête à se rendre dans la zone d'embarquement. Dès qu'elle est hors de portée, elle pivote et leur fait signe de la main. Michaël serre les poings et souffle :

— Dis-moi qu'elle ne risque rien.

— J'en fais le serment, Monsieur.

— Appelle-moi Michaël.

— Bien, Michaël. Et soyez rassuré. Véra veillera bien sur elle.

Il reste là, alors que la jeune femme n'est plus visible. En fermant les yeux et en se concentrant, il arrive encore à entendre sa voix, au loin. Elle parle avec Véra d'un tas de choses sans importance, comme s'il s'agissait d'une bonne copine.

— Elle n'a aucune conscience du danger, constate-t-il, dépité.

— Elle a peut-être un meilleur instinct que vous le pensez.

Intrigué, Michaël tourne la tête vers son assistant.

— Crois-tu ? demande-t-il.

— J'en suis persuadé. Elle vous fait confiance, même si elle connaît votre véritable nature.

— Oui. N'est-elle pas incroyable ? s'enquiert Michaël.

Vern affiche un sourire discret.

— Comme elle est arrivée jusqu'à votre cœur, elle l'est très certainement.

À son tour, Michaël sourit, touché par ces paroles.

— Et Véra l'a certainement compris, reprend-il. Je suis sûr qu'elle la protégera au péril de sa vie.

— Le problème, c'est que je ne vois pas ce qu'elle gagne à protéger Alice.

— Votre reconnaissance. Et croyez-moi, cela signifie beaucoup pour elle. Même si vous ne voulez pas en entendre parler, plusieurs clans espèrent que vous preniez la relève de l'armée que Nathaniel était sur le point de mettre en place.

Michaël soupire.

— Tous ces jeux m'ennuient, Vern. Pourquoi ne pou-vons-nous pas vivre en paix ?

— Parce que Kaïl peut frapper à chaque instant, Michaël. Et même l'énoncer de vive voix m'en coûte, s'il décide de s'en prendre à vous, il aurait vite fait de comprendre où se trouve votre faille.

La gorge nouée, il opine, conscient qu'Alice est devenue son point faible. Et peut-être était-il le sien, également…

— Aurais-je dû lui effacer la mémoire ? demande-t-il.

Vern hésite avant de prendre la parole :

— Vous seul pouvez répondre à cette question, Michaël. Pour ma part, je suis ravi de ce qui vous arrive. Vraiment. Vous étiez seul depuis si longtemps. Et madame Alice est… pour le moins spéciale.

— Oui, confirme-t-il, rêveur.

Devant le sourire de son maître, Vern conclut :

— Sachez que je donnerais ma vie pour que votre bon-heur perdure, Michaël.

— Merci, Vern.

Il pose une main lourde sur l'épaule de son assistant avant d'ajouter :

— Je ne te l'ai jamais dit, mais… merci d'avoir été là pour moi pendant tout ce temps.

— Ce fut un plaisir, Michaël.

— Et j'aimerais beaucoup… que nous devenions amis lorsque… je te libérerai.

Sous le choc, Vern observe son maître avec un air paniqué.

— Je suis très heureux à vos côtés, le rassure-t-il très vite.

— Je sais. Mais Alice n'a pas tort : il est peut-être temps que tu apprennes à voler de tes propres ailes.

Il soupire en songeant que ce conseil s'appliquerait également à lui, et il comprend la peur dans le regard de son compagnon. Il peine déjà à respirer en sachant qu'Alice est loin de lui, et en compagnie d'un vampire !

— Rentrons, dit-il en reprenant le chemin en direction de l'aire de stationnement.

Toujours consterné par les paroles de son maître, Vern le suit. Cette fois, il ne doute plus de l'influence d'Alice sur Michaël. Et il fallait espérer que ce soit une bonne chose…

🍂

— Ce que vous avez fait, avec leur look, c'est impressionnant, admet Véra alors qu'elles sont en plein vol. J'ai eu du mal à reconnaître Vern !

Aussitôt, elle fait un signe de la main et gronde :

— Arrête de me vouvoyer ! Nous risquons de nous voir souvent, ces prochaines semaines, autant devenir amies. Et puis, je l'avoue, ça m'a bien amusée de les faire changer de style. Et j'ai eu de la chance : le matériau de base n'était pas trop mal.

Véra la scrute avec un air intrigué.

— Je crois que vous avez mal compris ma mission, Alice. Je vous accompagne à Montréal, mais à la seconde où nous descendrons de cet avion, je disparaîtrai de votre vue et je vous suivrai comme votre ombre. Vous n'aurez qu'à vivre votre vie en oubliant ma présence.

— En voilà une idée ridicule ! Pourquoi ?

— Alice, vous devez comprendre que je suis là pour accomplir une mission. Ce serait un privilège d'obtenir la confiance de Vizaël. Pour moi autant que pour mon clan.

La jeune femme sourit et pose une main sur l'avant-bras du vampire.

— Tu l'auras. Et ça ne t'aura pas demandé grand-chose. Je doute sincèrement qu'on veuille me faire du mal.

Retirant prestement ses doigts, elle constate :

— Mince ! Tu es vraiment froide !

— Oui. Pardon.

Alice se met à rigoler.

— Ne t'excuse pas pour ça ! Ce n'est pas comme si tu y pouvais quelque chose.

— C'est vrai, confirme Véra, touchée par la sollicitude dont fait preuve Alice.

— Bon, et sinon : tu vas me tutoyer ?

— Si tu veux, dit-elle simplement.

— Affaire réglée, se réjouit-elle encore. C'était drôlement plus facile qu'avec Vern.

Amusée, Véra sourit, même si les traits de son visage semblent raides.

— Maintenant qu'il ressemble à quelque chose, nous arriverons peut-être à lui trouver une copine, reprend Alice.

Incertaine d'avoir bien saisi, Véra écarquille les yeux.

— Pardon ?

Croyant qu'elle ne comprend pas ses mots, elle reformule :

— Une petite amie, tu sais ? Une fiancée…

— Mais… il ne peut pas. Il n'a… pas le droit.

— Pas le droit ? répète Alice, consternée.

— Il n'est pas libre.

Retrouvant un visage lumineux, Alice demande :

— Ah! Tu parles de son truc d'esclave avec Michaël? Bah... c'est sûrement une question de temps avant qu'il puisse être libre.

Le vampire dévisage Alice avec un air ahuri.

— Vizaël compte le libérer?

— Oui. Il était temps, quand même! C'est ridicule, cette histoire d'esclavage. Nous ne sommes plus au Moyen Âge!

Alice s'installe confortablement dans son siège, mais Véra ne peut s'empêcher de demander :

— C'était ton idée? De libérer Vern?

— Ouais, confirme-t-elle. Je sais bien que vous avez des façons de faire différentes des nôtres, mais... sérieusement : l'esclavage? Il était plus que temps qu'ils s'intègrent à cette époque, ces deux-là.

Un autre silence passe, mais le regard de Véra, lui, est toujours aussi troublé.

— Quoi? s'inquiète Alice.

— Rien. Je suis surprise, c'est tout. De toute évidence, tu as beaucoup d'influence sur Vizaël.

— Bah. Je lui montre surtout comment reprendre sa vie en main. Enfin... je crois.

Après un moment de silence, Véra ajoute :

— Il tient beaucoup à toi. C'est évident.

Alice sourit.

— Je sais. J'ai beaucoup de chance.

Elle émet un petit rire moqueur avant de renchérir :

— Après tout, ce n'est pas tous les jours qu'un demi-vampire est amoureux de vous!

— Un impur, oui. Et pas n'importe lequel, soutient Véra. Avec Nathaniel, Vizaël est l'un des plus grands symboles de la résistance. Celui qui a montré la voie qui mène à la liberté.

Surprise par les paroles du vampire, elle répète :

— Un symbole de la résistance ? Il ne m'a jamais parlé de ça !

— Parce qu'il ne veut surtout pas en être un. C'est Nathaniel qui portait ce flambeau. Mais sa mort laisse un vide que seul Vizaël pourrait combler.

Alice scrute Véra avec curiosité, ce qui la pousse à ajouter :

— Nathaniel et Vizaël ont été les premiers à s'enfuir du clan de Kaïl. Ils ont réussi à survivre différemment. Ils ont choisi leur vie. Cette réussite a donné de l'espoir aux impurs, mais également aux vampires. Je ne dis pas que notre vie est facile, mais vivre avec Kaïl ne l'était pas non plus.

Alice réfléchit. Michaël se rend-il compte de l'espoir qu'il a offert à toutes ces créatures ?

— Après Nathaniel et Vizaël, d'autres ont pu s'évader. Certains disent s'appeler les enfants perdus, parce qu'ils sont en clan, mais refusent d'avoir un chef. Et d'autres, comme nous, aiment se proclamer comme les fils de Vizaël et de Nathaniel.

Étonnée, Alice répète :

— Les fils de Vizaël ? Sérieusement ?

— Il y a longtemps, Nathaniel et Vizaël avaient tenté d'établir des règles pour créer une meilleure cohabitation des espèces au sein d'un clan. C'était purement théorique, bien sûr, mais quand j'ai créé le mien, Nathaniel me l'a fait transmettre par Vern. J'ai expérimenté ses idées. J'ai annoté son texte et je l'ai retransmis à d'autres.

— Alors… ça fonctionne ? demande Alice.

— En effet, confirme Véra. Je ne dis pas que c'est facile tous les jours, mais il est possible de créer... un certain équilibre.

Un sourire discret apparaît sur les lèvres du vampire lorsqu'elle continue :

— Un jour, peut-être, nous pourrons libérer ceux qui vivent sous le joug Kaïl.

Elle reporte un regard froid sur Alice avant d'ajouter :

— C'était le rêve de Nathaniel. La raison de cette armée qu'il essayait de construire.

Consciente que ce rêve s'est éteint en même temps que son ami, Alice soupire :

— Je suis sûre que ce jour arrivera.

Dans un souffle, elle marmonne :

— Mais moi, je ne serai certainement plus là pour le voir.

— Qui sait? dit Véra.

Alice force un rire à franchir ses lèvres.

— Je ne suis qu'une humaine. Je sais bien que je ne peux pas prétendre voir toutes ces choses.

Plus tristement, elle ajoute :

— Et même si je ne devrais pas songer à tout cela, je sais bien que je ne serai bientôt qu'un simple souvenir pour Michaël.

— Tu as raison. Tu ne devrais pas songer à ce genre de choses, confirme Véra. Tu as déjà fait beaucoup pour Vizaël. Et même pour Vern. Pour ma part, je pense déjà que ton influence relève de l'exploit.

Malgré ses dernières réalisations, Alice a l'impression que c'est toujours trop peu. Michaël méritait mieux.

Beaucoup mieux. Il avait l'étoffe d'un grand chef. Devait-il poursuivre la mission de Nathaniel ?

༝

Dès son retour à Montréal, le travail régente de nouveau toute la vie d'Alice. Elle consulte ses messages, vérifie les propositions de sujets qu'elle a reçues en vue du prochain numéro. Voilà qu'elle n'a plus une seconde de répit !

Quand elle a besoin d'un moment de calme, elle ferme la porte de son bureau et téléphone à Michaël. Pendant cinq petites minutes, elle se concentre sur la voix de son petit ami et grimace en lui racontant sa vie :

— C'est d'un ennui : je travaille tout le temps !

— Cela te plaît ?

— Oui, bien sûr ! Là n'est pas la question. Grâce à la revue, j'ai la sensation d'accomplir quelque chose de grand. De poursuivre... la mission de John, en quelque sorte.

— Oui, confirme-t-il.

Elle attend quelques secondes avant de souffler :

— Cette revue n'était pas sa seule mission, tu sais.

Un silence passe avant que Michaël s'emporte légèrement au bout du fil :

— Que t'a dit Véra ?

— Rien du tout. Juste que... son clan s'inspirait du document que tu as écrit avec Nathaniel et que...

— Non. Arrête tout de suite, ordonne-t-il.

— Mike ! Votre méthode fonctionne ! Tu n'as donc pas envie de poursuivre le rêve de Nathaniel ?

— C'est un rêve impossible, Alice. Un vœu pieux. C'est comme souhaiter arrêter toutes les guerres qui sévissent en ce monde. Nous pouvons arriver à en stopper une ou deux, mais nous ne pouvons pas tout diriger.

— Moi, probablement pas, mais toi, oui ! Et tu as tout le temps qu'il faut pour réaliser ce rêve ! Tu pourrais même récupérer l'armée que…

— Je t'interdis de me parler de cette armée, l'interrompt-il. Comment oses-tu me parler de la guerre, alors que tout ce à quoi je songe, c'est le moment où je pourrai te téléphoner, te voir ou t'embrasser ?

Troublée par ces mots, Alice reprend :

— Tu sais, je ne pensais pas à… tu n'es pas obligé de déclencher cette guerre tout de suite. J'aimerais seulement que tu ne repousses pas l'idée que…

— Alice, ce n'est pas ma guerre. Et je ne veux pas parler de ça avec toi.

Avec une moue triste, elle soupire :

— D'accord. Mais il se peut que je t'en reparle dans quelques semaines…

Dans un rire discret, il rétorque :

— Pourquoi ça ne m'étonne pas ?

Elle sursaute lorsque Richard ouvre la porte de son bureau à toute vitesse.

— Alice, nous avons un problème.

Elle sourit devant la réaction excessive de son collègue.

— Je t'écoute, dit-elle à l'intention de son employé.

— L'imprimeur a besoin de savoir quelle est la bonne couverture pour t'envoyer une épreuve, mais nous n'avons pas encore choisi entre les trois ébauches.

— Eh bien, choisis, dit-elle calmement.

Il pâlit, sidéré par les paroles de la jeune femme :

— Mais… c'est toi qui es censée le faire.

— Pas cette fois. C'est encore toi qui as trouvé le sujet, il est normal que tu décides de la couverture. Allez, file, je suis au téléphone.

Il ne bouge pas, persuadé qu'elle finira par changer d'avis, mais elle lui fait seulement signe de sortir de son bureau. Dès qu'il referme la porte, elle gronde :

— Tu vois un peu ce que tu me fais faire ? Dès je suis avec toi, j'oublie toutes mes responsabilités. Et je délègue ! Ça, c'est vraiment une première pour moi !

— Je suis quelqu'un d'exigeant, je sais.

— C'est vrai, confirme-t-elle dans un rire, mais comme je le suis aussi, je ne vais pas trop me plaindre.

Avec une voix taquine, elle ajoute :

— Et si tu étais là, je sais très bien ce que j'exigerais de toi.

— Tu n'as qu'un mot à dire et je serai dans le prochain avion en direction de Montréal.

Étonnée, Alice éclate de rire.

— Tu n'es pas sérieux !

— Je suis toujours sérieux, confirme-t-il, surtout quand il s'agit de toi.

Un autre rire échappe à la jeune femme, mais Michaël s'empresse de la questionner, avide d'obtenir une réponse claire :

— Tout ce que je veux savoir, c'est : as-tu envie de me voir ?

Elle ferme les yeux, avant d'avouer, comme s'il s'agissait d'une tare :

— Oui.

— Alors, demande-moi de venir te voir. Tout de suite.

— Mike, ce n'est pas raisonnable. Je travaille demain et…

— Je sais tout ça, la coupe-t-il. Mais les journées me paraîtront moins longues si je sais que nous passerons les nuits ensemble.

Un silence passe, puis il insiste :

— C'est toi qui te plains que Véra ne sert à rien ! Si j'étais là, elle n'aurait plus à assurer ta protection !

— Ça, c'est un coup bas, rigole-t-elle.

— En amour, tout est permis, renchérit-il.

Elle glousse, charmée par sa détermination, puis cesse de lutter contre son désir :

— D'accord. Prends le prochain vol.

— Enfin ! rugit-il. Je file. À ce soir.

— À ce soir, répète-t-elle, émue.

Quand elle repose son téléphone, elle n'a même pas le temps de sourire comme une midinette que Richard entre dans son bureau. Incapable de se concentrer sur le problème qu'il lui expose, elle l'arrête brusquement :

— Richard, si j'augmente ton salaire, est-ce que tu pourrais régler ce genre de détails ? Je n'ai pas envie de m'en occuper…

— La publicité n'est pas un détail, Alice, proteste-t-il vivement. Sans elle, nous n'avons pas de revue.

Elle ne répond pas, elle reste là, à admirer les dernières fleurs envoyées par Michaël avec un léger sourire qui ne passe pas inaperçu. Malgré son énervement, Richard se moque :

— Mais qu'est-ce qu'il t'a fait ? Où est Alice ? Rendez-la-moi !

Elle pose les yeux sur son collègue.

— J'ai seulement envie d'un petit répit.

— John ne m'aurait jamais laissé m'occuper de la pub.

— Tu as raison, c'est à Bruno de s'en occuper. Comment se fait-il que ça retombe toujours sur mon bureau ?

— Parce que John voulait tout voir. Et que nous faisons… comme quand c'était John qui…

— Eh bien, il faudrait trouver une autre méthode. Parce que c'est trop lourd à gérer.

Consciente de ne pas lui dire toute la vérité, elle chuchote :

— Il se trouve que Michaël arrive ce soir et que… j'aimerais m'occuper uniquement de l'essentiel, cet après-midi. Exceptionnellement, peux-tu te charger du reste ?

Il hésite avant de balayer le bureau de la jeune femme du regard. Enfin, il opine.

— D'accord, mais je ne suis pas sûr d'être apte à tout gérer.

— Fais ce que tu peux. Je verrai le reste demain.

— OK. Je vais… voir ce que je peux faire.

— Je suis sûre que ce sera parfait, sourit-elle.

Dès qu'il sort de son bureau, Alice replonge dans la lecture des articles, soudain allégée du poids de son travail. Même ses lectures semblent se faire plus rapidement.

❦

Michaël reste surpris lorsqu'Alice l'accueille à l'aéroport. Il a l'impression de rêver quand elle se jette à son cou pour l'embrasser. Pendant le trajet qui les mène jusqu'à son appartement, elle rit sans arrêt en lui racontant que Richard a accepté de s'occuper de la revue pour le reste de la journée. Lui qui croyait que sa requête serait rejetée à la seconde où il la formulerait. Non seulement Alice lui avait permis de venir, mais elle paraissait ravie qu'il soit là.

Une fois chez elle, il n'a pas le temps de déposer son sac sur le sol qu'il est prestement conduit dans la chambre à coucher. Là, il n'a plus à réfléchir aux mots qui sortent de sa bouche, il n'a qu'à se laisser guider par les râles de la jeune femme pour la faire hurler de plaisir. Et il a la sensation d'y arriver de mieux en mieux.

Alors que tout redevient calme dans la pièce, Michaël craint qu'Alice soit sur le point de s'endormir, même si la nuit n'est pas encore tombée, elle demande d'une voix douce :

— Mike, dis-moi : quand tu en auras assez de moi, tu comptes me faire tout oublier ?

Surpris par sa question, il la repousse pour mieux la voir et gronde :

— Qu'est-ce que c'est que cette histoire ? Je ne vais jamais me lasser de toi !

— Arrête. Tu n'es pas aussi idiot, quand même ! Je suis humaine. Je vais donc vieillir. Je n'ai pas envie d'avoir l'air de ta mère !

— Je t'aime, Alice, déclare-t-il sur un ton déterminé. Et ce n'est pas ton corps que j'aime, mais ton âme.

— Mais c'est avec mon corps que tu fais l'amour.

Caressant la joue de la jeune femme, il affiche un air ému.

— Oh, Alice… tu arrives à voir au-delà des apparences. Pourquoi ne peux-tu pas croire que je suis apte à faire la même chose ?

Dans un rire moqueur, elle raille :

— Parce que tu n'es qu'un homme.

Elle fait mine de grimper sur lui et tapote son torse imposant.

— Tu es le sexe faible, rigole-t-elle encore.

Elle continue de rire, magnifique dans cette lumière, et Michaël la regarde amoureusement. Quand elle remarque le regard qu'il pose sur elle, Alice revient se lover contre lui et chuchote :

— Je plaisante, tu sais.

Il retient son souffle avant d'avouer :

— Alice, je ne peux pas te transformer… mais je peux… ralentir ton processus de vieillissement.

Aussitôt, elle relève la tête pour mieux le voir et il s'empresse d'ajouter :

— Mais je ne sais pas si ça fonctionne. Je ne l'ai jamais essayé.

Elle le jauge, incertaine, puis elle éclate de rire en lui fichant un coup de poing sur l'épaule.

— Ça alors ! Tu m'as bien eue ! Pendant un instant, je t'ai presque cru.

Il fronce les sourcils, agacé par sa réaction.

— Ce n'est pas une blague.

Petit à petit, le sourire d'Alice s'éteint et elle le scrute avec curiosité.

— D'accord. Et en quoi ça consiste exactement ?

— D'après Vern, si tu bois mon sang à intervalles rapprochés, ton vieillissement va ralentir.

Elle affiche une moue dégoûtée.

— Désolée, j'ai un peu de mal avec l'idée, admet-elle.

— Oui. Je me doute que… ce n'est pas très naturel pour toi.

— En effet.

Il scrute sa réaction pendant qu'elle réfléchit. Ces derniers jours, il a beaucoup pensé à cette possibilité. Une vie avec Alice lui paraît déjà trop peu. Il ferait n'importe quoi pour en obtenir davantage...

— Si ça se trouve, ça ne fonctionnera pas, dit-elle soudain.

— Vern était catégorique. Ça fonctionne. L'information provient de Véra. Elle a vu Kaïl faire certaines expériences avec du sang impur...

Elle grimace avant de questionner :

— Si j'en bois, qu'est-ce que ça me fera ?

— D'après Véra, elle dit que ça peut doubler ton espérance de vie. Ton corps sera régénéré, un peu comme moi, quand je bois du sang.

Les yeux d'Alice s'illuminent légèrement.

— Je serai aussi forte que toi ?

— Là, j'en doute, dit-il dans un rire. Mais il se peut... que tu ne sois plus aussi faible.

Il défie la jeune femme du regard et elle finit par hocher la tête.

— OK, accepte-t-elle en se redressant sur le matelas. Essayons.

Il se relève à son tour et la fixe, incertain :

— Quoi ? Tout de suite ?

— Oui, et dépêche-toi avant que je change d'avis !

Il quitte le lit quelques secondes et revient avec sa dague à la main. Prenant son courage à deux mains, Alice expire bruyamment avant de hocher la tête. Dès qu'il la sent prête, il enfonce la lame dans le creux de son poignet jusqu'à ce que son sang apparaisse. Alice se fige devant le liquide opaque, puis chasse ses réserves avant de poser sa bouche contre la plaie. Pour éviter de goûter le sang de Michaël, elle aspire rapidement. Ce n'est qu'au bout d'une demi-minute qu'elle se rend compte que la boisson la réchauffe. Elle détache ses lèvres et ferme les yeux pour vérifier ce qui se passe dans son propre corps. Elle a la sensation de ressentir la force dont parlait Michaël.

— Alice ? demande-t-il doucement. Est-ce que ça va ?

— Oui.

Concentrée sur elle-même, Alice sourit, puis revient poser sa bouche sur la plaie. Soudain, elle constate qu'elle n'a plus aucun dégoût à boire le sang de Michaël. Au bout d'une autre minute, il chuchote :

— Alice, je crois que ça suffit, maintenant.

Elle se détache de son bras, encore dans un état second, puis remonte des yeux perdus sur lui.

— C'est… incroyable, avoue-t-elle. On dirait que ça se propage partout en moi. Je me sens… complètement différente.

— À ce point ?

Elle affiche un large sourire.

— Oui. Et je me sens drôlement plus forte aussi.

Elle le repousse contre le lit et il perçoit effectivement que la jeune femme est plus puissante qu'avant. Sous son geste, il essaie de demeurer immuable et il doit même fournir un certain effort pour rester rigide. Elle rit en le sentant déstabilisé et redouble d'ardeur pour le faire basculer sur le lit. Quand elle y parvient, elle jubile et son rire inonde la chambre.

Avide de tester sa nouvelle force, Alice grimpe sur lui et se met à l'embrasser avec appétit.

— Cette fois, ça va être ta fête ! promet-elle.

Il ne tente même pas de résister à la jeune femme. Il est beaucoup trop heureux pour même y songer.

❦

Quand Alice s'éveille, Michaël est là, près d'elle, à épier son sommeil.

— Qu'est-ce que j'ai dormi ! avoue-t-elle en s'étirant sous les draps.

Quand elle tourne la tête vers lui, il la scrute avec un sourire béat accroché aux lèvres.

— Quoi ? demande-t-elle.

— Je suis tellement heureux, lui confie-t-il. Jamais je n'aurais cru... vivre une relation aussi... parfaite avec une femme.

Touchée, elle vient se lover contre lui avant de chuchoter :

— Moi non plus.

— Je t'aime, Alice. Je suis le plus heureux des hommes grâce à toi.

Caressant son épaule nue du bout des doigts, il ajoute :

— Tu sais qui je suis et tu es là, dans mes bras. Sais-tu seulement ce que ça représente pour moi ?

Dans un rire, elle rétorque :

— Tu dis ça comme si c'était une corvée. Je te signale que j'ai le petit ami le plus chouette qui existe.

Elle se redresse et prend appui sur son torse pour mieux le voir avant de poursuivre :

— Et maintenant que je peux espérer vivre plus longtemps à tes côtés, tout me paraît tellement plus simple.

Michaël plisse les yeux, intrigué.

— Ce n'est pas facile d'être aimée par un homme qui a tout son temps devant lui, tu sais. Toi, tu peux m'accorder ton cœur facilement, car tu sais pertinemment que je suis… temporaire.

— Alice ! Ce n'est pas du tout ainsi que je vois les choses !

— Et pourtant, c'est ainsi, persiste-t-elle. Et c'est pour cette raison qu'il m'est si difficile de t'offrir mon cœur. Parce que je vois à quel point ma vie est fugace par rapport à la tienne.

— Non ! Ne dis pas ça ! la gronde-t-il.

Elle pose ses doigts sur ses lèvres pour le faire taire.

— Mike, écoute : tu as une chance inouïe. Tu as du temps, de l'argent et la force nécessaire pour accomplir de grandes choses.

— Et pourtant, je ne veux que toi.

Un sourire lumineux apparaît sur le visage d'Alice.

— Tu m'as déjà, idiot.

— Oui, enfin… jamais tu n'as dit que tu m'aimais.

Elle glousse avant de poser sa bouche sur celle de Michaël.

— Qu'est-ce que tu es pressé ! Une fois que je t'aurai dit que je t'aime, que me restera-t-il à t'offrir ?

— Des tas de choses, certifie-t-il.

D'un trait, elle s'agenouille sur le lit, complètement nue, et remonte sa chevelure blonde pour essayer de poser pour lui.

— Tu as déjà mon corps, lui rappelle-t-elle.

Dans un rire, il la ramène prestement contre lui.

— Et je ne m'en lasse pas, répond-il.

Un baiser langoureux plus tard, elle souffle :

— Tu peux prendre mon sang quand tu veux.

— Et toi le mien, désormais.

Alice pose un regard ému sur lui.

— Si je t'offre mon cœur, tu auras tout de moi.

— Non, la contredit-il. Ton cœur n'est qu'une étape, Alice, car ce que je veux vraiment, c'est du temps. Je veux chaque minute de ce bonheur que tu m'offres. Et je peux te promettre que je ferais n'importe quoi pour te rendre la pareille.

Elle ferme les yeux, touchée par les paroles de Michaël.

— Jamais une femme n'aura été plus aimée que toi, Alice.

— Je sais, avoue-t-elle, et je voudrais être... comme toi, ne serait-ce que pour pouvoir en faire autant.

Posant délicatement son front sur l'épaule de Michaël, elle souffle :

— Comment suis-je censée te résister ? J'essaie, depuis des jours, de tempérer ce qui se passe entre nous...

— Mais pourquoi ?

— Parce que... c'est trop fort, Mike ! Avant de te connaître, je pensais que ma vie était toute tracée, que mon destin consistait à m'occuper de la revue, et puis...

— J'ai tout changé, dit-il.

— Oui. Seulement... je sais aussi que j'ai fait la même chose pour toi.

Il opine en silence, étrangement anxieux à ce préambule.

— Et maintenant que mon temps est... allongé, enfin... si ce truc fonctionne...

Elle pose une main sur le torse de Michaël et plonge son regard vert dans le sien.

— J'ai l'impression que notre relation… ne sera pas… un simple battement de cils pour toi.

— Oh Alice ! Le temps n'a rien à voir avec l'amour. Une journée avec toi vaut plus qu'un siècle sans toi.

Visiblement émue, elle hoche la tête.

— Alors, je nous souhaite des siècles de bonheur.

— C'est aussi mon souhait le plus cher.

Le cœur gonflé de joie, elle se penche pour l'embrasser, puis escalade son corps avant d'emprisonner les poignets de Michaël contre le lit.

— Attention, je suis dangereusement en forme, le prévient-elle dans un rire.

— Je n'ai certainement pas l'intention de m'en plaindre.

Il ferme les yeux et se laisse emporter par la fougue d'Alice. Reportant son attention sur elle, il retient son souffle et caresse cette peau claire, douce, magnifiquement chaude. S'il connaît désormais son rythme préféré, il se plaît aussi à la faire languir, la basculant contre le lit à la seconde où elle est sur le point de chuter dans l'orgasme. Pour une fois, elle ne le gronde pas de ce changement de position au moment fatidique. Elle se contente de river ses yeux dans les siens et s'accroche fermement à ses épaules. Alors qu'il recommence à la rendre ivre de plaisir, elle souffle :

— Non, attends !

Il s'arrête subitement, anxieux d'avoir commis un impair ou un geste brusque, mais Alice le regarde avec un sourire ému.

— Je t'aime, chuchote-t-elle.

— Alice !

— À partir d'aujourd'hui, je te promets… de rendre inoubliable chaque instant que nous partagerons.

— Pour que chaque journée vaille un siècle, confirme-t-il.

— Oui.

Dès qu'elle noue ses jambes autour de ses hanches, Michaël reprend ses secousses et soumet le corps de la jeune femme au sien. La journée vient à peine de commencer et il sait déjà qu'elle vaudra toute les précédentes...

Chapitre 14

L'homme parfait

C'est une jeune femme resplendissante qui arrive à la revue le lundi suivant. Tout en chantonnant, elle récupère une pile de messages à la réception et s'installe quand Richard entre dans son bureau.

— Bonjour ! Tu as passé un bon week-end ?

Avec un sourire niais, elle rétorque :

— C'était merveilleux. Et toi ?

— Bah… j'ai un peu bossé, mais ça va.

Pendant qu'elle trie ses messages, il poursuit :

— Les maquettes préliminaires devraient arriver ce matin. Il faudrait que tu les approuves avant la fin de la journée.

— D'accord.

Elle reporte son attention sur Richard.

— Je n'ai pas eu le temps de te le dire, mais… tu as vraiment assuré depuis la mort de John.

— C'est gentil. Merci, Alice.

Il se gratte derrière la tête avant d'avouer :

— J'adore ce travail, tu sais. Mais c'est une énorme source de stress. Je suis même revenu samedi pour vérifier certains détails. Je ne voulais pas te déranger alors... j'espère que je n'ai pas fait trop de bêtises...

— Tout sera parfait, lui assure-t-elle.

Il soupire, touché de la confiance d'Alice à son endroit. Sur le point de prendre congé, elle l'arrête à nouveau :

— En passant, je songe à te donner un titre avec plus de responsabilités.

Sous le choc, il la scrute, croyant avoir mal compris.

— Ne fais pas cette tête, rigole-t-elle. Tu as presque fait la moitié de mon travail, la semaine dernière.

— Bah... c'est normal... John t'a laissé beaucoup de responsabilités.

— Et j'ai changé de petit ami, ce qui me rend un peu dissipée... tu peux le dire !

Il rit avant de hocher la tête.

— Ouais. Il y a de ça, mais je ne vais pas m'en plaindre, parce que...

Il frotte son pied sur le sol avant de recommencer à rire.

— Ça m'a permis de me faire une petite amie, moi aussi.

Intriguée, elle demande :

— Quoi ? Qui ça ?

— Jessie. La graphiste.

— Alors là, c'est génial !

— Ouais, plutôt, confirme-t-il.

— J'espère que ce n'est pas pour ça que tu fais autant d'heures sup ! le taquine-t-elle. Parce que si je t'offre une promotion, il faudra que tu assures !

Il se raidit avant de retrouver un air sérieux.

— Bien sûr. Je serai à la hauteur. Tu peux compter sur moi.

— Alors, faisons comme ça. Je vais voir avec les ressources humaines pour te trouver un titre plus adéquat, et le salaire qui va avec. Ah, et je verrai à ce qu'on t'engage une assistante, comme ça, tu pourras te consacrer à l'essentiel.

Interloqué, il répète :

— Une assistante ? Pour moi ?

— Tu dis ça comme si c'était un comble ! rigole-t-elle. Ce n'est un secret pour personne que je songeais à engager du personnel supplémentaire. Nous faisons tous un boulot de fou depuis la mort de John. À faire cette réorganisation, autant mettre les forces de chacun à contribution et vous libérer des tâches connexes.

— Ce serait… incroyable, avoue-t-il.

— Alors ce sera ça, annonce-t-elle. Je dis à Marion de gérer ce dossier.

Elle tapote ses messages du bout des doigts avant de récupérer son téléphone.

— Bon. Avec tout ça, je ne suis pas en avance. Rencontrons-nous vers 16 h, pour voir où chacun en est.

— Bien sûr, oui !

Alors qu'elle commence le tri de son courrier tout en mettant le téléphone à son oreille, il reste planté devant son bureau, cherchant ses mots.

— Alice, je… merci. Tu ne sais pas ce que ça signifie pour moi, bredouille-t-il.

— Bien sûr que je le sais, Richard, le contredit-elle. N'oublie pas que John m'a fait le même honneur, il y a un peu plus d'un an.

Il sourit tristement.

— Oui. C'était un homme extraordinaire.

Elle opine, songeant que son défunt ami avait accompli de grandes choses. Bien plus grandes que cette revue, d'ailleurs.

— Je te promets d'être à la hauteur, dit-il encore.

— Je sais. Je n'en ai jamais douté.

Lorsque Richard se décide à tourner les talons, c'est une enveloppe rouge qui attire son attention. Elle repose le combiné avant de demander :

— Hé ! C'est quoi, ce truc ?

Il revient devant son bureau et récupère l'enveloppe avant de reprendre la parole :

— Ah, mince ! J'ai oublié de t'en parler ! J'ai parlé avec la représentante du gala Presse-Média, la semaine dernière. Ils songent à créer un prix en l'honneur de Jonathan Sanz. C'est probablement une invitation pour la soirée, car j'ai reçu la même, ce matin.

— Un prix en l'honneur de John ? Wow. En voilà une bonne nouvelle !

— Oui. D'ailleurs, tu es censée rappeler l'organisatrice. Elle voudrait que tu fasses un discours sur John et sur sa vision de l'entreprise lors de la réception.

Alice affiche une expression émue.

— Ce sera un plaisir de parler de John. Je la rappelle sans faute, promet-elle.

— Super. Merci.

Dès qu'il sort de son bureau, elle se met au travail. C'est en constatant qu'elle n'a pas ouvert un ordinateur depuis presque trois jours et que tout son week-end a été consacré à Michaël qu'elle se rend compte que c'est bien la première fois que son travail passe au second plan. Elle est même enchantée d'avoir songé à proposer ce nouveau poste à Richard.

À la mi-journée, un nouveau bouquet de roses est livré. Touchée de ces attentions constantes, elle s'empresse de téléphoner à Michaël, ravie d'avoir un prétexte pour le faire :

— Merci pour les fleurs. Elles sont magnifiques, comme toujours.

— Si elles t'ont fait sourire, c'est tout ce qui compte.

Elle glousse, charmée par tous ces compliments.

— Alors ? La revue s'est-elle effondrée en ton absence ? lui demande-t-il.

— Tout est sous contrôle. Richard a fait un travail de maître, annonce-t-elle. Et toi ? Qu'est-ce que tu fais sans moi ?

— Je pense à toi. En réalité, j'attendais ton coup de téléphone avec impatience.

Il soupire avant d'avouer :

— Tu me manques déjà.

— Je serai là vendredi, promet-elle.

— Et si je revenais jeudi ?

Elle rit, tentée d'accepter avant de grogner :

— Nah. C'est à mon tour de venir à Chicago.

— À ta place, je réfléchirais sérieusement à ma proposition : contrairement à toi, je suis libre. Et nous gagnerions une nuit supplémentaire.

Elle ferme les yeux. Comment Michaël peut-il déjà lui manquer ? Il n'était parti que depuis quelques heures !

— J'y songerai, promet-elle.

Au lieu d'insister, il chuchote :

— Dis-moi que tu m'aimes.

— Idiot, tu sais que je t'aime, rigole-t-elle.

— Oui. Et j'adore ça. D'ici là, j'ai déjà bien des projets, tu sais.

— Dis-moi tout.

— J'ai décidé d'apprendre à devenir ton homme idéal, annonce-t-il.

Alice éclate de rire.

— Mon homme idéal ? Rien que ça ? Et à quoi il ressemble, d'après toi ?

— C'est quelqu'un qui te rend heureuse, déjà, et qui te fait rire aux éclats. Qui connaît bien ton corps aussi…

Elle sourit, flattée, mais ne peut nier qu'il est follement doué dans ce domaine.

— Et comme tu ne sais pas cuisiner, j'ai demandé à Vern de me donner quelques cours…

— Alors là, c'est une idée de génie ! confirme-t-elle.

— Tu verras, d'ici quelques semaines, nous serons un couple parfait.

Aussi étonnée que charmée par son plan, elle glousse.

— Idiot. Nous sommes déjà un couple parfait.

— C'est vrai, mais je voudrais que tu ne puisses plus te passer de moi. J'ai envie d'être essentiel à ta vie, Alice, parce que toi, tu l'es à la mienne.

Émue, elle ravale ses larmes avant de souffler :

— Et une fois que je ne pourrais plus me passer de toi… qu'est-ce que tu vas faire ?

— Je ferai tout pour te rendre heureuse.

Alice sent son cœur se mettre à tambouriner dans sa poitrine. Puis, taquin, il ajoute :

— Bref, ça ne changera pas grand-chose : je vais faire tout ce que tu veux. Comme maintenant.

Malgré l'émotion qui l'étrangle, elle rit à son tour.

— Tu n'as rien à craindre, reprend-il. Peu importe tes désirs, Alice, je ferai l'impossible pour les réaliser.

Elle soupire, tremblante devant une si belle déclaration, puis prononce les seuls mots susceptibles d'évoquer ce qu'elle ressent :

— Je t'aime, Michaël.

Au bout du fil, il rit doucement, puis demande :

— Ça veut dire que je peux venir jeudi ?

À travers un regard brouillé de larmes, elle rit.

— Oui, confirme-t-elle. Tu peux venir quand tu veux.

Moins d'un mois plus tard, Michaël surgit dans le bureau d'Alice, un mercredi après-midi. Aussitôt, la jeune femme bondit et lui saute au cou.

— Mike ! Quelle surprise ! Je croyais que tu n'arrivais que demain soir ?

— En fait, admet-il, je ne suis pas retourné à Chicago cette semaine.

Elle fronce les sourcils, inquiète de ce qui pourrait être à l'origine de sa présence discrète à Montréal.

— Je voulais te faire une surprise, annonce-t-il.

Intriguée, elle recule et le toise du regard.

— J'ai décidé de prendre un appartement, déclare-t-il enfin. Ici. À Montréal.

Alice met quelques secondes avant d'assimiler l'information, puis elle fronce les sourcils.

— Est-ce que nous n'aurions pas dû en discuter d'abord ?

Le visage de Michaël se rembrunit.

— Je me doute que c'est trop tôt pour que nous nous installions ensemble, mais comme tu me manques terriblement quand je suis à Chicago, je me disais que si j'habitais plus près... tu pourrais décider plus facilement quand tu as envie de me voir. Nous ne serions plus... obligés de rester éloignés, tu comprends ?

— Mais si nous en avions parlé...

— Oui ? insiste-t-il, voyant qu'elle laisse sa phrase en suspens.

— Je ne sais pas. Peut-être que j'aurais accepté que tu viennes habiter chez moi ?

Surpris, il plisse son regard sur elle.

— C'est vrai ? Tu y songes ?

— Eh bien... j'aurais pu, dit-elle simplement, gênée d'avouer qu'elle y a effectivement réfléchi.

Il revient vers elle et la reprend dans ses bras avant de lui confier :

— Le problème, c'est que ton appartement est un trop petit. J'ai besoin d'un bureau, de lumière, d'un espace de travail bien à moi aussi.

Comme Alice reste silencieuse, il demande, inquiet :

— Tu n'es pas contente que je me rapproche ?

— Si, mais j'aurais quand même aimé que nous en discutions, tous les deux, admet-elle.

Il esquisse un petit sourire avant de reprendre :

— Je crois que tu vas aimer cet endroit : c'est grand, lumineux. Et il y a même un foyer.

— Un foyer ? répète-t-elle.

— Oui. J'ai remarqué que tu aimais bien t'endormir au coin du feu, à Chicago.

Elle sourit, ravie de cette attention, lorsqu'une autre question survient.

— Et Vern ? demande-t-elle.

Bombant fièrement le torse, il annonce :

— Il est libre.

La bouche d'Alice s'ouvre sous l'effet de la surprise.

— Libre ? Tu veux dire… complètement ?

— Oui. Mais je ne te mentirai pas, ce n'est pas facile pour lui. Il me téléphone tous les jours depuis la semaine dernière, et il viendra probablement nous voir très souvent, mais je l'ai convaincu de se trouver un petit quelque chose près de la mer.

— Il va… s'installer de son côté, alors ? vérifie-t-elle.

— Disons qu'il va essayer, mais il n'en a pas la moindre envie. J'ai même dû lui ordonner de le faire.

Elle rit en s'imaginant la réaction de Vern, mais éprouve un léger regret de ne pas avoir assisté à cette libération…

Quand Michaël remonte un trousseau de clés vers Alice, il annonce :

— C'est pour toi.

Alice récupère l'objet dans un geste lent, puis elle retrouve un sourire avant de demander :

— Et je le verrai quand, ce petit nid ?

༜

L'appartement de Michaël est très différent de ce à quoi s'attendait Alice : c'est moderne avec des meubles aux lignes pures et aux couleurs pâles. Les pièces sont ouvertes, grandes et très aérées.

— Qu'est-ce que tu en penses ? demande-t-il alors qu'elle observe attentivement l'endroit.

— C'est grand.

— Mais ça te plaît ? vérifie-t-il.

Elle marche dans l'appartement, fait le tour des pièces et jette même quelques coups d'œil derrière certaines portes.

— Les meubles, c'est nouveau ?

— Oui.

Il hésite avant de constater à voix haute :

— Je suis bête, j'aurais dû te demander ton avis. Si ça ne te plaît pas, nous referons simplement la décoration.

— Si ça te plaît, c'est l'essentiel. C'est chez toi, après tout…

Il la récupère dans ses bras à toute vitesse avant de l'entraîner sur le canapé, qui dégage une odeur de neuf. Replongeant les yeux dans ceux de la jeune femme, il avoue :

— En fait, ce sera chez moi jusqu'à ce que tu songes à t'installer avec moi…

— Quoi ? Ici ?

— Tu remarqueras que j'ai pris quelque chose de moderne, de lumineux… un peu comme ton appartement, mais en plus grand.

Elle revérifie l'endroit avant de voir les similitudes entre chez elle et cet appartement.

— En plus, reprend-il, c'est tout près de la revue.

— Hum. C'est vrai.

Un silence passe durant lequel Alice essaie de s'imaginer ici, dans ce lieu. Et même si elle a toujours adoré son logement, elle s'entend dire :

— Je crois que je me verrais bien ici. Avec toi.

Étonné, Michaël demande :

— C'est vrai ?

— Hum, hum, confirme-t-elle avant de caresser son torse avec une main lourde.

Embrassant la bouche, puis le cou de Michaël, elle chuchote, tout en s'attaquant aux boutons de sa chemise :

— Tu sais, c'est la tradition de faire l'amour dans toutes les pièces d'un nouvel appartement…

— Toutes ? répète-t-il, intrigué par cette étrange tradition.

— Toutes, confirme-t-elle avec un air de défi.

Il fait mine d'être contrarié et elle s'empresse de le questionner :

— Aurais-tu peur de ne pas être à la hauteur ?

Il ramène la jeune femme plus près de lui et glisse une main sous sa jupe jusqu'à ce que les yeux d'Alice se ferment.

— Si j'avais su, souffle-t-il, j'aurais pris un appartement plus grand. Beaucoup, beaucoup plus grand…

Il sourit même s'il est conscient qu'elle n'écoute déjà plus ce qu'il dit.

Chapitre 15

L'ultimatum

Lorsqu'Alice entre dans l'immense salle de réception au bras de Michaël, elle est resplendissante dans sa robe de soirée. Ce soir, elle est là pour présenter le prix Jonathan Sanz. Même si son discours est prêt, elle est émue de parler de son ami. John a tellement fait pour elle. Pas seulement en lui léguant la revue, mais surtout en mettant Michaël sur sa route.

Depuis qu'ils habitent ensemble, soit depuis deux mois, sa vie est un véritable conte de fées. Exception faite qu'elle se nourrit de son sang chaque semaine et qu'il en fait de même avec elle. Grâce à cet échange, elle se sent forte, radieuse. Elle a même la sensation qu'ils ne font plus qu'un.

Lorsqu'un serveur lui tend un plateau contenant des verres de vin, elle refuse avant d'expliquer son geste :

— Il vaut mieux que je ne boive pas avant mon discours.

— Je suis tellement content, intervient Richard. Ce sera un sacré coup de pub pour nous.

— John serait fier, chuchote-t-elle tristement.

Attirant Alice contre elle, Michaël confirme :

— Oui. Il serait vraiment très fier.

Un simple regard parvient à la rassurer. On vient lui parler de John et de sa façon de gérer la revue depuis qu'il n'est plus là. Dans la mesure du possible, elle refile la majorité des questions à Richard, qui semble follement s'amuser. Dès qu'elle a un instant de répit, elle se penche vers Michaël pour annoncer :

— Ça te gêne si je vais m'enfermer aux toilettes pour relire mon discours une dernière fois ?

— Tu veux que je t'accompagne ? propose-t-il.

Elle sourit avant de secouer la tête.

— Non. Ça ira. Je reviens dans 10 minutes.

— Je ne bouge pas d'ici, annonce-t-il.

Du bout des lèvres, elle l'embrasse, puis se faufile parmi la foule. Elle est interceptée toutes les deux minutes pour serrer des mains. Quand elle finit par apercevoir les toilettes des dames, elle presse le pas, consciente que les 10 minutes promises à Michaël sont déjà sur le point d'être écoulées. Dans son élan, elle heurte un homme qu'elle n'avait pas vu.

— Pardon, s'excuse-t-elle poliment en essayant de le contourner.

L'homme se replace devant elle pour lui bloquer le passage. Lorsqu'elle remonte les yeux, elle fait un pas vers l'arrière en remarquant la blancheur de son visage. Un vampire. Ses cheveux, très longs et noirs, sont attachés derrière sa nuque, et il est vêtu intégralement de noir.

— Bonsoir, Alice, dit-il d'une voix grave. Je suis très heureux de te rencontrer.

Elle tente de faire un second pas vers l'arrière, mais son corps refuse de bouger. Depuis qu'elle a croisé le regard de cet homme, elle n'arrive plus à se défaire de son emprise.

— Je suis le créateur de... quel nom porte-t-il désormais ? Ah... Michaël.

Dans l'esprit d'Alice, le nom de Kaïl résonne, mais elle ne parvient pas à ouvrir la bouche. À croire qu'un simple regard de ce vampire suffit pour la neutraliser complètement !

Il se penche doucement vers elle avant de chuchoter :

— Tu as beaucoup de chance, Alice... je ne vais pas te tuer. Pas aujourd'hui, du moins.

Même si elle tente de trouver Michaël, elle ne parvient plus à distinguer ce qu'il y a autour d'elle. La salle semble s'être évaporée. Il ne reste que Kaïl, comme s'il emplissait tout l'espace disponible dans son esprit.

— Pour information, sache que c'était un fils, annonce-t-il simplement.

Aussitôt, Kaïl disparaît, puis le voile que le vampire avait fait apparaître devant ses yeux s'évapore petit à petit. Lorsqu'elle revient à elle, une douleur lui transperce le ventre et elle tombe sur le sol avant de se rendre compte que du sang coule partout autour d'elle.

Au même moment, des cris jaillissent alors qu'on la découvre par terre, l'abdomen ensanglanté. Aussitôt, Michaël surgit à ses côtés et la prend dans ses bras.

— Alice ? Alice, réponds-moi !

— Kaïl, souffle-t-elle.

Il balaie la salle des yeux pour tenter de trouver le vampire, puis reporte à nouveau son attention sur la jeune femme.

— Alice, tout va bien. Regarde-moi.

Il écrase une main contre le ventre entaillé d'Alice et soupire à travers ses larmes en constatant que sa vie n'est pas en danger. Elle chuchote, en voyant les pupilles de Michaël se teinter de jaune à l'odeur du sang :

— Tes yeux…

— Ne dis rien.

Il use de l'hypnose pour calmer la jeune femme et dès qu'elle s'écroule dans ses bras, il la soulève du sol. D'un pas rapide, il la transporte à l'extérieur de la salle. Des tas de phrases lui parviennent au passage : «Quelqu'un l'a poignardée», «C'est terrible, tout ce sang». Richard essaie de venir les aider, mais Michaël ne s'arrête pas. Il sort en serrant la jeune femme contre lui, un goût amer au fond de la gorge : celui de la vengeance.

Pendant qu'Alice est examinée par des médecins, Michaël tourne en rond devant la chambre de la jeune femme. Il a téléphoné à Vern et à Véra pour leur annoncer que la guerre est déclarée.

Au bout d'une heure, un docteur se présente enfin à lui :

— Elle a eu beaucoup de chance. Aucun de ses organes vitaux n'a été atteint. Par contre… nos premières analyses confirment qu'elle était enceinte. C'était tout récent. Je suppose que vous n'étiez pas encore au courant…

Des larmes coulent des yeux de Michaël.

— Ne vous inquiétez pas. Sa blessure n'était que superficielle. Elle pourra certainement avoir d'autres enfants d'ici quelques mois. Je vous assure qu'elle a eu beaucoup de chance.

Michaël finit par se calmer et hoche doucement la tête.

— Oui. Elle a eu de la chance, confirme-t-il.

À la seconde où le docteur s'éloigne, Michaël se faufile dans la chambre d'Alice et reste là, près de la porte, à essayer de se calmer. Elle lui apparaît frêle au milieu de tous ces appareils. Il approche une chaise vers le lit et y prend place, puis écrase la main de la jeune femme contre sa joue. Pendant qu'elle dort paisiblement, il pleure de chagrin et de rage.

Au bout de deux longues heures, Alice finit par ouvrir les yeux sur le visage déformé par la douleur de Michaël. Elle comprend aussitôt où elle se trouve et les images de Kaïl lui reviennent en mémoire.

— Alice, je suis désolé. Tout ça est de ma faute. Je n'aurais jamais dû…

— Tais-toi, supplie-t-elle.

Elle écrase son bras contre son visage pour essayer de masquer sa douleur, puis se recroqueville sur elle-même, dos à lui. Michaël remarque qu'elle glisse une main dans le creux de son ventre et il ferme les yeux devant l'image déchirante que ce geste provoque dans son esprit. Il pleure avec elle en silence, n'osant pas la toucher. Quand ses larmes cessent, elle chuchote :

— Tu le savais ? Pour le bébé ?

— Oui, avoue-t-il.

Enfin, elle se décide à reporter son regard sur lui, et il lui semble désespéré.

— Pourquoi tu ne m'as rien dit ?

— J'attendais que tu t'en rendes compte par toi-même, lui confie-t-il. J'espérais… que ça te fasse plaisir.

Elle renifle avant de se remémorer la scène.

— J'étais incapable de bouger. Il était… tellement fort.

— Je sais.

— Il a dit… que c'était un fils.

Il récupère la main d'Alice, qu'il serre entre ses doigts.

— Essaie de ne plus y penser…

Lourdement, elle laisse sa tête prendre appui contre le corps de Michaël.

— Promets que tu vas le tuer.

— Oui. Je te le promets.

Il attend que le tremblement de la jeune femme diminue et tend l'oreille. Dès qu'il s'assure que leur environnement est silencieux, il chuchote :

— Je vais te donner un peu de sang. Cela t'aidera à guérir.

Dans un geste rapide, il s'entaille le poignet et le porte aux lèvres d'Alice, qui boit sans la moindre hésitation, espérant surtout que le sang de Michaël lui fasse oublier la douleur qu'elle ressent et que toutes ces images disparaissent de sa tête. Mais même quand elle sent son corps cicatriser, le chagrin et la peur sont toujours là. Quand elle se laisse retomber sur le lit, elle souffle :

— Aide-moi à dormir…

— Oui.

Il use de l'hypnose pour détendre la jeune femme. Quand il se sent seul à nouveau, Michaël s'écroule sur le bord du matelas et se remet à pleurer, inconsolable.

Lorsque Vern rejoint le couple à l'hôpital en pleine nuit, il est consterné de voir son ancien maître dévasté par l'attaque de Kaïl. Alors qu'il a acquis sa liberté depuis peu, voilà qu'il se sent coupable de les avoir abandonnés. Mais comment pouvait-il imaginer que Kaïl s'en prendrait à eux si rapidement?

— Michaël, vous devriez rentrer... et changer de vêtements...

Il secoue la tête, refusant de quitter le chevet d'Alice, même si sa chemise est couverte du sang séché de la jeune femme.

— Je resterai ici. Vous n'avez rien à craindre, insiste Vern.

— Va, ordonne Alice. Je ne risque rien, cette nuit.

Il tourne un visage dépité sur elle.

— Tu veux que je parte?

— Ils me donneront sûrement mon congé, demain, alors il vaut mieux que tu rentres. Prends une douche. Et ramène-moi des vêtements propres, tu veux?

La respiration de Michaël se saccade, puis il cède et se lève. Il embrasse Alice sur le front, promet de revenir très vite et quitte la chambre.

Seul avec Alice, Vern s'installe sur la chaise, près du lit, et attend.

— Kaïl... il n'a pas laissé de message pour Michaël, chuchote-t-elle.

Vern soupire, visiblement embêté par la question sous-jacente d'Alice qu'elle ne tarde pas à préciser :

— Qu'est-ce qu'il veut?

— Toujours la même chose. Lui.

Elle se redresse lourdement dans son lit, puis murmure, par crainte que Michaël puisse l'entendre :

— Il a dit : « Je ne te tuerai pas. Pas encore. » Ça signifie qu'il va revenir, hein?

Vern plisse les yeux en réfléchissant à ce message, mais elle insiste :

— Pourquoi il ne m'a pas tuée directement ? Pourquoi attendre ? Tu as tué sa femme, après tout. Il ne l'a pas épargnée, elle !

Vern fronce les sourcils et se défend aussitôt :

— Je devais le faire !

— Vern, je me fiche de ce que tu as fait, lui assure-t-elle, mais je ne comprends pas... pourquoi il ne m'a pas réservé le même sort.

Pour l'une des rares fois dans sa vie, l'assistant plonge son regard dans celui de la jeune femme.

— Kaïl sait ce que vous représentez pour Michaël. Autrement, il ne se serait pas déplacé.

— Ce qui veut dire ?

— Le bébé, explique-t-il doucement, c'était seulement un avertissement.

Elle encaisse le choc en hochant la tête, ce qui lui permet d'ajouter :

— Ça signifie quelque chose comme : « Rends-toi ou elle sera la suivante. »

Le souffle d'Alice se coupe, et elle demande, anxieuse :

— Il ne va pas se rendre ?

Vern baisse les yeux sur le sol, incapable de répondre à cette question, mais il souhaite de tout cœur que Michaël songe à se battre plutôt qu'à se rendre.

— Dis-moi qu'il ne fera pas ça ! le supplie-t-elle.

— Je l'ignore, admet-il.

Alice tente de se lever :

— Il faut le convaincre de se battre ! Ce salaud ne va pas s'en tirer, compris ?

Vern la retient par les épaules et l'oblige à rester au lit.

— Calmez-vous.

— Donne-moi un ordinateur. Je suis sûre qu'il y a une façon de le retrouver.

— Nous verrons cela plus tard. Pour le moment, vous devez vous reposer.

Elle grogne avant de se laisser retomber sur le matelas.

— De plus, c'est à Michaël de faire ce choix, poursuit-il.

Elle le foudroie de son regard vert.

— C'est moi qu'il a attaquée !

— Mais vous n'êtes pas assez forte pour lutter contre Kaïl, lui rappelle-t-il.

Alice sent des larmes lui brouiller la vue et peste :

— J'obligerai Mike à se battre. Ce salaud ne mérite pas de vivre. Il pourrit sa vie depuis bien trop longtemps, déjà…

Vern opine en silence. Il a la sensation que tout se met en place, mais il ignore si son ancien maître est de taille à se battre contre Kaïl.

— Dis que tu vas m'aider, le supplie-t-elle.

La gorge serrée, l'assistant hoche la tête.

— Je promets que je ferai tout ce qui est en mon pouvoir pour vous soutenir, Michaël et vous, dans cette épreuve. S'il décide de déclencher une guerre, je sais déjà que Véra et sa meute seront à nos côtés. Et d'autres seront certainement prêts à les rejoindre.

— L'armée de Nathaniel, se souvient-elle.

— Oui. Mais pour y arriver, Michaël devra accepter de prendre la tête de cette armée. Lui seul peut le faire.

Étouffant un sanglot, elle se penche pour récupérer la main de l'assistant.

— Merci, chuchote-t-elle.

Elle le relâche, se laisse retomber sur le matelas et fixe le plafond, désespérée à l'annonce de cette guerre imminente.

Elle a la sensation de découvrir son véritable destin : celui d'appuyer Michaël dans cette lutte afin de libérer les enfants perdus. Et par le fait même, d'obtenir vengeance pour l'enfant qu'elle ne connaîtra jamais.

෯

Dès sa sortie de l'hôpital, Alice doit passer au commissariat pour faire une déposition sur les évènements qui se sont produits, ce soir-là. Par la suite, elle exige de faire un saut au bureau pour régler certains détails. Bien qu'elle ne ressente plus aucun intérêt pour son travail, elle sait que tout peut basculer en un instant, désormais. Elle doit donc s'assurer que ses affaires soient en règle et que la revue reviendra à son collègue si les choses tournent mal. Avec Kaïl, c'est tout à fait possible. Dès que tous les papiers sont signés, elle laisse quelques notes sur son serveur sécurisé, puis rentre à l'appartement pour préparer ses valises. À sa demande, ils partent immédiatement pour Chicago. Et Vern les accompagne, déterminé à rester à leurs côtés malgré la menace qui plane sur eux.

Les premiers jours, Alice passe son temps sur le canapé, à fixer le feu qui danse dans la cheminée. Elle passe du chagrin à la colère. Michaël reste là, près d'elle, amer de ce qu'il a fait vivre à Alice. Il se maudit d'avoir modifié le destin de la jeune femme. Jamais elle n'aurait vécu ce genre de vie avec Dave.

Le troisième soir, il est tard lorsqu'on sonne à la porte de la résidence. Personne ne bouge, comme si ce visiteur n'avait aucun intérêt pour eux. Alice est assise devant le feu, au salon, alors que Michaël reste à ses côtés, à siroter un scotch en silence. Il observe la jeune femme avec attention, détaillant chacun de ses traits, de ses cheveux, de ses soupirs. Il voudrait pouvoir graver ces images à jamais dans son esprit…

— Véra aimerait vous voir, annonce Vern.

Alice relève la tête vers l'assistant et affiche un petit sourire à l'annonce de cette visite impromptue. Et pourtant, Michaël secoue la tête.

— Je ne veux voir personne…

— Elle dit avoir des informations qui pourraient vous intéresser.

Alice intervient aussitôt :

— Fais-la entrer. J'aimerais beaucoup la voir…

Vern attend que Michaël se décide à hocher la tête avant de repartir. Lorsque Véra entre dans le grand salon, Alice se lève et s'approche du vampire pour l'accueillir.

— Bonsoir, Véra.

— Bonsoir, Alice.

Le vampire récupère la main que la jeune femme tend vers elle et chuchote :

— Je suis désolée pour votre perte.

Les yeux d'Alice se remplissent de larmes et elle serre les doigts glacés de Véra avant de souffler :

— Merci.

Lorsqu'elle se détache du vampire, Alice revient près de Michaël, qui pose une main autour de sa taille. Comme il ne s'est pas levé pour venir l'accueillir, Véra s'approche de deux pas.

— Bonsoir, Vizaël. J'apporte de bonnes nouvelles.

— Vraiment ? demande-t-il, sans grand intérêt.

— Tous les enfants perdus se dirigent actuellement vers Chicago. Ils viennent pour se battre à vos côtés.

Alice cherche la main de Michaël et elle tourne un regard rempli d'espoir vers lui.

— L'armée de Nathaniel, chuchote-t-elle.

Consterné, il gronde :

— Cette armée ne suffira pas pour battre Kaïl.

Nullement décontenancée, Véra affirme :

— Nous sommes bien plus nombreux que la meute de Kaïl. C'est une véritable armée qui arrive, Vizaël. Ils viennent de partout en Amérique. Il y a même des impurs qui proviennent d'Europe. Il nous faudra d'ailleurs plusieurs endroits pour les loger…

— Je peux m'occuper de la logistique, réplique Vern.

— Ça suffit ! hurle Michaël. Je n'ai jamais dit que je voulais me battre !

— Vous n'allez pas vous rendre ! rétorque Véra.

Il se lève et la fusille du regard.

— Cette décision m'appartient, dit-il brusquement.

— Michaël, il faut se battre ! insiste Vern.

Il pointe son assistant d'un doigt menaçant.

— Tu n'as pas d'ordre à me donner.

— Ça suffit, gronde Alice. Mike, ils ont raison. Tu ne peux pas laisser Kaïl s'en tirer ! Il t'a suffisamment fait de mal !

Touché par les mots d'Alice, il se jette à genoux devant le canapé et relève un regard affreusement triste vers elle.

— Ta vie compte plus que cette guerre pour moi. Si je me rends, peut-être que…

— Ma vie n'a aucun intérêt! le coupe-t-elle. Ce qui compte, c'est toi, Michaël. Et toute cette armée! Tu ne te rends pas compte : tu es l'espoir de tout un peuple!

Elle pose une main sur la joue de Michaël pour essuyer la larme qui vient de tomber de son œil droit et force un sourire à apparaître sur ses lèvres.

— Cette armée sera plus puissante que la meute de Kaïl, promet Véra.

Michaël ne réagit pas. Il continue de fixer Alice, incapable de croire qu'elle le pousse à cette guerre. Elle est pourtant la plus faible d'entre eux! Lentement, Vern s'approche de lui et pose une main lourde sur l'épaule de son ancien maître.

— Vizaël, répète-t-il. Tout est en place. Jamais il n'y aura de meilleure occasion pour vaincre Kaïl. Tu as l'armée de Nathaniel et une raison suffisante de vouloir mettre fin à son règne. C'est ton destin de libérer les enfants perdus.

Devant le hochement de tête d'Alice, il gronde :

— Non. Mon destin, c'est toi.

— Je serai là. Avec toi, promet-elle. Nous le vaincrons ensemble.

— Alice… non. Je préfère encore me rendre et savoir que tu vivras heureuse. Il suffit que je te fasse tout oublier…

— Rien ne dit que Kaïl laissera vivre Alice, annonce Vern.

Michaël serre les dents, conscient que son ami n'a pas tort. Il ne sait plus à qui se fier. Ni ce qu'il doit faire.

— Vizaël, demain soir, 200 enfants perdus seront ici, reprend Véra. Ils viendront à toi pour t'offrir leur vie. Vas-tu leur dire de retourner dans leur clan? De redevenir des esclaves?

Se penchant vers le visage de Michaël, Alice chuchote :

— Tu dois accomplir ton destin. Ma vie ne vaut rien contre tout ça.

Il la bascule sur le sol pour pouvoir la ramener contre lui.

— Je les laisserais tous mourir autant qu'ils sont pour te sauver, toi.

— Tu n'auras pas à le faire, reprend Véra avec conviction. Kaïl ne s'attendra pas à cette riposte. Et nous ferons en sorte qu'Alice soit bien protégée. Je le jure sur ma vie.

Michaël hésite, mais Alice le fixe avec détermination. Au bout d'un interminable silence, il annonce :

— J'accueillerai nos visiteurs, mais je veux d'abord discuter avec Alice.

Dès qu'il se retrouve seul avec la jeune femme, il chuchote :

— Alice, si je prends part à ce combat, je dois d'abord m'assurer que tu es en sécurité.

— Je ferai tout ce que tu veux, promet-elle, mais je refuse que tu effaces ma mémoire.

— Alice, les choses seraient tellement plus simples si…

Elle se jette à son cou et gronde :

— Tu es Vizaël. Le chef d'une armée très puissante. Demain, des gens de partout viendront pour se battre à tes côtés. Et moi, même si je suis plus faible qu'eux, je serai à leurs côtés.

— Tu n'es pas un soldat…

— Mais nous avons un même combat. Mike, ces gens viennent t'offrir leur vie… pourquoi n'ai-je pas le droit de t'offrir la mienne?

L'air sombre, il avoue :

— Ce n'est pas ainsi que j'imaginais notre vie.

— Une fois ce combat terminé, cette vie sera de nouveau possible…

Il soupire, effrayé à l'idée de perdre Alice.

— Je t'aime, chuchote-t-il. Je ferais n'importe quoi pour toi.

— Alors, accepte d'accomplir ton destin.

Il embrasse Alice avec force avant de souffler :

— Je serai celui que tu veux que je sois, mais promets que tu resteras toujours à mes côtés

— Oui, accepte-t-elle sans la moindre hésitation. Je te suivrai dans la mort, s'il le faut.

Lorsqu'il reprend les lèvres d'Alice, leur baiser a un goût de larmes, mais la jeune femme cherche prestement à se jucher sur son corps. Michaël répond à ses gestes avec fougue, avide de retrouver celle qui a ravi son cœur. Le temps lui manquait pour aimer Alice. Et il devait profiter de chaque minute avant que la guerre soit déclenchée.

❦

L'aube s'infiltre doucement dans le salon alors que Michaël regarde la lumière éclairer le visage d'Alice, endormie près lui. Dès que la jeune femme s'éveille, elle marmonne en se lovant plus étroitement contre lui :

— Tu ne dors pas ?

— Non.

Chassant le sommeil, elle se remémore les évènements de la veille avant de demander :

— Tu penses à tous ceux qui arrivent ?

— Non. Je pense à toi. Je pense toujours à toi.

Elle soupire, partagée entre la joie de se laisser porter par l'amour de Michaël et le désir de le disputer pour qu'il se concentre sur ce qui s'amène.

— Je pense au bonheur que tu m'apportes, poursuit-il. À toutes ces choses que nous avons vécues. À la vie que nous aurions pu avoir. À ce fils, aussi.

Quand le corps d'Alice se raidit contre le sien, il ajoute :

— Pardon, je ne voulais pas...

— C'est OK, dit-elle très vite. Je me demandais justement...

— Quoi donc ? insiste-t-il lorsque le silence se fait lourd.

— Nous n'en avons jamais parlé... de ce bébé.

Alice se redresse pour mieux le voir et le questionne sans attendre :

— Ça me paraît irréel d'avoir été enceinte, tu sais. Après tout, je prenais la pilule, alors...

— Oui, mais comme tu buvais mon sang...

— Oh...

Il hésite avant de demander :

— Tu n'étais peut-être pas prête pour ça ?

— Je ne sais pas. Je crois que... j'aurais été heureuse.

Elle revient contre lui et il sent les larmes d'Alice couler le long de son cou. Quand la rivière s'assèche, elle chuchote :

— Nous aurions pu l'appeler Vizaël... ou Nathaniel...

— Après ce combat, il sera toujours temps de fonder une famille, propose-t-il simplement.

— Oui, répond-elle en se serrant davantage contre lui.

Un silence passe avant qu'il ose lui poser la question :

— Alice, cette guerre, est-ce vraiment ce que tu veux ?

Elle hésite avant de répondre :

— Personne ne veut la guerre, Michaël, mais quelqu'un doit arrêter Kaïl. Et il n'y a que toi.

Il soupire, agacé de tous ces espoirs que les gens catalysent sur lui. Il n'est pas sûr d'en être à la hauteur.

— Moi, chuchote-t-il, tout ce que je veux, c'est d'être avec toi.

— Mais je suis là.

Il tourne un regard triste vers elle.

— Dire que… je n'ai même pas pu t'épouser !

Elle sourit, puis propose :

— Faisons-le. Maintenant.

— Qu'est-ce que tu racontes ?

Le regard de la jeune femme s'illumine lorsque l'idée prend vie dans son esprit.

— Profitons de tous ces gens qui viennent à toi pour souligner ce moment. Marions-nous devant ton armée !

Michaël se redresse en entraînant la jeune femme avec lui.

— Tu m'épouserais vraiment ? Sachant tout ce qui s'est passé ? Et tout ce qui peut encore se produire ?

Elle hoche la tête et répond sans la moindre hésitation :

— Oui.

Quelque chose reprend vie en Michaël. L'espoir. Il sourit avant d'annoncer :

— Demain soir, je t'épouserai.

Les bras frêles d'Alice s'enroulent autour de lui et elle émet ce rire mélodieux qu'il aime tant.

— Alors, nous vivrons ça ensemble, dit-elle simplement.

Elle l'embrasse passionnément, puis chuchote, contre sa bouche :

— Vizaël, je t'aime. Je veux devenir ta femme.

Chapitre 16

Ensemble

— Je propose que Véra et sa meute soient assignées au premier rang de notre protection.

Vizaël est assis au centre du salon et écoute attentivement les conseils de Vern.

— Autant de vampires regroupés, voilà qui ne m'inspire pas confiance, avoue-t-il.

— Il y aura des hybrides aussi, mais nous n'avons jamais été plus nombreux qu'eux…

— Si nous en avons le quart, c'est déjà beaucoup, conclut Vizaël.

— Oui.

Au bout d'une hésitation, il hoche la tête.

— Va pour Véra et sa meute.

— Bien. Pour ce qui est d'Alice…

— Elle doit être protégée en tout temps, annonce Vizaël. Il faut que les meilleurs soldats soient attitrés à sa protection.

— Je ne saurai vous conseiller de vous départir…

— Vern! Je ne fais ça que pour elle! lui rappelle-t-il. Si elle meurt, autant que tu saches que je n'y survivrai pas non plus.

Troublé par ces paroles, l'assistant réfléchit avant de lui faire part de ses craintes :

— Alice sera protégée, mais nous avons besoin de tous nos soldats dans cette lutte !

Un silence passe avant que Vern suggère :

— Nous pourrions demander à Véra… ou à Alex…

— C'est impossible pour Véra. Sa meute ne suivra qu'elle.

— Et Alex ?

Vizaël soupire avant de jeter un regard inquiet en direction de son assistant.

— Crois-tu qu'elle a toujours des sentiments pour moi ?

— Je l'ignore. Cela fait bien longtemps…

— Je sais. Mais je t'avoue que je serais plus rassuré si Alice était protégée par des impurs.

— Bien sûr. Mais n'oubliez pas que les vampires sont plus forts et plus rapides.

— Et plus incontrôlables aussi.

— Oui.

Il ferme les yeux, tente de se remémorer Alexandra, le seul vampire à qui il faisait confiance, à une époque. Mais c'était il y a bien longtemps…

— Fais venir Alexandra, mais assure-toi qu'elle ne soit pas seule. Elle ne pourra pas protéger Alice si Kaïl envoie un groupe par ici…

— Je laisserai une vingtaine de soldats avec elle, propose-t-il.

La respiration de Vizaël se fait plus douce, puis il finit par hocher la tête.

— Oui. Ça devrait aller. Merci, Vern.

Heureux de pouvoir parler de stratégie, Vern récupère des feuilles de papier et un crayon afin de tracer les possibilités de déploiements pour attaquer le clan de Kaïl.

— Nous attendons quatre clans différents. En moins de 10 minutes, nous aurons éliminé toute la bande de Kaïl.

— Kaïl est à moi, indique Vizaël d'une voix sèche.

— Bien sûr. Cependant… j'aimerais beaucoup assister à ce combat. En tant qu'ami.

Vizaël pose une main sur l'épaule de son ex-assistant.

— Si je faillis à ma tâche, tu pourrais être tué.

— Alors qu'il en soit ainsi, dit-il simplement.

Touché par ces mots, Vizaël ajoute :

— Vern, tu es vraiment l'ami le plus inestimable que j'ai.

— Et je suis honoré de pouvoir me battre à vos côtés, Vizaël.

Une ombre obscurcit le regard de Vizaël lorsqu'il chuchote :

— S'il arrivait que je perde…

— Vous ne devez surtout pas…

— Vern, gronde-t-il. S'il m'arrivait quelque chose, tu dois me promettre de prendre soin d'Alice.

Surpris par cette requête, il souffle :

— Bien sûr, Vizaël…

— Elle ne doit plus souffrir. Tu comprends ce que ça signifie ? Efface-lui la mémoire et…

— Je vous promets qu'elle aura une vie heureuse, chuchote Vern. Je m'en occuperai personnellement.

Vizaël ferme les yeux et dit, ému :

— Merci, Vern.

Ils retournent à leurs stratégies de combat, mais dès que tous les plans sont établis, l'ex-assistant revient sur des considérations plus logistiques :

— Ce soir, il vous faudra d'abord rencontrer les chefs de clan. Par la suite, je vous suggère de vous adresser aux enfants perdus et de faire un discours rassembleur.

— Oui. J'ai déjà songé à ce discours.

— Bien.

— Et concernant votre mariage, je propose que nous installions une estrade derrière la résidence pour que tout le monde puisse assister à vos échanges de vœux…

Vizaël scrute son ami, surpris, et Vern avoue :

— Je n'ai pas pu m'empêcher d'entendre… vos plans.

— Oui. Merci de bien vouloir te charger de cette organisation.

Vern opine, fier de pouvoir assister à un moment aussi important.

— Puis-je vous suggérer d'attendre après le discours aux enfants perdus avant de célébrer votre union ?

— Ils ne sont plus perdus, dit-il doucement.

Touché par ces mots, Vern se laisse tomber sur le sol et baisse la tête devant Vizaël :

— Maître, permettez-moi de vous remercier pour ces paroles.

— Relève-toi, mon ami. N'oublie pas que je ne suis plus ton maître, désormais.

— Vous le serez toujours pour moi. Et vous êtes le plus grand de tous.

Il pose doucement sa main sur la tête de Vern.

— Je suis ton ami, Vern. Ne l'oublie jamais.

— Et j'en suis honoré, croyez-le bien.

— Je sais. Et maintenant, relève-toi. Nous avons beaucoup de travail avant l'arrivée de nos invités.

Il s'exécute sur-le-champ.

— Tu dois trouver suffisamment d'endroits sur notre trajet pour que les vampires dorment en sécurité pour les trois prochains jours. Les hybrides dormiront un jour sur deux ; il faut alterner la garde et s'assurer qu'ils sont en sécurité pendant leur sommeil.

— Bien, Vizaël.

— Et il faut du sang. Beaucoup de sang. Il faut nourrir tout le monde correctement. Ils doivent être forts pour le combat. Vérifie auprès de Véra et contacte tous nos alliés. Assure-toi que nous ne manquions de rien.

— Je m'en occupe.

Vern se dirige vers la sortie et se retourne avant de franchir le seuil de la pièce :

— Vizaël ?

— Oui, Vern ?

— Ce que vous faites pour ces enfants est extraordinaire…

— Ce sont mes fils à présent. À ce titre, je dois me soucier de leur bien-être.

— Et ils vous le rendront bien, Vizaël. J'en suis persuadé.

Lorsqu'Alice s'éveille dans la chambre, elle sourit devant l'ensemble des bouquets de fleurs qu'on a déposés tout autour de la pièce. Elle n'est pas encore assise dans son lit qu'on frappe discrètement.

— Oui ?

Vern entrouvre la porte, les yeux rivés sur le sol :

— Puis-je entrer ?

— Bien sûr! Entre, voyons!

Il pénètre dans la pièce sans la regarder, plusieurs sacs noirs repliés sur son bras. Il les accroche derrière la grande armoire.

— J'ai pris la liberté de choisir trois robes pour ce soir...

Alice récupère son peignoir et le met avant de sauter hors du lit, excitée devant ce qu'elle pressent.

— Ce sont des robes de mariée?

— Oui. Vizaël a suggéré quelque chose de simple...

Il ouvre rapidement le premier sac protecteur et Alice sautille à ses côtés devant la robe qu'il lui montre :

— Wow! Je n'arrive pas à y croire!

— Ce n'est que la première...

Sans attendre, Alice récupère le vêtement et le place devant elle en observant le résultat devant le miroir.

Elle fait mine de danser avec la robe avant de tourner un regard ému sur Vern.

— C'est tellement gentil de faire ça...

— C'est la moindre des choses, même si... j'aurais aimé que nous ayons... plus de temps.

— Ce sera parfait, le coupe-t-elle.

Sans réfléchir, elle vient plaquer un baiser rapide sur la joue de Vern qui, sous la surprise, rougit violemment.

— Je... j'ai... songé à des accessoires aussi...

Il sort de la chambre et revient à toute vitesse. Il dépose plusieurs sacs sur le lit et en sort divers objets : des diadèmes, des voiles, des souliers, des bijoux...

— Vern! On dirait que tu as dévalisé un magasin!

Elle grimpe sur le matelas et commence à toucher chacun des objets. Elle en essaie quelques-uns et vérifie de quoi elle a l'air, mais comme Vern ne réagit à rien, elle finit par se regarder directement dans le miroir.

— Tu as quelque chose pour... Vizaël ?

— Oui. Croyez-moi, tout sera parfait.

Elle récupère une robe qu'elle serre contre elle dans une expression de joie ressentie à l'idée de ce mariage. À ses côtés, Vern chuchote :

— Alice... puis-je vous témoigner ma reconnaissance pour ce que vous faites pour Vizaël ?

— Arrête. Je ne fais rien d'extraordinaire.

— C'est faux, et vous le savez. Sans vous, il n'aurait jamais accepté de redevenir Vizaël. Sachez que vous aurez le respect de tous ceux qui seront présents ce soir.

Dans un geste lent, il s'agenouille à ses côtés.

— Alice, croyez-moi, jamais monsieur n'aurait pu trouver meilleure femme.

Les paroles de Vern la sidèrent et elle le scrute avec émotion.

— Vern, tu ne sais pas à quel point ça me fait plaisir, ce que tu dis...

Elle récupère la main de Vern et la serre aussi fortement qu'elle le peut avant de demander :

— Promets que tu veilleras sur lui pendant...

— Oui, dit-il très vite. J'y laisserai ma vie s'il le faut.

Elle hoche la tête en silence, la gorge nouée par les larmes qui remontent vers ses yeux. Elle gronde, pour essayer de chasser son trouble :

— Nous avions dit que tu me tutoyais !

— Oui. Pardon.

Lorsqu'il se redresse, il reprend :

— Les chefs de clan arriveront dès le coucher du soleil. Vizaël les recevra dans le grand salon. Nous avons déjà préparé le jardin arrière pour recevoir les enfants perdus.

— D'accord. Et moi ? Que suis-je censée faire ?

— Reste aux côtés de Vizaël. Il tient à présenter officiellement sa fiancée à tous les chefs de clan.

— OK, dit-elle nerveusement à l'idée de rencontrer les gens en question.

— Par la suite, tu remonteras pour te préparer… Véra et moi t'aiderons au besoin…

Alors qu'il fait un geste pour repartir, elle agrippe le bras de Vern.

— Et pendant le repas ? Est-ce que je dois dire quelque chose ?

— Agis normalement.

— Normalement ?

La respiration de la jeune femme s'emballe.

— Il y aura deux hybrides et trois vampires. Ajoutes-y Alexandra, qui sera responsable de ta protection durant le combat, ainsi que Véra.

— Et toi ?

— Oui. Je serai là aussi. Vizaël m'a demandé d'être son conseiller pour le combat et… son témoin pour le mariage.

Le visage d'Alice redevient rayonnant

— J'espère que cela convient, ajoute-t-il.

— Vern ! Il n'a pas de meilleur ami que toi !

Elle plaque à nouveau un baiser sur sa joue, mais cette fois, il ne rougit pas. Il hoche la tête, touché par les mots d'Alice.

— Ce sera un mariage inoubliable, dit-elle enfin.

— Oui.

Il s'incline doucement devant elle :

— Je te laisse te préparer... si tu as besoin de quoi que ce soit...

— Je sais. Merci, Vern.

Il sort avant même qu'elle ait le temps de le pousser hors de la chambre et dès qu'elle se retrouve seule, elle entreprend de regarder l'ensemble des robes de mariée et des accessoires mis à sa disposition.

❦

Alice ne redescend qu'à l'heure du repas, consciente que plusieurs invités sont déjà là. Vizaël se lève rapidement pour venir l'accueillir. Il l'embrasse avec un large sourire alors qu'elle observe furtivement le salon. Le feu embellit considérablement l'espace, complètement réaménagé pour l'occasion. Une immense table de cuisine occupe désormais l'ensemble de la pièce, et les canapés et les fauteuils ont disparu. Comme les chaises semblent toutes remplies, à l'exception de deux d'entre elles, Alice en conclut que tous les invités sont arrivés.

Tout en lui tenant la main, Vizaël présente Alice aux convives :

— Mes amis, voici ma fiancée : Alice Demers.

L'ensemble des personnes présentes se lèvent pour la saluer d'un signe de tête et Alice prend le temps de regarder chacun d'entre eux, impressionnée de voir autant de vampires dans une même salle. Elle est heureuse de sentir la main de Vizaël dans la sienne. Il guide sa fiancée jusqu'à sa chaise, située à la droite de la sienne. À ses côtés, elle sourit à Véra et chuchote, en s'inclinant vers elle :

— Je suis contente que tu sois là.

Vizaël se penche vers elles et parle doucement :

— Véra est chargée de notre protection ce soir.

— Et j'en suis très honorée, admet le vampire.

— Moi aussi, réplique Alice.

Vizaël pointe une autre femme vampire, plus loin d'eux, avant d'ajouter :

— Voici Alexandra. Elle sera chargée de ta protection pendant que nous serons partis.

Dès que la jeune femme pose les yeux sur elle, Alexandra baisse la tête dans un geste respectueux. Alice détaille le vampire avec attention : outre son visage trop blanc, elle a de longs cheveux blonds et des traits très doux. Quand elle se retourne vers Vizaël, elle a envie de lui dire à quel point Alex est jolie, mais elle se sent intimidée que tout le monde entende ses paroles.

Le repas est servi par deux hommes qu'Alice ne connaît pas. Compte tenu de la similarité entre les humains et les hybrides, elle ne pourrait même pas dire de quelle race ils sont. Cependant, elle remarque que les hybrides ont droit à un repas normal et que les vampires reçoivent des coupes en bronze remplies de sang. Vizaël vérifie que sa fiancée ne se sent pas troublée à la vue de ces étranges repas, mais elle lui envoie un sourire qui semble le rassurer.

L'un des vampires installés face à elle se lève et annonce :

— Je crois parler au nom de tous les chefs ici présents, mais c'est un honneur pour nous d'être ici, à votre table, et de vous rencontrer, Madame.

— Appelez-moi Alice, dit-elle avec un sourire.

Le vampire attend la confirmation dans le regard de Vizaël avant de poursuivre :

— Bien, Alice. En mon nom et en celui de tous ceux ici présents, je tiens à vous présenter mes plus sincères condoléances pour votre perte.

Alice ferme les yeux avant de chuchoter :

— Merci.

Elle attend que son chagrin s'estompe avant de reporter son attention sur l'homme en question :

— Sachez que… je suis très touchée que vous soyez tous venus à notre secours. Je suis surtout très contente que Vizaël ne soit pas seul dans ce combat.

Des mouvements de tête se répètent un peu autour de la table, comme pour démontrer que les paroles d'Alice sont appréciées.

Vizaël se lève à son tour et tend son verre vers ses convives.

— Mes frères, je voudrais vous remercier de votre présence à ce repas… et à notre mariage. Puissions-nous célébrer ces unions dans la joie avant de nous préparer au combat.

Les invités se lèvent tous devant l'invitation de Vizaël et Alice les imite, plus lentement et dans un léger rire en s'imaginant que les autres l'attendent. Elle chuchote :

— Pardon, je ne suis pas très rapide…

Son commentaire fait sourire l'ensemble de la table et Vizaël l'attire vers lui pour l'embrasser sur la tempe. Les verres se lèvent enfin et chacun boit dans le silence le plus complet.

— Nos plus sincères félicitations pour ce mariage, résonne une voix.

— Il vaudrait mieux nous féliciter après, réplique Vizaël avant un sourire qu'il envoie à la jeune femme, elle n'a pas encore dit oui.

Alice lance un regard moqueur à son fiancé, puis chuchote :

— Je te dirais oui un million de fois si je le pouvais.

Il se penche vers elle et rétorque :

— Attention. Je pourrais te prendre au mot.

Dès que les convives reprennent leur place, le repas devient plus convivial : des discussions démarrent ici et là dans un bruit discret. De l'autre côté de la table, un autre impur reprend la parole :

— Vizaël, puisque nos cœurs sont à la fête, je crois qu'il serait préférable que nous discutions de nos stratégies de combat demain soir. Qu'en pensez-vous, mes amis ?

Un autre vampire se lève, plus vieux et plus effrayant que les autres. Alice, consciente de son propre trouble, baisse les yeux, par crainte que sa frayeur transparaisse sur son visage. Le vampire dépose son verre sur la table et parle lentement :

— Je n'ai qu'une seule question concernant notre rassemblement.

— Oui, Ramon ? insiste Vizaël.

— Je tiens d'abord à affirmer que je suis très heureux que mon clan se joigne à vous dans cette guerre contre Kaïl, reprend-il. Cependant… je voudrais savoir ce que vous comptez faire… après.

Alice ne comprend pas la question, mais elle remarque que Vern et Vizaël échangent un regard discret, comme s'ils avaient déjà anticipé ce sujet. Vizaël se tourne enfin vers son interlocuteur et reprend la parole :

— Mes frères, bien que je sois ravi de vous voir, sachez qu'hier encore, je ne songeais même pas à me battre.

— Après ce que Kaïl vous a fait ? s'insurge un hybride en frappant la table avec fracas.

— Du calme, Omaël, réplique le maître de maison. Je tiens simplement à être honnête avec vous tous.

Il baisse la tête vers Alice et caresse doucement sa joue. Quand il retourne vers ses invités, il reprend :

— Je ne vous cache pas que cette jeune femme a beaucoup influencé ma décision.

— Ah, les femmes ! rigole un vampire.

Alice sourit alors que la voix de Vizaël résonne avec plus de conviction. Il s'attarde longuement sur chacun des convives présents avant d'ajouter, avec une voix remplie de gratitude :

— Je suis sincèrement touché par votre présence. Vous avez tous accepté de m'offrir vos hommes et de vous joindre à moi pour ce combat. Je sais ce que votre engagement implique et je vous en remercie. Votre geste est d'autant plus noble que nous savons tous ce qui peut se produire. Certains de vos hommes mourront. Certains d'entre nous aussi, qui sait ?

Le cœur d'Alice se serre et elle baisse la tête pour ne pas afficher le chagrin qui l'inonde, mais aucune de ses respirations troubles n'échappe aux invités présents.

— Une chose est certaine, déclare Vizaël : Kaïl n'y survivra pas.

— Nous vaincrons, rugit Véra avec force.

Des bruits de gorge surgissent, mais Alice persiste à garder la tête baissée. Elle récupère la main de Vizaël sans remonter les yeux vers lui alors qu'il continue :

— Quant à la suite des choses, sachez que je ne vous demanderai jamais de me considérer comme un maître. Nous sommes des partenaires, que dis-je, des frères dans cette épreuve. Vos hommes ne seront miens que pour ce seul combat et je sais pertinemment que je serai celui qui aura une dette envers chacun d'entre vous.

À son tour, Alice chuchote :

— Nous sommes très reconnaissants de ce que vous faites pour nous…

— Et vous serez toujours les bienvenus sous notre toit, termine Vizaël.

Ramon semble satisfait de la réponse et se réinstalle sur sa chaise sans un mot. L'un des serveurs revient remplir les coupes de sang et Vern se lève avec un verre à la main. D'une voix ferme, il dit :

— Aux fils de Vizaël.

— À la victoire ! rugit un vampire.

— À notre alliance, confirme un autre vampire.

Véra imite les autres.

— Aux fils de Vizaël.

Alice se lève aussi, cette fois un peu plus rapidement, et son fiancé la récupère dans ses bras. Il chuchote :

— À nous.

Elle rit en frappant son verre contre le sien, mais ils n'ont pas le temps d'échanger un baiser que Vern réplique :

— Je crois qu'il est temps que la future mariée aille se préparer…

— Oui, convient-elle en déposant son verre sur la table. Comme vous pouvez le constater, je ne suis pas d'une nature très rapide…

Les rires fusent dans la pièce et la jeune femme sort du salon, accompagnée par Véra.

❧

Dès qu'il aperçoit Alice descendre le grand escalier de l'entrée, Vern se fige en voyant la jeune mariée dans sa robe, des fleurs plein les cheveux. À mi-chemin, elle pivote sur elle-même pour lui montrer ce dont elle a l'air.

— Ça ira? demande-t-elle.

Il ne répond pas, mais son regard confirme qu'elle obtient l'effet escompté. Elle continue de descendre l'escalier pendant qu'il bafouille :

— Alice, vous êtes... parfaite. Vizaël sera tellement... heureux.

— Merci, Vern.

Dès qu'il récupère la main de la jeune femme dans la sienne pour l'aider à descendre les dernières marches, il reprend ses esprits et ajoute :

— Il faut que vous sachiez qu'il y a beaucoup de monde, derrière. Et aussi que les gens qui sont là sont...

— Terrifiants? propose Alice.

Vern confirme d'un signe de tête et elle inspire profondément avant de répondre :

— D'accord. J'essaierai de ne dévisager personne. Et le discours de Vizaël? Ç'a été?

— Oui. Vous n'avez pas entendu les cris de joie?

— Quelques-uns, mais nous étions un peu... occupées.

Elle tourne son regard vers Véra, restée discrète derrière Alice. Vern plisse les yeux devant le sourire qu'affiche le vampire. Il est stupéfait de ce qu'arrive à faire cette femme avec tout le monde. À l'extérieur de la résidence, d'autres cris jaillissent et Alice, attirée par le bruit, se dirige aussitôt vers la porte qui donne accès à la cour. Elle s'arrête devant l'immense baie vitrée, émerveillée par le spectacle qui s'offre à elle. Autour du terrain, des centaines de torches sont allumées et éclairent la propriété. Elle aperçoit une quantité impressionnante de fleurs et de rubans qui délimitent l'espace. Elle a cependant du mal à se concentrer sur autre chose que sur la foule présente à cette cérémonie : partout, des visages blancs, certains peints. Dans une voix trouble, elle chuchote :

— Ça y est, là, je suis nerveuse...

Elle recule d'un pas alors que Vern la retient. Sa voix se fait douce et apaisante :

— Tout ira bien, la rassure-t-il. Tout le monde est ravi de pouvoir assister à ce mariage. Ils sont surexcités par la fête. Par le combat aussi...

— Ils sont près de 300, annonce fièrement Véra. C'est 100 de plus que ce que nous espérions. Alice, jamais un clan n'a été aussi puissant...

Elle respire bruyamment avant de hocher la tête. Elle se répète que Vizaël deviendra le chef d'une grande armée, qu'il gagnera le combat contre Kaïl et que rien ne pourra lui voler l'homme qu'elle aime. Lorsqu'elle paraît plus calme, Vern chuchote :

— Tu es prête ?

— Oui.

Elle expire longuement pour se donner le courage nécessaire, puis Vern ouvre la porte avant de murmurer :

— Nous sommes prêts.

Les mots parviennent aussitôt jusqu'à Vizaël, qui pivote vers eux de l'estrade où il se trouve. Alice perçoit le sourire radieux de son fiancé et lui répond avec force. Sans attendre les indications de Vern, elle sort de la résidence et court jusqu'à l'estrade où se trouve Vizaël, tenant sa robe d'une main pour ne pas trébucher. Elle grimpe les marches à toute vitesse et des bras forts la récupèrent et la soulèvent. Des cris se font entendre parmi la foule pendant qu'Alice sent de nouveau le sol sous ses pieds. Elle n'a pas le temps de regarder son fiancé qu'il la fait tourner devant la foule, comme pour la présenter aux gens qui sont là. En entendant leurs applaudissements et leurs cris, Alice se penche timidement vers eux pour les saluer.

— Tu es magnifique, chuchote Vizaël en ramenant la jeune femme contre lui.

Elle tourne à nouveau la tête vers la foule, encore étonnée de voir autant de gens rassemblés.

— C'est… très impressionnant, souligne-t-elle doucement.

— Oui.

— Ce sont donc… les fils de Vizaël, chuchote-t-elle.

La foule les acclame et elle rit sans comprendre.

— Ils entendent tout ce que nous disons, lui rappelle-t-il.

Vern se racle la gorge et Alice se tourne vers lui. Le prêtre, un vampire plutôt jeune et peu effrayant, monte les marches dans un geste rapide et se penche vers elle :

— Sachez, Madame, que c'est un honneur d'avoir été choisi pour célébrer votre union…

— Quel est votre nom ? demande-t-elle aussitôt.

— David, Madame.

— Bien, David. Merci de bien vouloir célébrer ce mariage.

Après un bref discours et le traditionnel échange d'anneaux, Véra s'agenouille derrière eux et remonte sa dague vers le ciel. Alice la récupère d'une main tremblante alors que Vizaël affiche un air étonné. Il questionne :

— Qu'est-ce que tu fais ?

— Véra m'a appris que les vampires s'unissaient en faisant un pacte de sang.

Un grondement se fait entendre parmi la foule et Vizaël la scrute d'un air réprobateur :

— Est-ce que tu te rends compte que...

— Oui. Nous venons de faire un mariage... traditionnel. Mais tu n'es pas seulement humain, Vizaël. Une partie de toi est vampire et je voudrais que ce mariage soit représentatif de ce que nous sommes réellement.

Vern prend aussitôt la parole :

— Ce n'est pas très prudent...

— Tout se passera bien, le rassure Véra avec un sourire. Il suffit de ne pas tarder avant de boire.

Elle se retourne vers sa meute, qui se trouve au premier plan de la scène, s'assurant qu'elle veille bien à la sécurité des lieux.

— Il n'y aura aucun problème, certifie-t-elle encore.

Vizaël scrute Alice avant d'avouer :

— Comment fais-tu pour me surprendre aussi souvent ?

— Je t'aime plus que tout. Je ne vois que ça, dit-elle simplement.

Quelques rires dispersés fusent au loin. Retrouvant sa concentration, elle remonte la main de Vizaël et pivote son poignet vers le haut. Aussitôt, le silence s'installe en force derrière la résidence. Au moment d'y planter la dague, elle hésite, craignant soudain de le blesser.

— Vas-y, l'encourage-t-il.

D'un coup sec, elle plante la pointe de la lame dans le centre du poignet de Vizaël et ramène la plaie vers ses lèvres dès que du sang en surgit. Son mouvement est interrompu au bout de quelques secondes lorsque Vizaël retire sa main et elle comprend que son geste doit rester symbolique.

Dans un geste furtif, mais rapide, Vizaël lui entaille le poignet à son tour, puis se penche pour aspirer quelques gouttes de sang de la jeune femme. Au lieu de relâcher son bras, il la ramène vers lui pendant qu'ils échangent un regard amoureux devant l'ensemble de la foule présente.

— Vizaël et Alice, je suis heureux de vous déclarer mari et femme. Je ne doute pas que tous ceux présents à cette cérémonie respecteront votre union à jamais.

Avant même que David lui permette d'embrasser la mariée, Vizaël pose sa bouche contre celle d'Alice, heureux qu'elle soit enfin sienne. Un bruit discret se fait entendre et ce n'est qu'en se détachant de leur étreinte que la jeune femme constate que tous les fils de Vizaël se sont agenouillés sur le sol devant eux.

— C'est un signe de respect, explique Vizaël. C'est leur façon d'approuver notre union.

Les mains d'Alice se croisent sur sa poitrine, soudain émue de voir autant de gens qui partagent le même bonheur qu'elle, puis elle se tourne vers son mari.

— C'est devant toi qu'ils s'agenouillent. Toi, Vizaël.

Elle se laisse tomber à genoux à son tour sous les réactions étonnées de la foule. Vizaël l'imite et c'est un couple agenouillé qui s'embrasse devant un tonnerre d'applaudissements.

Chapitre 17

Le combat

— Quand je reviens, je te promets que nous aurons une véritable lune de miel, chuchote-t-il contre son oreille.

Anxieuse à l'idée de son départ imminent, Alice grimpe sur Michaël et exige, pour la dixième fois :

— Promets que tu seras prudent.

— Je serai prudent, répète-t-il docilement. N'ai-je pas toutes les raisons du monde de revenir vivant ?

Elle laisse tomber sa tête contre son torse et sent l'angoisse la récupérer.

— J'ai peur, avoue-t-elle.

— Je sais, mais je reviendrai. Je ne t'ai pas épousée pour que tu sois veuve.

Elle soupire en essayant de chasser les craintes qui l'animent.

— Dis-moi que tu m'aimes, ordonne-t-il.

Elle rit de bon cœur, ravie que cette conversation remplace la précédente, puis se jette à son cou.

— Je t'aime !

— Je préfère quand tu ris, admet-il.

— Oui. Moi aussi.

Il embrasse doucement ses lèvres et soupire lorsqu'il doit se détacher de sa femme pour mettre ses vêtements. Sur son torse, il dépose une fine armure.

— Ça te protégera ? demande-t-elle en glissant la main sur le métal froid.

— Oui, dit-il avec un visage rassurant.

Il installe trois dagues sur lui. Elle en récupère une quatrième :

— Et celle-là ?

— Je ne la prendrai pas. Je prendrai une épée à la place.

Elle hoche la tête en silence et serre la dague contre elle.

— Je peux la garder avec moi ?

— Tu n'en as pas besoin. Alexandra veillera à ta sécurité.

— OK.

Elle attrape un harnais qu'elle installe au-dessus de sa cheville et y glisse l'arme devant le regard intrigué de Vizaël.

— Qu'est-ce que tu fais ?

— Je garderai cette dague jusqu'à ton retour. Sur moi.

Il sourit en secouant la tête.

— C'est inutile. Tout ira bien.

— Je sais. Je veux juste…

Elle prend une bonne minute avant de trouver les mots justes :

— Comme ça, j'aurai la sensation de t'avoir près de moi.

Il se penche et embrasse sa cheville avant de chuchoter à la dague :

— Protège cette femme pendant mon absence. J'y tiens plus qu'à ma vie.

Elle affiche un faible sourire qui s'éteint dès qu'il se redresse. Elle soupire lourdement, anxieuse à l'idée qu'il partira sous peu. Dès qu'elle le sent prêt pour le départ, elle se jette à nouveau contre lui.

— Dis-moi que tout ira bien.

— Tout ira bien, répète-t-il. Nous allons marcher cette nuit et attaquerons le clan de Kaïl demain soir. Dans trois jours, je serai de retour et nous pourrons commencer une nouvelle vie.

— Oui…

Elle s'imagine déjà la fin de cette guerre et le retour de Vizaël. De quoi sera faite cette vie ? Elle l'ignore, mais elle n'en a cure. Seul le retour de son mari lui importe et elle ne cesse de prier en silence pour que tout se passe bien.

Quand on frappe doucement à la porte, Alice a du mal à ne pas retenir Vizaël contre elle.

— Encore une minute, Vern, dit-il.

Il se penche à nouveau vers sa femme.

— Alice, je t'aime. Ne l'oublie jamais.

— Je ne l'oublierai pas, promet-elle alors que des larmes tombent sur ses joues.

— Dans trois jours, nous serons inséparables. Notre vie sera merveilleuse.

— Oui. Je sais.

Il dépose un nouveau baiser sur les lèvres d'Alice et s'éloigne sans un bruit.

Pour contrer l'attente, Alice descend au salon et allume un feu dans le foyer.

Alexandra, discrète depuis le départ des troupes, entre dans la pièce.

— Ne vous inquiétez pas, la rassure-t-elle d'une voix enjouée, il reviendra en héros.

— Oui, dit-elle, inquiète.

— Vizaël ne peut pas mourir, ajoute-t-elle, c'est un symbole trop important. Chaque membre de cette armée donnerait sa vie pour lui.

Alexandra revient vers elle, un verre d'alcool à la main. Elle le tend vers Alice, qui l'accepte sans un mot.

— Ça vous aidera à dormir, explique-t-elle.

Alice profite de la proximité du vampire pour l'observer plus longuement.

— Vous êtes très belle, avoue Alice avec une petite voix.

Sa remarque surprend le vampire, qui s'empresse de la remercier.

Alexandra s'installe sur un fauteuil, de l'autre côté de la pièce. Elle attend qu'Alice ait bu quelques gorgées de son verre avant d'avouer :

— C'est dommage qu'être belle ne suffise pas pour un homme comme Vizaël.

Troublée par ces paroles, Alice questionne aussitôt :

— Ah non ?

— Il n'aime pas les vampires. Vous ne le saviez pas ?

— Eh bien… non, avoue Alice.

Le silence revient dans la pièce et Alice fixe son verre avec un regard intrigué. Elle a encore du mal à saisir les paroles du vampire.

— Qu'est-ce que ça vous fait de savoir qu'il vous survivra ?

Relevant les yeux vers Alexandra, elle demande :

— Vous voulez dire… parce qu'il est immortel et pas moi ?

— Oui. Ça ne vous embête pas ?

Avec un sourire triste, elle hoche la tête.

— Un peu, c'est vrai, mais j'ose croire que mon passage dans sa vie saura le rendre heureux très longtemps…

Alexandra se renfrogne et Alice se lève pour tenter de clore la discussion.

— Je vais aller… essayer de dormir, annonce-t-elle.

Devant les escaliers, Alice s'arrête lorsqu'elle constate que sa vision se brouille.

— Non, souffle-t-elle.

Aussitôt, elle sent ses jambes se dérober et son corps tombe brusquement sur le sol.

🍂

Les fils de Vizaël marchent vite et en silence. La taille du groupe les rend facilement repérables. Ils utilisent les bois et les plaines, mais à proximité des villes, ils se divisent en petites escouades et se rejoignent de l'autre côté. À mi-chemin, cette nuit-là, le téléphone de Vern résonne discrète-ment, mais la faible vibration capte aussitôt l'attention de Vizaël. Dans un geste rapide, il stoppe sa course et provoque l'arrêt général de l'ensemble de la troupe d'un signe de la main. Il n'a pas le temps de demander qui téléphone que Vern blêmit brusquement. Vizaël récupère la petite chose et la colle à son oreille :

— Alex ?

— Bonjour, Vizaël.

La voix qui lui répond n'a rien de féminin. Elle est suave et grave. Vizaël reconnaîtrait cette intonation parmi toutes : Kaïl.

— Surprise, surprise, ajoute-t-il dans un faible rire.

— Kaïl, qu'est-ce que tu fais ?

Un petit rire se fait entendre et il demande, avec une voix amusée par l'étonnement qu'il détecte chez son interlocuteur :

— La question qui se pose, c'est : « Qu'est-ce que je fais chez toi ? »

Les jambes de Vizaël se dérobent sous ses pieds et il tombe à genoux dans le sous-bois. Des branches craquent sous son poids. Il chuchote, autant dans un ordre que dans une supplication :

— Ne la touche pas.

— Vizaël, dit-il d'une voix teintant un reproche, comment as-tu pu la laisser toute seule ? Tu es vraiment un mari très négligent…

Il n'arrive plus à parler. Il sent que la rage et les larmes se mélangent dans sa gorge. Il écrase le téléphone contre son oreille et essaie d'entendre un bruit, quelque chose derrière Kaïl, qui pourrait lui indiquer qu'Alice est toujours là, vivante.

— Ne t'inquiète pas, ajoute Kaïl, je ne vais pas la tuer comme ça… je vais attendre que tu reviennes d'abord…

— Kaïl, non.

— Allons, Vizaël, tu ne pensais quand même pas pouvoir me déjouer aussi facilement ?

Il rit de nouveau et sa voix devient moqueuse :

— Peut-être bien que tu l'as cru, tout compte fait… quel idiot tu fais…

— Kaïl, dis-moi ce que tu veux.

— Tu sais très bien ce que je veux, lance-t-il avec une voix brusque. Tu as trois heures pour revenir ici, après quoi tu devras te soumettre à ma volonté et redevenir mon esclave.

Il n'écoute même pas son ordre. Il demande aussitôt :

— Et Alice ?

— Je dois dire que ta femme est très… très appétissante.

Vizaël étouffe un cri, mais quelque chose sort de sa gorge et provoque un rire amplifié chez Kaïl.

— Vizaël, j'adore discuter avec toi, mais je crois que tu devrais te mettre en route. À l'aube, ta petite humaine n'aura plus de sang.

— Morte, elle ne t'apporte rien, grince-t-il.

— Je le sais… mais Alexandra se disait que… tu la préférerais peut-être en vampire ?

Le rire de Kaïl l'aveugle.

— Oh, j'oubliais que tu n'as jamais aimé les vampires, se moque-t-il encore.

Vizaël se relève d'un coup sec.

— Kaïl, souffle-t-il, si elle est morte, tu ne me reverras jamais.

Au même instant, il entend Alice réprimer un cri de douleur, une plainte, puis quelque chose lui fait suffisamment mal pour qu'elle cède et hurle. Le rire de Kaïl reprend, puis sa voix résonne :

— Dépêche-toi, petit Vizaël, je crains qu'Alexandra soit très emballée à l'idée de torturer ton épouse. Il ne faut jamais briser le cœur d'une femme, tu ne le sais donc pas ?

Au même instant, la communication se coupe. Vizaël referme le téléphone d'un geste brusque. Vern chuchote :

— Je sais, j'ai entendu.

Lorsque Vizaël ferme les yeux, l'assistant insiste :

— Il essaie de nous empêcher d'accéder à son clan. Il sait qu'il perdra.

Véra s'approche, mais Vizaël ne la laisse pas parler. Il lance :

— Vern, prends la tête de l'armée. Continuez sans moi.

— Vous ne devez pas vous rendre là-bas seul, intervient Véra.

— Si je ne suis pas seul… commence-t-il.

— Nous resterons à l'écart pendant une dizaine de minutes, puis nous attaquerons. Ils ne doivent pas être beaucoup. Connaissant Kaïl, une vingtaine tout au plus.

— Elle a raison, confirme Vern. Divisons nos troupes.

— Je n'ai pas de temps à perdre, grogne-t-il, impatient. Vern, prends la tête de l'armée.

— Je vous accompagne, dit-il avec force.

Dans un geste entendu, Vern regarde Ramon et, d'un simple signe de tête, tout le monde semble comprendre ce qu'il doit faire. Vern parle fort :

— Seul le clan de Véra nous suit. Ramon sera votre nouveau chef de guerre. Fils de Vizaël, continuez votre chemin et combattez au nom de la liberté.

Dans un cri, les troupes se remettent en marche à l'exception d'un petit groupe qui prend la direction opposée. Vizaël court à une telle vitesse qu'il sent les battements de son cœur s'accélérer. Il s'imagine sans mal la peur d'Alice. Et sa souffrance aussi. Il n'arrive pas à s'imaginer qu'Alex soit à l'origine de cette trahison. Dire qu'il a eu du mal à accorder sa confiance à Véra et qu'il laisse ce qu'il a de plus cher au monde entre les mains d'un ennemi. Jamais il ne pourra se pardonner une telle erreur.

Le combat

Ils courent en silence jusqu'à la frontière du Wisconsin et Vern retient Vizaël par le bras pour qu'il cesse sa course.

— Vern, gronde-t-il.

— Nous sommes presque arrivés, il faut discuter de stratégies.

— Tu discutes de stratégie avec Véra, moi, je retourne auprès d'elle.

Vern sort un sac de sang et le tend vers lui :

— Buvez, mon ami. Vous en aurez besoin.

La troupe les imite et Vizaël boit à toute vitesse la boisson qu'on lui remet.

— Quel idiot je suis, gronde-t-il.

— Vizaël, vous ne pouviez pas savoir qu'Alex…

— Dire que j'ai douté de Véra !

Le vampire pose une main sur l'épaule de Vizaël.

— Tout ira bien. Kaïl n'est pas idiot. Il sait qu'il ne peut rien faire à Alice.

— Elle ne me pardonnera jamais de l'avoir laissée entre les mains d'Alex…

— Vizaël, le gronde Véra, cessez de vous tourmenter ainsi. Alice est forte, elle surmontera tout ça.

Il hoche la tête pour confirmer les paroles de Véra. Certes, il ne doute pas que sa femme est courageuse, mais il sait à quel point Kaïl est apte à faire souffrir les gens.

— Allez, partez devant, ordonne Véra. Nous avancerons doucement, il y a probablement des vampires éclaireurs sur la route. Il vaut mieux les laisser vous voir arriver. Kaïl n'en jubilera que davantage.

Vizaël vérifie que ses armes sont bien en place sur son corps et Vern laisse tomber l'équipement non nécessaire.

— Dix minutes après votre arrivée à la résidence, nous attaquerons, annonce-t-elle.

— D'accord. Partons maintenant.

Les deux hommes se détachent du clan et traversent la frontière à toute vitesse. Ils suivent le même trajet que celui emprunté au départ, espérant se faire voir par les hommes de Kaïl.

Devant sa résidence, deux vampires les accueillent, mais Vizaël ne les regarde même pas, il entre sans attendre, Vern à sa suite.

Alexandra, au pied des marches du grand escalier, les accueille à son tour avec un sourire qui lui fait froid dans le dos.

— Bonsoir, Vizaël.

— Où est-il ? demande-t-il en se retenant de ne pas lui arracher le cœur.

Avant qu'elle puisse lui répondre, il perçoit du bruit au grand salon et s'y dirige sans attendre.

Vern rejoint Vizaël au salon et détaille la scène avec attention. Alice est étendue sur le canapé. Avec son corps inerte et des traces de crocs sur son avant-bras, il ne doute pas que Kaïl s'en est nourri à quelques reprises. Vizaël reste immobile à l'entrée de la pièce alors que Kaïl est confortablement installé sur un fauteuil près du foyer et feuillette un livre ancien.

— Ah ! Vizaël, dit-il en ne levant pas les yeux vers lui. Tu en as mis, du temps !

Il referme l'énorme livre avec bruit et le jette au feu d'un geste précis. Compte tenu de la vieillesse des pages, les flammes s'amplifient à son contact.

— Je suis là, laisse partir Alice, ordonne-t-il simplement.

— Allons, mon jeune ami, nous avons tout notre temps. Assieds-toi et discutons.

Vizaël ne bouge pas et Vern chuchote :

— Obéissez.

— Sage conseil, Vern. Tu étais un excellent soldat, toi aussi.

Alice reprend soudain connaissance, mais son corps lui paraît affreusement lourd. Elle gémit en essayant de se relever. Immobile, Vizaël chuchote :

— Alice, ne bouge pas.

— Je suis désolée, chuchote-t-elle.

— C'est moi qui suis désolé, dit-il très vite.

Le rire de Kaïl inonde la pièce et il applaudit doucement avant de répliquer :

— Vous êtes trop mignons, tous les deux. Franchement, je ne vois pas ce que tu lui trouves... même son sang est pourri.

— Alors, ne le bois pas, siffle-t-il.

— Je me suis forcé. Je me doutais à quel point ça t'énerverait...

Vern, conscient que ses paroles ne sont destinées qu'à provoquer Vizaël, riposte d'un ton posé :

— Je suis déçu, Kaïl, je croyais que vous seriez plus intelligent.

Le regard du vampire se pose brusquement sur l'assistant.

— Que dis-tu, sombre idiot ?

— Boire du sang impur vous a affaibli, annonce Vern. J'ose espérer que vous n'en avez pas bu outre mesure... cela rendrait le combat... trop facile.

Un doute passe dans le regard de Kaïl, mais il le chasse à toute vitesse. Compte tenu de l'odeur fétide du sang d'Alice, jamais un vampire digne de ce nom, surtout moins de 24 h après qu'elle se soit nourrie, n'aurait osé s'abreuver à la jeune femme.

— Je serai toujours plus fort que vous, déclare Kaïl avec un calme qui ne masque pas une certaine méfiance.

Il s'approche d'Alice à toute vitesse et la remonte vers lui en tirant sur son bras meurtri. Elle essaie de garder pied sur le sol pour ne pas être suspendue douloureusement dans les airs. Vizaël s'approche, soudain inquiet de voir Alice entre ses griffes. Il parle vite et sa voix supplie :

— Kaïl, non. Je suis là. Laisse-la.

— Je vais te montrer qui est le plus fort, dit-il en aspirant de nouveau du sang à partir du poignet de la jeune femme.

Alice essaie de se débattre, mais aucun de ses gestes ne trouble Kaïl. Cette fois-ci, il ne l'a pas hypnotisée, trouvant beaucoup plus intéressant de la faire souffrir devant son mari. De sa main libre, elle tente de récupérer la dague, toujours accrochée à sa cheville. Vizaël fait un pas en avant, mais Kaïl le fusille du regard. Il cesse de s'abreuver du poignet de la jeune femme avant de gronder :

— Encore un pas, et je la tue.

Au même moment, Alice saisit la dague du bout des doigts et referme sa main sur l'arme avec tout ce qui lui reste d'énergie avant de frapper Kaïl en pleine poitrine. À bout de force, elle se laisse retomber et reste, pendant un moment, suspendue à la main de Kaïl. Dès qu'il la relâche, elle tombe sur le sol dans un bruit sourd. Prestement, Vizaël la rejoint et la prend dans ses bras.

— Alice ? Est-ce que ça va ?

— Vizaël…

Il se coupe rapidement et porte son poignet à sa bouche.

— Bois, mon amour. Tu es faible.

La jeune femme ne réagit pas et il la bascule sur le sol pour s'assurer que du sang coule entre ses lèvres. Quand elle reprend connaissance, Alice attire le bras de Vizaël contre elle et boit avec plus de force. Contre sa tête, elle perçoit un soupir soulagé.

— Elle l'a tué. Il est mort.

Comme personne ne réagit, Vern reprend :

— Alice a tué Kaïl.

— Oui, confirme Vizaël sans relever la tête vers lui.

Alice, plus forte grâce au sang de son mari, cesse de boire et tourne la tête vers Vern, toujours sidéré par le décès de Kaïl. Elle remonte la tête vers Vizaël, qui l'embrasse sans attendre.

— Viz, chuchote-t-elle.

— Chut… laisse-moi m'assurer que tu vas bien…

— Je vais bien, le rassure-t-elle avec un sourire.

Elle l'embrasse avec plus de force cette fois, et un bonheur s'installe en elle. Alors que leur étreinte s'éternise, quelque chose lui pince la poitrine et elle se détache de Vizaël en lançant :

— Aïe !

Le mouvement de Vern se déplaçant à toute vitesse surprend Alice, mais la douleur qu'elle ressent l'oblige à descendre les yeux sur elle. Elle sursaute en apercevant que du sang s'écoule de sa poitrine et elle écrase ses doigts contre la plaie. Elle cherche aussitôt la source de sa douleur et ne parvient pas à étouffer un cri lorsqu'elle constate que le torse de Vizaël vient d'être transpercé par la lame d'une épée. Elle en oublie aussitôt sa propre douleur et remonte rapidement les yeux vers Vizaël, qui faiblit devant elle. D'un trait, Vern retire l'épée du corps de son mari, qui tombe sur le sol. Paniquée, Alice récupère une dague sur le sol et s'entaille le poignet. Elle le porte à la bouche de Vizaël.

— Bois! supplie-t-elle. Bois!

Vizaël obéit pendant quelques secondes, mais son corps continue de faiblir.

— Reste avec moi! Reste avec moi! hurle-t-elle.

Le corps de son mari tressaute alors que son dernier souffle de vie s'échappe. Même si Alice continue de le supplier de boire en tordant son bras pour que le sang tombe plus rapidement, celui-ci ressort de la bouche de Vizaël et se déverse sur le sol. Affaiblie, elle le frappe sur le torse alors que des larmes inondent son visage. Elle continue de le supplier dans un cri :

— Reste avec moi! Ne me laisse pas!

Vern la récupère et la sépare de Vizaël, mais elle s'agrippe au corps de son mari de toutes ses forces, refusant de le quitter.

— Non! Laisse-moi!

— Alice… arrête…

— Non!

Il la tire plus fermement et les doigts meurtris de la jeune femme lâchent enfin Vizaël, dont le corps inerte retombe sur le sol.

— Alice, c'est terminé, chuchote Vern en la serrant contre lui.

— Non, souffle-t-elle. Pas lui.

— Je suis désolé, dit-il dans un sanglot. Alex…

Alice se dégage de son emprise, à la recherche du vampire qui lui a ravi son mari. Elle sent la rage s'installer dans son ventre et cherche déjà à venger la mort de Vizaël quand Vern la ramène contre lui.

— Je veux la tuer.

— Chut. Je m'en suis déjà occupé. C'est terminé.

Elle essuie ses yeux pour mieux voir le corps du vampire sur le sol, tout près de celui de Vizaël. Sur le point de défaillir, elle souffle :

— Vern, tue-moi. S'il te plaît.

— Non.

— Laisse-moi retrouver Vizaël.

Tout près, une autre voix résonne :

— Alice, tout ira bien. Je vais m'occuper de toi.

— Non. Véra… laisse-moi mourir.

— Chut. Dors. Tout ça, c'est seulement un mauvais rêve.

À bout de force, la jeune femme ferme les yeux, même si elle sent que son corps flotte dans l'espace. La voix de Vern résonne, lointaine :

— Alice, je promets que tu seras heureuse. C'est ce que Vizaël voulait. Cesse de lutter…

Elle n'arrive plus à ouvrir les yeux même si tout, dans son corps, voudrait protester contre la voix qui s'infiltre dans son esprit. Et même si elle se débat, tout disparaît brusquement autour d'elle.

Ne manquez pas la suite

UNE FEMME SANS HISTOIRE

Une voix d'homme ramène la jeune femme à la conscience. Même si ses yeux restent fermés, elle se surprend à tendre l'oreille, puis à essayer de reconnaître les mots qu'il prononce. Lourdement, elle entrouvre un œil et tourne la tête dans un geste lent en direction du son. L'homme, installé sur un lit voisin près d'une fenêtre, tient un tas de feuilles qu'il lit à voix haute. La jeune femme essaie de reconnaître le lecteur, puis pivote sa tête pour observer le reste de la pièce. Aucun doute : elle est dans une chambre d'hôpital. Mais que fait-elle là ? Quand le chuchotement s'arrête, elle reporte son attention sur son voisin.

— Bonjour, la salue l'homme en affichant un large sourire.

Elle déglutit avant de répondre d'une voix rauque et faible :

— Bonjour.

— Je suis heureux de vous voir éveillée. Ça doit faire trois jours que vous dormez.

— Trois…

Les mots s'étranglent dans sa gorge lorsqu'elle essaie de se redresser dans le lit. L'homme dépose sa liasse de feuilles et se lève.

— Hé! Doucement!

Il tente de venir aider la jeune femme à s'étendre à nouveau, mais l'étourdissement qui l'assaille la maintient sur le matelas bien plus rapidement encore. Elle porte la main à son front et ferme les yeux pour essayer de maîtriser sa douleur. À ses côtés, l'homme appuie sur un bouton installé entre les deux lits pour appeler l'infirmière. Dans un gémissement, elle remarque que son corps est courbaturé.

— Je me suis fait… renverser par une voiture ou quoi? demande-t-elle.

— Je suis désolé. Je n'en sais rien, avoue l'homme piteusement.

Environ une minute plus tard, une femme entre et lorsque la patiente pose les yeux sur elle, elle affiche un énorme sourire avant de lancer:

— Eh bien, bonjour!

La jeune malade, qui vient seulement de parvenir à redresser son corps sans trop de mal dans le lit, ne répond pas.

— Comment allez-vous? insiste la nouvelle venue avec une voix joyeuse.

— Euh. Bien…

— Tant mieux. Je vais chercher le médecin. Restez calme. Je reviens tout de suite.

L'infirmière ressort prestement de la chambre. Dès qu'elle se retrouve seule avec son voisin, l'homme titube jusqu'à son lit et reprend sa place avant d'annoncer:

— Je m'appelle Victor.

Comme elle le regarde sans répondre, il montre sa jambe avant d'ajouter:

— On m'a opéré au genou.

— Et moi? Pourquoi je suis ici? demande-t-elle sans se soucier de la blessure.

— Ça, je ne sais pas. D'après ce que j'ai compris, tu aurais été découverte sans connaissance, il y a deux jours. Les médecins disent que tu aurais reçu un coup sur la tête. Mais je n'en sais pas plus.

La jeune femme porte une main sur son front avant de souffler :

— Ah oui?

— Ça ne te rappelle rien? vérifie-t-il.

Elle essaie de retrouver une image de cet accident, mais rien ne surgit dans sa mémoire. Elle sursaute lorsque deux personnes, le médecin suivi de l'infirmière, rentrent dans la chambre et s'avancent vers elle.

— Notre inconnue est enfin réveillée! s'exclame-t-il avec un sourire.

Pendant que la dame contourne le lit et tire le rideau qui la sépare de son voisin, le médecin vérifie les appareils autour d'elle, puis reporte son attention sur sa patiente.

— Je suis le docteur Madison, et vous êtes à l'Hôpital Lapeyronie.

— Que s'est-il passé?

— Ça, c'est une bonne question, réplique le praticien en récupérant son bras pour prendre sa pression artérielle. Racontez-nous ce dont vous vous souvenez.

— Bien. Je... je ne sais pas, avoue-t-elle. Tout est... confus.

Un silence désagréable s'installe pendant qu'il termine son examen. La jeune femme attend, anxieuse. Lorsqu'il libère son membre supérieur, l'infirmière lit quelques résultats que le médecin note dans son dossier. Immédiatement, il se penche vers elle et soulève sa paupière sans lui demander l'autorisation. Il fait virevolter une lumière dans ses yeux. Enfin, il reprend la parole :

— On vous a transportée ici après vous avoir retrouvée sans connaissance dans une petite rue. Vous aviez une vilaine commotion.

— J'ai eu… un accident ?

— Ça, Madame, c'est à vous de nous le dire…

Il se détache et récupère le dernier bilan imprimé sur une feuille tout près de son lit. Il fait une sorte de « Hum », puis demande :

— De quoi vous souvenez-vous ?

Elle hausse les épaules en essayant de réfléchir. Impatient, il pose une nouvelle question :

— Savez-vous quel jour nous sommes ?

— Bien. Je… Non. Je crois que non.

— Pas même le mois ?

Elle interroge sa mémoire pendant une longue minute. Elle cherche, mais rien ne lui vient, aucune indication sur la saison et ce rideau tiré ne l'aide pas à avoir un aperçu de la météo extérieure. Elle lance, au hasard :

— Juin ?

Le médecin ne répond pas. Il gribouille des notes sur la feuille tout en continuant son interrogatoire :

— Quel est votre nom ?

La jeune femme affiche un air tout aussi perdu. Le thérapeute fronce les sourcils et insiste, sur un ton irrité :

— Vous avez bien un nom ?

— Bien… oui… enfin…

Elle plisse le front nerveusement et écrase ses doigts sur ses tempes, mais tout est noir dans sa tête. Elle cherche quelque chose : un mot, un nom, n'importe lequel, tant qu'il lui indique une information juste. Elle s'impatiente elle-même, ayant la nette impression que sa réponse prend une éternité et que tout le monde attend qu'elle réagisse. Le médecin continue à compulser son dossier dans un froissement de feuilles de papier qui ne l'aide en rien à réfléchir.

— Quelle est la dernière chose dont vous vous souvenez ? reprend-il.

Encore une fois, la jeune femme repart à la recherche d'une image et sa respiration lui semble de plus en plus difficile. Elle essaie de retrouver un souvenir, n'importe lequel, et le seul qui émerge est trouble.

— Un bruit. Une sorte de «chhhhhhhh». Je crois.

Lorsqu'elle referme les yeux, elle ajoute :

— Je crois que je flottais. J'avais les jambes... engourdies.

— L'avion, peut-être ?

Le visage de la jeune femme s'éclaire, puis elle hoche la tête.

— Un avion, oui. Je crois que c'est ça.

La sensation issue de son souvenir lui paraît crédible, même si elle n'est pas certaine qu'elle soit juste.

— Bien, dit-il sans cesser d'écrire.

La voix du médecin lui semble plus calme et la jeune femme soupire de soulagement. Elle a l'impression d'avoir donné une bonne réponse à l'examen. Elle retombe dans son lit, étrangement épuisée d'avoir forcé sa mémoire à lâcher une sensation plus qu'un souvenir.

— Savez-vous où vous êtes ? demande-t-il encore.

— Eh bien... à l'hôpital ?

Sa réponse fait sourire l'infirmière, mais pas le médecin, qui précise sa question :

— Dans quelle ville ?

— Bien, vous avez dit… Lapey…

— Lapeyronie, répète-t-il. Et c'est le nom de l'hôpital, pas de la ville.

Il fronce les sourcils et attend. Elle cherche quelque chose autour d'elle, n'importe quoi qui puisse lui indiquer l'endroit où elle se trouve. Quand il remarque son visage anxieux, il répond lui-même à sa propre question :

— Vous êtes à Montpellier. Cela vous dit-il quelque chose ?

— Je… non.

Quand le trou noir s'acharne dans son esprit, elle finit par demander :

— Quand vous dites Montpellier, vous voulez dire… en France ?

— Oui. Connaissez-vous cette ville ? Y avez-vous de la famille ?

Elle réfléchit, difficilement, mais ne se remémore rien de précis concernant cet endroit.

— Non, je… ça ne me dit rien. Désolée.

Pendant plusieurs minutes, le médecin continue de griffonner, puis il replace le dossier sous son bras.

— De toute évidence, vous souffrez d'une amnésie partielle, annonce-t-il. Je vais demander au docteur Dubois de faire quelques analyses de routine.

Comme le regard de la jeune femme laisse transparaître une certaine panique, il ajoute avec une voix plus douce :

— Ne vous inquiétez pas. La perte de la mémoire n'est pas rare dans ce genre d'accident. Vous avez probablement subi un choc.

— Un choc ?

— Oui. Une agression, un accident. En tous les cas, quelque chose d'assez difficile pour vous empêcher de vous en souvenir.

Dans un geste rapide, la jeune femme regarde les parties de son corps. Elle cherche des indices, quelque chose susceptible de lui prouver qu'elle a été victime d'un accident. Elle montre d'étranges cicatrices sur ses avant-bras :

— Un truc comme ça ?

— J'en doute, répond le médecin. Vu la couleur de vos marques, ces griffures doivent dater de quelques mois. Je songeais plutôt à une agression armée ou à un accident de voiture…

La jeune femme se remet à réfléchir, à chercher le plus infime souvenir, lorsqu'elle soupire, dépitée :

— Ça va me revenir, hein ?

— C'est fort possible, avoue le praticien. Dans ce genre de cas, il arrive que la mémoire revienne peu à peu. Comme les pièces d'un puzzle qui arrivent par morceaux, dans le désordre.

Elle porte machinalement la main sur ses cheveux et celle du médecin, chaude, se pose son épaule.

— Ne forcez rien. Détendez-vous. Lorsque votre tête sera prête, tout viendra naturellement.

Elle se laisse retomber contre l'oreiller et ferme les yeux, faisant mine de céder aux paroles du docteur. Pourtant, dès qu'il tourne les talons, elle se redresse de nouveau.

— Et mon nom ? Vous le connaissez ?

Il pivote vers elle avant d'avouer :

— Au moment de votre admission, vous n'aviez aucun papier sur vous. On vous a peut-être volée ?

Sentant la panique la gagner, la jeune femme souffle :

éditions

www.ada-inc.com
info@ada-inc.com

www.facebook.com/EditionsAdA
www.twitter.com/EditionsAdA